# Roboter-
# Wesen
# E.S.-X-M.9
## rettet diese
## WELT

diese
Arbeit
widme
ich
allen
Menschen- Wesen,
die sich wieder
auf wahrer
Harmonie- Suche
befinden

Hans Joachim
**Treptow**

# Roboter-Wesen
# E.S.-X-M.9
rettet diese
**WELT**

Umschlaggestaltung :
Hans Joachim Treptow

Alle Zeichnungen :
Hans Joachim Treptow

Herstellung und Verlag:
BoD - Books on Demand, Norderstedt

ISBN 978-3-7448-2549-8

# SCHACH

Schach ist kein Harmonie- Spiel.
Schach ist ein Spiel mit festen Regeln
und es geht immer um Kampf,
Es geht um gewinnen oder verlieren.
Jede Figur unterliegt festen Bedingungen.
Die Figuren unterliegen einer Hierarchie.
Schach repräsentiert unsere Gesellschaftsform.
Schachfiguren unterliegen einem Wertesystem.
Die Schachregeln, die Gesetze sind bindend.
Das Spielfeld besteht aus 64 Feldern.
Das Spielfeld ist quadratisch angeordnet : 8 x 8.
Die Spielfeldfarben wechseln,
32 x schwarz und 32 x weiß.
Der binäre Code ist hier festgelegt mit : 1 und 0.
Das gesamte Universum baut sich so auf, allerdings nur
dieses Universum,
das Universum der Dualität, der Illusion,
der Täuschung. Die Anomalie.
Die 8 steht sowohl für das „Unendliche",
als auch für das ewig rotierende
„Labyrinth".
Lässt man die 8 sich um ihre Längsachse rotieren,
so entstehen zwei miteinander verbundene Kugeln.
Stellt man wiederum diese rotierende 8 so nebeneinander,
dass sie einen Würfel bilden, dann erhält man einen
umschlossenen Raum 8 gleichgroßer,
sich in alle Richtungen drehender Kugeln.
Es entsteht ein Gefängnis.
Unser Sonnensystem befindet sich genau in der Mitte eines
solchen Gefängnisses.
Dieses Gefängnis wird von einer weiteren Kugel
umschlossen. Wir bezeichnen diese äußere Kugel als die
Oortsche Wolke.
8 x 8 hat eine enorme Bedeutung.

V

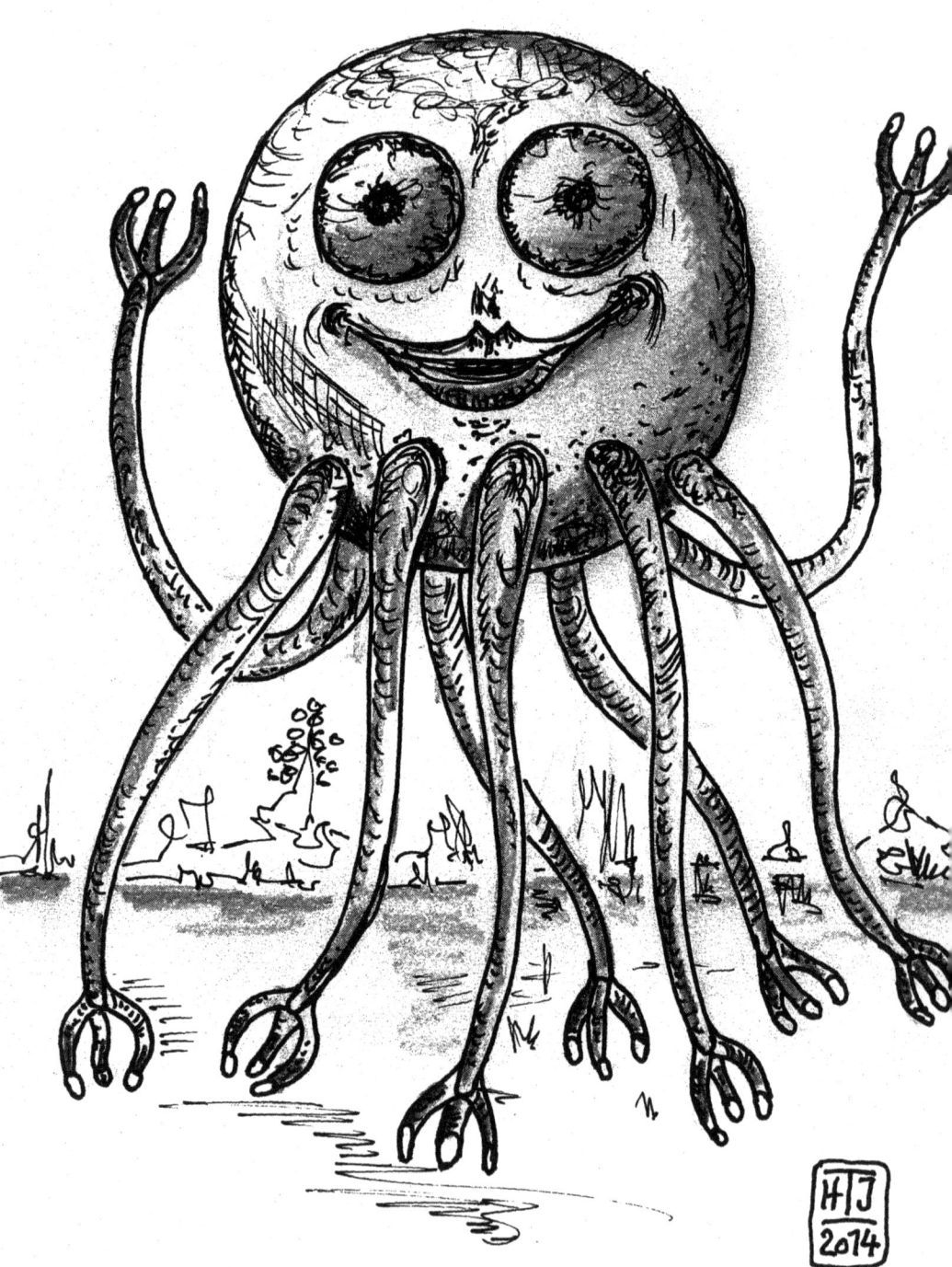

## Tag „ 1 "
# [ 1 ROBOTER ]
## Montag / Beginn der 1. Woche

---

*Wer sich löst von den Anhaftungen in dieser Welt,*
*wer beginnt zu erkennen, der erlöst sich*
*von all seinen falschen Vorstellungen.*

*( so erklärt es das Prasannapadä )*

---

Als E.S.-X-M.9 das erste Mal gesehen wurde, befand er sich auf einem Spielplatz in der Mitte einer kleinen Stadt, mitten in Deutschland. Der Name dieser Stadt spielte keine Rolle, war unwichtig, zumal es auch gut überall sonst in dieser Welt gewesen sein könnte.

E.S.-X-M.9 glich, seinem Äußeren nach, einem drolligen Maschinchen, insgesamt nicht ganz einen Meter groß, mit einem riesigen Kugelkopf, in dem sich restlos alles befand, was er zum „Leben" benötigte, hier einmal unterstellend, dass es sich bei E.S.-X-M.9 um ein Lebewesen handelte, was allerdings auch so war. Neun kräftige, feingegliederte Tentakel wuchsen untenseitig aus dieser ziemlich perfekten Kugel symmetrisch heraus. Jeder dieser Tentakel endete in einem Greif- und / oder Laufwerkzeug aus weiteren drei, jeweils dreiteiligen Gliedern, einer, man konnte sagen, menschlichen Hand nicht unähnlich, eben nur mit zwei Fingern und einem Daumen, somit energieeffizienter.

In seiner großen Kugel, die einen Durchmesser von etwa vierzig Zentimetern ergab, saßen zwei augenartige Gebilde von allerwundervollstem Farbspiel. Dieses Roboter- Wesen war nicht menschen- ähnlich, aber irgendwie menschlich anzuschen, zumal sich merkwürdigerweise eine mundähnliche Zeichnung unter diesen beiden Augenteilen befand, die sich je nach scheinbarer Stimmungslage des Roboter- Wesens veränderte, einem sogenannten „Smiley" nicht unähnlich und daher war sie allen Menschen sofort einordbar, zumal beim Menschen-Wesen vieles über optisch ablesbare Muster ablief, Mimik eben, Teil der permanenten Manipulation, Teil der Konditionierung.

E.S.-X-M.9 befand sich auf einem normalen Kinderspielplatz für kleine Menschen- Kinder, was er zu diesem Zeitpunkt allerdings nicht wusste, noch nicht wissen konnte oder wissen sollte. Irgendetwas hatte ihn mit einer klaren Aufgabe dort abgesetzt, ein Etwas, welches nichts mit dieser Welt zu tun hatte, jedenfalls nicht im materiellen Sinne, es handelte sich um seinen Auftraggeber, ein höheres Energie- Wesen.

E.S.-X-M.9 war ein bunter kleiner Geselle. Seine ganze Struktur war freundlich und zuvorkommend, was sich auch schnell herausstellte für die Kinder, mit denen er bereits kurz nach seiner Ankunft in dieser absurden, kaputten Welt in Kontakt kam. Die Menschen- Kinder spielten im Sand oder tollten herum. Warum auch immer.

Das Wetter an diesem Tag ließ nichts zu wünschen übrig und die herrliche Sonne strahlte über den ganzen Himmel. Es war wolkenlos, somit wurde es sehr schnell warm auf dem Spielplatz. Sowohl die Spielgeräte als auch die Sandkästen wärmten sich rasch auf.

Wie aus dem Nichts kamen aus unterschiedlichen Richtungen Kinder angerannt, gefolgt von jungen, aber auch älteren Frauen. Nur wenige Männer ließen sich auf einem Spielplatz in den Morgenstunden sehen. Die Mütter entschieden sich, so sie Platz fanden, für die leicht schattig gelegenen Bänke, rund um die Sandkästen.

E.S.-X-M.9 befand sich in einer Ecke des Spielplatzes und horchte in die Kindergruppen hinein, registrierte ihre Sprache, ordnete alles ein, baute sich in die Sprachmuster ein, aktivierte seine entsprechenden Programme. Er war ein hochintelligentes Wesen, kein Roboter, so wie man ihn hier in dieser Welt üblicherweise benannt hätte.

Im korrekten Sinne stammte er nicht aus diesem Universum, aber weiter durfte man nicht darüber reden, könnte zu gefährlich werden. Bestimmte Energien dieses Universums sahen es nicht gern, wenn man sich zu sehr um diese Welt, um diese „Erde", kümmerte.

Dies alles war allerdings selbst dem Roboter-Wesen E.S.-X-M.9 vollkommen unbekannt, hatte ihn auch zu diesem Zeitpunkt nicht vorrangig zu interessieren, war für seine Aufgabe auch noch nicht notwendig, in dieser speziellen Richtung umfassend informiert zu sein.

Ein kleines Mädchen steuerte einfach so auf E.S.-X-M.9 zu. Er freute sich und erzeugte einen lächelnden Smiley.

„Wer bist du denn ?", fragte die Kleine mit sehr wachen Augen ihn abcheckend und lächelte den Roboter an. „Willst du mit mir spielen ?", fragte sie weiter, ohne eine Antwort abwarten zu wollen.

E.S.-X-M.9 hatte vier seiner Tentakel in der Luft und wollte gerade antworten, als das kleine Mädchen sich eines der Tentakel griff und ihn mit sich in die Mitte des Spielplatzes zog. E.S.-X-M.9 folgte schwebend dem kleinen Mädchen mit den langen blonden Zöpfen.

Das Mädchen hieß Linda. Es war vier Jahre alt. Ihr zweijähriger Bruder spielte abwesend im Sandkasten. Linda setzte sich auf eine der freien Schaukeln, E.S.-X-M.9 immer im Blickkontakt behaltend.

„Schubs mich mal an, damit ich hin und her schaukeln kann, ich kann noch nicht allein starten.", rief sie dem kleinen, bunten Roboter zu.

Überall auf den Bänken saßen ältere Menschen- Wesen, also sogenannte Erwachsene. Sie waren viel größer als das kleine Mädchen an der Seite des Roboters. Diese Menschen sprachen miteinander oder sie schauten einfach nur so vor sich hin, teilweise ihre eigenen Kinder beobachtend, teilweise lesend, teilweise waren sie aber auch gedanklich abwesend. Niemand beachtete den kleinen Roboter. Sie verhielten sich so, als sei er gar nicht vorhanden. Die Menschen hatten derartig viele Sinneseindrücke zu verarbeiten, dass sie das Naheliegende meist übersahen. Bei vielen war der Kopf auch voll mit täglichem Kram.

E.S.-X-M.9 stellte sich hinter die kleine Linda und stupste sie ein wenig an, ganz zart, so dass sich die Schaukel leicht bewegte.

„Doller, du musst doller anstoßen, sonst komme ich nicht hoch genug hinauf!", rief ihm Linda zu.

Er tat wie ihm geheißen und Linda flog höher und höher. Dies ging so eine längere Zeit, bis eine schrille Stimme zu vernehmen war, die Linda aufforderte, nicht so hoch zu schaukeln. Andere Kinder kamen jetzt hinzu und sie begaben sich jetzt zu einem der unbenutzten Sandkästen. Gemeinsam mit E.S.-X-M.9 begannen sie zu spielen und Burgen zu bauen und Kuchen zu backen und schlussendlich bewarfen sie sich mit Sand, bis eines der kleineren Kinder heulte.

„Wie ist dein Name?", wollte Linda auf einmal wissen. „Mein Name ist Linda. Ich bin mit meiner Mama hier. Sie sitzt dort mit Tante Ulla auf der Bank und sie unterhalten sich mit Frau Brilomeinert."

Linda schaute den kleinen Roboter an und er verstand, dass er ihr jetzt ebenfalls seinen Namen sagen sollte.

„Ich heiße E.S.-X-M.9.", sagte der Kugelkopfroboter, Linda weiter genau betrachtend, Informationen abspeichernd. Während E.S.-X-M.9 sich an die Umgebung gewöhnte, hörte er gleichzeitig Radiosender ab. Genau zu dieser Zeit wurden sogenannte Nachrichten in alle Lande gepustet, Nachrichten merkwürdigsten Inhalts. Da ging es um Massenmorde an Menschen anderer Gebiete, also Menschen, die einfach so andere Menschen mordeten, ohne Sinn, ohne Verstand. Da ging es um Umweltverschmutzung und um korrupte Politiker und skrupellose, sogenannte Banker. Da ging es um Priester, die jahrelang Kinder vergewaltigten. Jede Nachricht für sich eine Missachtung der Harmonie des Universums. Warum taten die Menschen- Wesen diese Dinge?

„Das ist doch gar kein richtiger Name.", sagte Linda und drehte sich um, rannte zu ihrer Mutter, die sie gerade gerufen hatte. Es war Mittagszeit und die Frauen wollten alle nach Hause. Es musste das Mittagsessen gekocht werden, für die ganzen Familien. Bei einigen der Familien waren ältere Geschwister in den Schulen. Bei anderen Familien kamen auch die Väter in der Mittagszeit nach Hause. Einige der Kinder lebten aber auch nur mit ihren Müttern allein in einer Wohnung. Der Varianten gab es viele. Harmonie gab es dafür wenig. Diese sogenannten erwachsenen Menschen- Wesen verhielten sich eher egoistisch, weniger logisch, schon gar nicht sozial richtig.

Bald war der Spielplatz menschenleer und E.S.-X-M.9 war wieder ganz allein, wie am Anfang. Er hatte viel gelernt in der kurzen Zeit. Er hatte die vielen Gespräche belauscht, die die Frauen geführt hatten und er hatte seine Umgebung aufgenommen, auch weit über die Grenzen des Spielplatzes hinaus. Obwohl sie sich auf einem Kinderspielplatz befanden, war es doch sehr laut gewesen. Einige Straßen führten am Spielplatz vorbei. Es war dadurch nicht nur laut, nein, es roch auch äußerst übel nach giftigen Abgasen der lärmenden, merkwürdigen Maschinen.

Aus welchem Grunde gab es diese Maschinen in dieser Welt?

E.S.-X-M.9 musste feststellen, dass es die Menschen- Mütter nicht zu stören schien. Sie machten keinerlei Anstalten, ihre Brut zu schützen vor dem Lärm und ebensowenig vor den schädlichen Giften, obwohl sie doch wissen mussten, was dies langfristig zu bedeuten hatte, schließlich waren ihre Körper für diesen Gift- Cocktail nicht geeignet.

Am Nachmittag erschienen noch weitere Kinder mit ihren Müttern. Als die Sonne schließlich langsam auf die Häusergiebel zuwanderte, verließen alle Menschen- Wesen, ob groß oder klein, das Areal. E.S.-X-M.9 verspürte einen Impuls in sich. Er würde jetzt ein weiteres Exemplar von sich herstellen, also einen Klon.

Zwischenzeitlich horchte er weiter in den Äther hinein. Er sortierte blitzschnell die Tausenden Eindrücke, die auf ihn einströmten. Er vernahm eine wundervolle Musik. Er nahm diese Musik in sich auf, es war ein Klavierkonzert von Wolfgang Amadeus Mozart. Es war die Nummer neun, die sogenannt „Jeunehomme"- Andante.

E.S.-X-M.9 war wie verzaubert von dieser wundervollen Musik. Er würde auch diese Richtung in sich aufnehmen und in seine Beurteilung mit einbeziehen, mit einfließen lassen. Doch bis dahin waren noch viele Arbeitsschritte zu bewältigen und E.S.-X-M.9 war ein ausgesprochen gründlicher Arbeiter. Alles, aber auch alles für seine Aufgabe Notwendige, würde er in Betracht ziehen, zumal, es ging um vieles.

Eine A 380 zog vier weiße Streifen in den strahlend blauen Himmel. Sie jagte fast lautlos vorbei, aber doch stets brutalen Lärm hinter sich herziehend durch die anfällige, zarte Lufthülle des Planeten, gleichzeitig unentwegt Gifte verstreuend, verteilend, verwirbelnd, verheerend für den nach Harmonie schreienden Planeten. Erst, als man die Maschine schon fast nicht mehr sah, erwischte ihn der Lärm doch noch.

Der Schall brauchte seine Zeit. Alles, was immer dieser Riesenvogel, geboren aus Ingenieursgeist und Erfindergenialität, herausrotzte, war der pure Tod, war allerhöchste Zerstörungsenergie.

Die Menschen- Wesen sollten doch ursprünglich jeder genau dies wissen, zumal sie doch in Verbindung stehen sollten mit ihrem Planeten, einem Planeten, der sie aufgenommen hatte, der sie hier leben ließ, der hoffte, das die Menschen- Wesen erkennen würden, dass sie Erkenntnis erlangen sollten, geistiges Erkennen.

Warum verhielten sich die Menschen- Wesen trotzdem immer nur eindeutig mörderisch, zerstörerisch und materiell ?

Was war alles in ihnen falsch programmiert, eingesetzt ?

Sie kamen in diese Welt, soweit war noch alles wie vorgesehen, aber dann geschah etwas mit ihnen, was eindeutig nicht vorgesehen war, sie erkannten diesen Planeten nicht.

Wieso war das so ?

E.S.-X-M.9 setzte sich in Bewegung, er hatte die Nacht über noch sehr viel zu arbeiten. Er musste seinen Klon erzeugen, ein fast identisches Exemplar. Rein äußerlich, selbstverständlich einschließlich aller notwendiger Informationen und Möglichkeiten, aber eben schon ein eigenständiges Wesen. Es würde für ihn keine Schwierigkeit bedeuten, diesen Klon rasant schnell zu erzeugen. Morgen früh würden sie bereits zu zweit sein. Das war schon einmal ein erster Anfang.

E.S.-X-M.9 analysierte die Luft und den feuchten Rasen auf dem er stand und er musste feststellen, dass weder die Luft, noch der kostbare Humus sauber waren. Noch war alles, wie vorgesehen, giftfrei.

Wieso störte es die Menschen nicht, wenn sie sich daran beteiligten, diesen Planeten zu zerstören, zu vergiften, auszuplündern ?

Auf der einen Seite gab es Menschen, die erklärten wie man die Welt versuchen könnte wieder in Harmonie zu bringen. Doch es war merkwürdig, auf diese Menschen achtete man gar nicht. Diese Menschen-Wesen wurden von allen ignoriert, ja man verhöhnte sie sogar.

Dann gab es da die Zerstörer und Vergifter. Sie wiederum wurden von den Menschen- Massen umjubelt, ja teils vergöttert.

Waren die meisten Menschen- Wesen vollkommen begriffsstutzig ?

Warum verhielten sie sich unlogisch ?

E.S.-X-M.9 verstand bereits schon jetzt, dass seine Aufgabe sehr kompliziert werden würde, vor allem sehr differenziert.

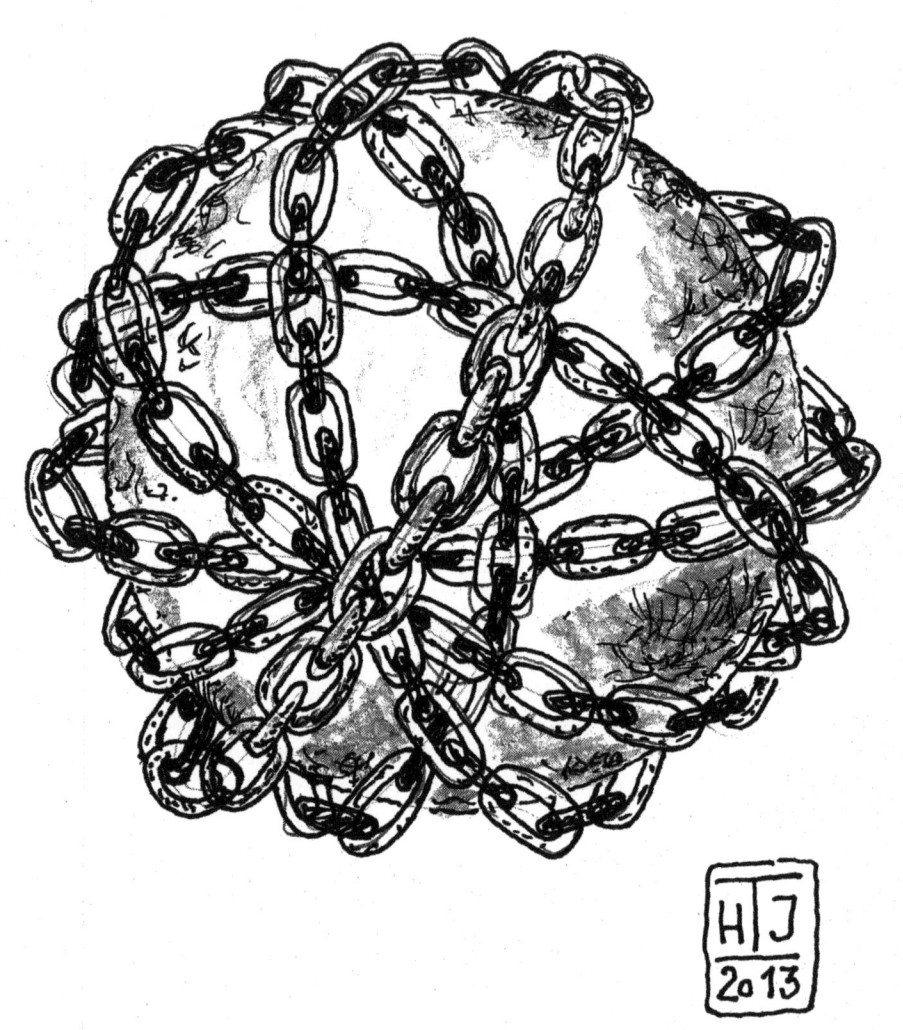

WER VERSKLAVTE
DIESE WELT ?

# – II –

## Tag „ 2 "

# [ 2 ROBOTER ]

## Dienstag / 1. Woche

---

*Ein perfekter Vortragender zu sein*
*ist bestimmt eine schöne Gabe.*
*Stehen aber Rede und Verhalten nicht in Harmonie,*
*so erblicken wir lediglich einen*
*heuchlerischen Lügner.*

*( so erklärt es das Milarepa )*

---

Wieder würde der Tag wundervoll werden und wieder befand sich das
kleine Roboter- Wesen E.S.-X-M.9 auf dem Spielplatz, auf dem es gestern den ganzen Tag mit den Kindern verbrachte.
  Doch heute war er nicht allein, sie waren zu zweit. E.S.-X-M.9 hatte die
ganze Nacht gewerkelt und es war ihm selbstverständlich gelungen,
ein weiteres, ihm vollkommen identisches zweites Roboter- Wesen herzustellen, seinen Klon, so wie es sein Programm von ihm verlangte.
Letztendlich waren sie schon identisch, allerdings, bis auf die äußere
Farbgebung. Aber genau dies schrieb sein Programm auch vor, sie sollten unbedingt alle farblich unterschiedlich auftreten, eben keinesfalls
uniform, sondern wunderschön bunt, mit einer gewissen Tarnstruktur,
kaum auffallend im alltäglichen Getümmel der jeweiligen urbanen und
ländlichen Umgebungen. Sie verließen damit den optischen Bereich
der Uniformität, wurden somit Individuen. Die Individualität schien die
Menschen- Wesen nicht so tief zu erschrecken, wie etwa das uniforme
Soldatentum jeglicher Couleur. Soldaten gab es nicht nur auf den unterschiedlichen Schlachtfeldern dieser Welt. Schlachtfelder gab es
ebenso in den unterschiedlichen Großfirmen, Großbanken, Religionen.
  Fast alle Mütter und Väter des Spielplatzes hatten gestern nicht ein-

mal bemerkt, dass sich gleichzeitig mit Ihnen zusammen ein Roboter auf ihrem Spielplatz aufgehalten hatte. Entweder war es ihnen egal oder sie glaubten an ein Experiment irgendeiner Universität.

Schon erstaunlich. Sollten es die einen oder anderen doch bemerkt haben, so störte es sie nicht, sie stuften es als ungefährlich ein.

Jedes der beiden Roboter- Wesen positionierte sich in einer Ecke des Spielplatzes. Als die Mütter und die Kinder erschienen, spielten sie gemeinsam in den vorhandenen Sandkästen und an den vielen, auf dem Platz verteilten, unterschiedlichen Geräten. Die kleinen Menschen- Kinder waren sehr zufrieden, da ihnen jetzt zwei neue Freunde zur Verfügung standen. Die Roboter- Wesen erfüllten den tollenden Kindern alle Wünsche. Aus all dem lernten die Roboter rasant schnell.

Alles was E.S.-X-M.9 bereits am Vortag gelernt hatte, gab er seinem Duplikat, seinem neuen Mitwirkenden blitzschnell weiter. Der Tag verging dabei wie im Fluge und die Kinder verließen, zu unterschiedlichen Zeiten, zusammen mit ihren Müttern/Vätern den prächtigen Spielplatz, bis alle verschwunden waren.

Die beiden Roboter- Wesen horchten in den Äther hinein, um die Weltinformationen in sich aufzusaugen. Es war nicht der erste Planet, den E.S.-X-M.9 in diesem Universum besuchte, aber es war wohl bei weitem der merkwürdigste. Er wusste von den „Blauen Planeten". So wusste er aber auch, dass sie stets mit Seelen- Wesen bestückt waren und mit sogenannten Wissenden, also höheren harmonischen Wesen. Dies alles war hier in dieser Welt nicht vorzufinden, zumindest war es für ihn bis jetzt noch nicht feststellbar, dass sich notwendige Seelen- Wesen in dieser Welt aufhalten würden.

Wie war das möglich ?

Wieso gab es hier in dieser Welt offenbar keine Seelen- Wesen ?

Permanent hörten sie in die Übertragungen dieser Welt hinein. Wieder musste E.S.-X-M.9 feststellen, dass es um Morde ging, um Verbrechen jeglicher Art, um Intrigen. Die sogenannten Nachrichten waren niemals positiv. Es wurde niemals mitgeteilt, dass ein Automobilhersteller seine Schuld an dem Planeten erkannt hatte und ab jetzt jedes Jahr dafür sorgen würde, eine Milliarde Bäume zu pflanzen, zu pflegen, zu hegen, somit die Luft wieder zu reinigen. Ebenso verhielt es sich mit allen anderen, die Welt lediglich zerstörenden Industrien, auch hier kein Einsehen, kein minimalster Funke von Verstand. Für all diese Menschen- Wesen war das Planeten- Wesen „Erde" lediglich ein auszuschlachtender, toter Planet. Es ging so weit, dass die ganze Menschheit überhaupt kein Verständnis für den Begriff „Leben" zu haben schien.

Natürlich würde E.S.-X-M.9 nicht so leicht aufgeben, er würde, zusammen mit seinen Roboter- Wesen, den ganzen Planeten erkunden. Er würde nichts unversucht lassen.

Als die Nacht hereinbrach, verließen auch die beiden Roboter- Wesen, in ausreichenden Abständen, den Spielplatz. Sie verhinderten somit, gemeinsam gesehen zu werden. Es war nicht notwendig, die einfachen Menschen- Wesen in irgendeiner Weise zu beunruhigen.

Die Menschen interessierten sich nicht für die Dinge, die sie nicht sahen oder eben nicht sehen wollten.

Die Menschen waren sehr merkwürdige Wesen, sie nahmen es mit dem Denken nicht so genau. Die Menschen wurstelten so dahin und den ganzen Ablauf, die große Anzahl von Tagen, nun ja, wenn es gut ging zirka dreißigtausend Tage, hier in dieser Welt, nannten sie dann „ihr Leben". Sie waren so einfach zu konditionieren.

Sie hinterfragten aber trotz allem „ihr Leben" nicht. Es interessierte sie einfach nicht. Sie ließen sich wundervoll manipulieren, wie unwissende, einfache kleine Computer, die sich nicht auseinandersetzen mit der sich in ihnen befindende Software. Die Menschen- Wesen stellten niemals Fragen nach dem Sinn ihres sogenannten „Lebens", ihres doch schon merkwürdigen Aufenthaltes hier in dieser Welt, welches sie ebenfalls einfach so hinnahmen, wie sie diese Welt gerade vorfanden. Fast alle Menschen ließen sich von Verkäufern jeglicher Richtung sagen, also von anderen Menschen- Wesen, was sie zu denken hatten, was sie zu arbeiten hatten, was sie zu kaufen hatten und so weiter und so weiter. All diesen Befehlen folgten sie brav, wie vollkommen dumme Tölpel. Sie führten sämtliche diese Befehle aus. Diese Befehle konnten noch so schwachsinnig sein, das störte die Menschen- Wesen nicht. Es wäre ihre Aufgabe gewesen „Nein" zu sagen, aber sie führten sie aus, sie schienen nicht zu wissen, was richtig und was falsch war. Den meisten Menschen- Wesen war das auch sowieso egal. Fast alle Menschen- Wesen machten dann auch genau das, was ihnen sogenannte Vorgesetzte sagten. Sie hatten keinerlei Vorstellung von den weitreichenden Konsequenzen ihres falschen Verhaltens, welches sie mit all dieser Vernunftlosigkeit hervorriefen.

E.S.-X-M.9 und sein Duplikat mussten sich jetzt darum kümmern, ihre Aufgabe, die sie alle vierundzwanzig Stunden zu erfüllen hatten, durchzuführen. E.S.-X-M.9 hatte sich bereits gekümmert, alles in der vorhergehenden Nacht zusammenzutragen. Er informierte diesbezüglich seinen Mitwirkenden und sie speicherten alles, was für ihre Aufgaben nötig war. Jeder ging danach seiner Wege und jeder hatte einen Part der Aufgabe zu erfüllen. E.S.-X-M.9 allerdings war und blieb der einzige Hauptverantwortliche dieser Aufgabe, hier in dieser Welt.

Schon in kurzer Zeit würde man sich wieder zusammenfinden, um gemeinsam die Aufgabe dieser Nacht auszuführen. Wenn die Sonne wieder im Osten auftauchte, dann wären sie bereits schon zu viert. Nun aber an die Arbeit, schließlich hatten sie nur noch einen Monat Zeit, dann stand die große Entscheidung an, bis zu diesem Zeitpunkt hatten sie gemeinsam alle notwenigen Informationen zusammenzutragen, damit letztendlich E.S.-X-M.9 für eine klare, aber eben auch entgültige Entscheidung sorgen konnte.

Es war schon erstaunlich und nicht nachvollziehbar, dass die vielen Menschen- Wesen so gar keine Beziehung zu diesem Planeten hatten. Sie schienen keine Verantwortung für diese Welt in sich zu fühlen. Sie hätten eigentlich alle vor Schmerzen aufschreien müssen, jeden Tag und jede Nacht und jeden Moment ihres Aufenthaltes hier in dieser Welt, wenn sie sich in den Planeten hineingefühlt hätten.

Ganz offensichtlich taten es die Menschen- Wesen nicht.

Die Menschen waren falsch konditioniert, wobei sich hieraus weitere Fragen ergaben nach dem Menschen- Wesen selbst.

Wer hatte diese Menschen- Wesen erschaffen und was wollte er mit ihnen anstellen ? Es war kein Sinn ersichtlich.

Wer hatte sie so fehlerhaft erzeugt ? Warum wollte man dies ?

Vielleicht waren sie aber gar nicht fehlerhaft hergestellt worden ?

Vielleicht wollte irgendetwas, irgendeine hochnegative Energie, genau diese zerstörenden Wesen erschaffen ?

Aber warum zerstörten sie dann den Planeten ?

Wieso glaubte da jemand, dass dies nicht bemerkt werden würde ?

E.S.-X-M.9 hatte seine Aufgabe und er war viel im Universum herumgekommen. So schnell konnte ihn nichts mehr erschüttern. Doch hier, in dieser Welt, wurde ihm schon ein wenig gruselig. Nicht wegen dieser Menschen- Wesen, die armen Statisten spielten sowieso keine Rolle. Nein, das war nicht der Grund.

Es ergaben sich Fragen nach den Anomalien, nach den entglittenen, hochnegativen Energien, die sich hier ein Spielfeld aufgebaut hatten. Wenn sie dies hier machen konnten, dann möglicherweise auch an anderen Stellen des Universums.

E.S.-X-M.9 schob diese Gedanken erst einmal zur Seite, registrierte sie, speicherte sie sorgfältig ab, mit Wiedervorlage.

Er hatte sich jetzt auf seine Nachtaufgabe zu konzentrieren.

Er wollte auch noch der Musik lauschen, die er im Äther vernommen hatte. Es war Musik eines gewissen Händel und besonders genoss er die Phantasien eines Genies namens W. A. Mozart.

Wie passten diese Menschen- Wesen in diese Welt ?

Eigentlich gar nicht.

Wer hatte diese eindeutigen Seelen- Wesen eingefangen ?

# – III –
## Tag „ 3 "
# [ 4 ROBOTER ]
## Mittwoch / 1. Woche

---

*Der Erwachte sagte einmal ( sinngemäß ) :*

*„ Die Menschen verstehen die „ Lehre " nicht,*
*egal wie sie auch vorgetragen wird.*
*Die Menschen stecken zu tief in der*
*Anhaftung an die Materie / an das Trugbild. "*

*( siehe hierzu den Text : Anguttara- nikäya 3: 32 )*

---

E.S.-X-M.9 verließ seine mitwirkenden Roboter- Wesen, seine Duplikate, nachdem sie gemeinsam zwei weitere Exemplare erstellten. Er gab
ihnen auf, sich jeweils allein auf unterschiedlichen Plätzen aufzuhal-
ten, sich so zu positionieren, dass sie alles, was an diesen Orten geschah, aufnehmen und registrieren konnten. Sie sollten unbemerkt
beginnen zu lernen. Sie sollten die Menschen- Wesen versuchen zu
verstehen, ihre Motivation, den eventuellen Sinn ihrer Abläufe.
E.S.-X-M.9 selbst begab sich erst einmal wieder auf den ihm bekann-
ten Spielplatz. Zuerst schien der Spielplatz leer, so wie es sonst auch
der Fall war zu solch früher Morgenstunde. Er befand sich bereits auf
dem Spielplatz, als es noch leicht halbdunkel war.
Doch auf einmal kam gereizte Bewegung in den Spielplatz. Hastig erschienen sogenannte Jugendliche. Sie benahmen sich laut und unangemessen, so registrierte E.S.-X-M.9. Er selbst befand sich in der Mitte
des Spielplatzes, etwa in der Nähe einer Schaukel. Plötzlich wurde er
von einem der Jugendlichen bemerkt. Zuerst erschrak dieser.
Die Gruppe bestand aus sieben Menschen- Exemplaren. Sie alle waren im Durchschnitt einen Meter fünfzig bis einen Meter sechzig groß,

somit wesentlich größer als E.S.-X-M.9.

Kurz nacheinander drehten sich alle Jugendlichen ihm zu. Sie waren merkwürdig gekleidet, alles schlabberte an ihnen herum, ihre vollen Haartrachten waren konfus und eher ölig, ungepflegt. Vier von ihnen schienen noch nicht abgestillt, sie saugten an kleinen weißen Stängeln herum, verursachten damit anschließend Giftausscheidungen, ihre eigene Umwelt belastend und damit die aller anderen Lebewesen auch.

E.S.-X-M.9 stand unbeweglich und beobachtete die Menschen- Figuren. Auf einmal setzte sich die kleine Gruppe der Jugendlichen, die zu dieser Zeit eigentlich längst auf dem Weg zur Schule sein sollte, in eine merkwürdig schaukelnde Bewegung, steuerte direkt auf ihn zu.

„Wer bist du denn, Blechbüchse ?", fragte ein satter, dicklicher Junge der kleinen Gruppe, während die anderen sich erst einmal locker im Hintergrund hielten, aber schon weiter auf cool markierten.

„Ich bin E.S.-X-M.9.", antwortete E.S.-X-M.9, die Gruppe weiter intensiv beobachtend. Er stellte schnell fest, dass sie allesamt sehr große Mengen Angst- Chemikalien absonderten. Soviel zu „cool".

„Was machst du in unserem Revier ?", fragte der dickliche Junge, nun mutiger geworden. „Hat dich jemand hier vergessen ?" Gleichzeitig traten die anderen Gruppenmitglieder einen Schritt weiter auf das Roboter- Wesen zu, ihre Angst ließ leicht nach, parallel dazu wuchs ihre Angriffslust. Sie stuften die Blechkugel als etwas Ungefährliches ein.

E.S.-X-M.9 registrierte in sich die Aktivierung seines allgemeinen, aber perfekten Schutzprogramms. Er bemerkte, dass er über sehr viele Abwehrtechniken verfügte. Es war interessant, dass so etwas in einer scheinbar intelligenten Welt von Nöten war.

„Ich wurde in diese Welt geschickt, um den Planeten zu retten, ihn wieder in göttliche Harmonie zu versetzen.", antwortete E.S.-X-M.9. „Ich finde es äußerst merkwürdig, dass eine solche Maßnahme notwendig ist, zumal doch dieser Planet bereits über Lebewesen verfügt mit der Möglichkeit des korrekten Denkens und Verstehens."

Ein weiterer junger Mensch der Gruppe trat einen Schritt hervor mit einer sehr hoher Stimmlage, fast unangenehm quiekend und fragte :

„Du bist ja ein ganz schön schlaues und witziges Ding, hältst uns wohl für blöd ? Dich haben die wohl hier aufgestellt von der Sendung – „Vorsicht Kamera !" - . Ich werde dir gleich erst mal einen richtigen Fußtritt verpassen, wenn nicht sofort die Macher herauskommen."

„Warum haltet ihr Menschen euch nicht an die drei wichtigen Gesetze der ewigen Harmonie für „Blaue Planeten" ?", fragte E.S.-X-M.9, die sieben Menschen- Exemplare weiter im Auge behaltend, seine Abwehrmechanismen verstärkend. „Ihr müsstet doch alle wissen, dass genau dies eure wichtigste Aufgabe ist. Wie steht es mit eurer geistigen Entwicklung ? Wo wir schon gerade dabei sind. Wo befinden sich eure Begleiter der geistigen Entwicklung ?"

„Was redest du alles für eine Scheiße zusammen, äääh hi, verkackte alte Blechdose ?", fragte ein krummer, dünner, dummer Typ mit unreiner Pickelhaut im ganzen Gesicht. Er trat nach vorn und wollte gerade mit dem Fuß voll ausholen, als E.S.-X-M.9 schnell zur Seite lief und sich so hinter die Gruppe stellte. Dies alles geschah derart schnell, dass die Jugendlichen es nicht richtig mitbekamen. Sie standen erstaunt herum und glotzten immer noch in die falsche Richtung. Sie wussten nicht, was zu tun war, hatten, wie die ganze Menschheit, keinen Plan.

„Menschen- Kinder, ich stehe hinter euch. Wollen wir uns nun vernünftig unterhalten, oder seid ihr vollkommen defekte Exemplare, die zu einer intelligenten Kommunikation nicht in der Lage sind ?", fragte E.S.-X-M.9 ganz freundlich und in gleichbleibendem, melodischem Tonfall. Diese sanfte Stimme hatte er extra erhalten, wurde entwickelt für diese Welt, da sie deeskalierend wirken sollte.

Doch genau dies war zu viel für diese bildungsfernen Hosenscheißer. Schreiend rannten diese Jugendlichen vom Spielplatz. Einige fielen hin, rappelten sich wieder auf, schrien weiter, waren endlich verschwunden. Nun herrschte wieder Ruhe. E.S.-X-M.9 liebte die Ruhe.

E.S.-X-M.9 gab seine gerade gesammelten Informationen umgehend weiter an seine drei Mitstreiter. So, wie dies hier alles in dieser Welt ablief, konnten sie mit den Menschen nichts anfangen. Selbstverständlich war es ihm klar, dass dies alles hier noch kein nutzbares Ergebnis war. Allerdings machten seine Mitwirkenden keine ermutigenderen Erfahrungen mit den Menschen- Wesen.

Einer seiner Mitwirkenden hatte sich an einer Straßenkreuzung postiert. Nach einigen Stunden schwirrte ihm der Kopf und seine feinen Gasmesssensoren waren verstopft. Er musste diesen Platz verlassen, musste sich erst einmal erholen und vollständig reinigen, zumal ebenfalls seine Außenhülle von den Abgasen der unterschiedlichen Motoren verklebt und verschmutzt war. Der Lärm an der Kreuzung war derart unerträglich, die Messwerte bestätigten dies eindeutig. Alle sich in der Nähe befindenden Pflanzen waren Tag und Nacht im Dauerstress und kaum noch als lebend zu bezeichnen. Die Pflanzen waren übermäßig verklebt, verschmutzt, dass ihnen das Atmen äußerst schwer fiel. Hinzu kam, dass ihr Trinkwasser schwer verseucht und mit unterschiedlichsten Ölen verpestet war. Den Tieren erging es nicht besser. Sie hatten sich teilweise an die Menschen gewöhnt, obwohl es eigentlich ihr Lebensraum war, der ihnen von den Menschen gestohlen wurde, aber es war schwer, hier zu bestehen, zumal ihre Nahrung schwermetallverseucht war. Viele Tiere verendeten, lagen in den Gossen. Aus welchem Grunde versorgten die Menschen die Bäume an den Straßen nicht mit auseichend Wasser ?

Wieso machten sie alles falsch?

Wieso waren ihnen ihre Mitlebewesen egal?

Wieso wussten sie nicht, dass gerade die Bäume wertvolle Mitlebewesen waren? Ein Menschen- Wesen bretterte unachtsam und zu schnell gegen einen wundervollen Baum mit seiner Giftblechkiste. Wieso wurde nicht zuerst der wertvolle Baum versorgt?

Wieso wurde er überhaupt nicht versorgt?

Was war los mit dieser merkwürdigen „Menschheit"?

E.S.-X-M.9 verließ auch erst einmal den Spielplatz, er wollte sich umsehen, wollte Input machen. Zur gleichen Zeit hatten sich die anderen drei Roboter- Wesen über die kleine Stadt verteilt. Schon vor Stunden waren sie, noch im Schutz der anbrechenden Morgenstunde, gemeinsam aufgebrochen. Einer saß oben in einem Baum, einer klammerte sich an einen Ampelmast über der Hauptkreuzung der Stadt, einer lag auf dem Schrank im Lehrerzimmer des Gymnasiums. Nach der Mittagszeit wechselten sie ihre Standorte. Einer hing unter der Decke in der Kantine des Finanzamtes. Der nächste rollte sich zusammen, auf dem Ticket- Ausgabeschalter am Bahnhof, das dritte Roboter- Wesen posierte im Kaufhaus, stellte sich mitten in eine Gruppe sportbekleideter, immer vor Jugend strotzender Schaufensterpuppen.

Überall rasten Tausende Menschen aneinander vorbei, beachteten weder die unbeweglichen Roboter, noch ihre Mitmenschen, noch sonst etwas in ihrer unmittelbaren Umgebung. Alle waren mit irgendetwas beschäftigt, glotzten verloren auf kleine Geräte, die sie wie verkrampft in Händen hielten und die sie ab und zu streichelten, dabei stets weitertorkelnd, andere Menschen anrempelnd.

Wieder andere redeten mit diesen Geräten und immer vollkommen wirres Zeug und nur dummen, belanglosen Mist. Diese schwerdefekten Menschen- Leute- Massen schienen keinerlei Orientierung zu haben.

Erstaunlich war auch, dass es ihnen nichts ausmachte, dass alles um sie herum voller Lärm war und dass die Luft, die sie doch auch ständig einatmeten, verseucht war und voller Dreckpartikel. Diesen Menschen- Wesen schien dies alles nichts auszumachen. Man musste davon ausgehen, dass sie diesbezüglich über keinerlei Sensibilität mehr verfügten, schon gar nicht über den inneren Willen, dies alles zu verändern, wieder in Harmonie zu versetzen. Es war sogar weiter davon auszugehen, dass ihnen die Empfindlichkeit alles Wichtigen komplett verlorengegangen war, falls sie jemals vorhanden gewesen war, falls sie jemals darüber verfügt hatten.

Als sich die Roboter am Abend, zu festgesetzter Stunde, alle wieder trafen, um sich in aller Ruhe auszutauschen und um das täglich Notwendige auszuführen, wollten die anderen drei Roboter von E.S.-X-M.9, ihrem für diese Aufgabe, hier in dieser Welt Verantwortlichen, wissen, wie sie dann nun weitermachen sollten, zumal doch die jetzigen Ergebnisse derart katastrophal waren.

E.S.-X-M.9 sagte ihnen, dass er zur Zeit keine Richtung vorgeben könne und dass sie in den nächsten Tagen, ja möglicherweise sogar in den nächsten Wochen, viele, viele Entscheidungshilfen sammeln müssten. Auch er sei über die Arglosigkeit, ja über die grenzenlose Dummheit der Menschen- Wesen jetzt schon über alle Maßen erschrocken. Man müsse aber bis zum „Tag 32" erst einmal Informationen sammeln und möglicherweise versuchen, mit den Menschen- Wesen zu sprechen. Man müsse Argumente anhäufen und sorgfältig sortieren.

Dann begannen die drei mitwirkenden Roboter ihre festgesetzte Duplizierungsarbeit nach der mitgeführten inneren Formel zu starten.

E.S.-X-M.9 zog sich zurück und begab sich in die Welt der Musik. Er wusste, dass diese Musik nicht von dieser Welt war. Er musste immer schmunzeln, wenn Menschen untereinander darüber diskutierten, wie es sein könnte, dass ein Mensch ein Genie sei, wie eben jener Mozart und neunundneunzig Prozent der Restmenschheit dumm wie Stroh. Wie dumm waren die Diskutierenden, dass sie nicht in Betracht zogen, dass ein Mozart nicht hier aus dieser Welt stammen konnte.

Ebenfalls schmunzelte er, wenn die Gen- Forscher sich nicht klar darüber waren, dass der Bauplan für einen Körper nichts, aber auch wirklich gar nichts, mit seinem energetischen Inhalt zu tun hatte.

E.S.-X-M.9 setzte sich in die Krone eines alten, knorrigen Baumes, mitten in einen Wald hinein und lauschte der Musik eines Genies namens Beethoven, welches er aus einem anderen Universum kannte.

Er fühlte sich nicht wohl, hier in dieser Welt, in dem Universum.

Warum das so war, genau dass galt es herauszubekommen.

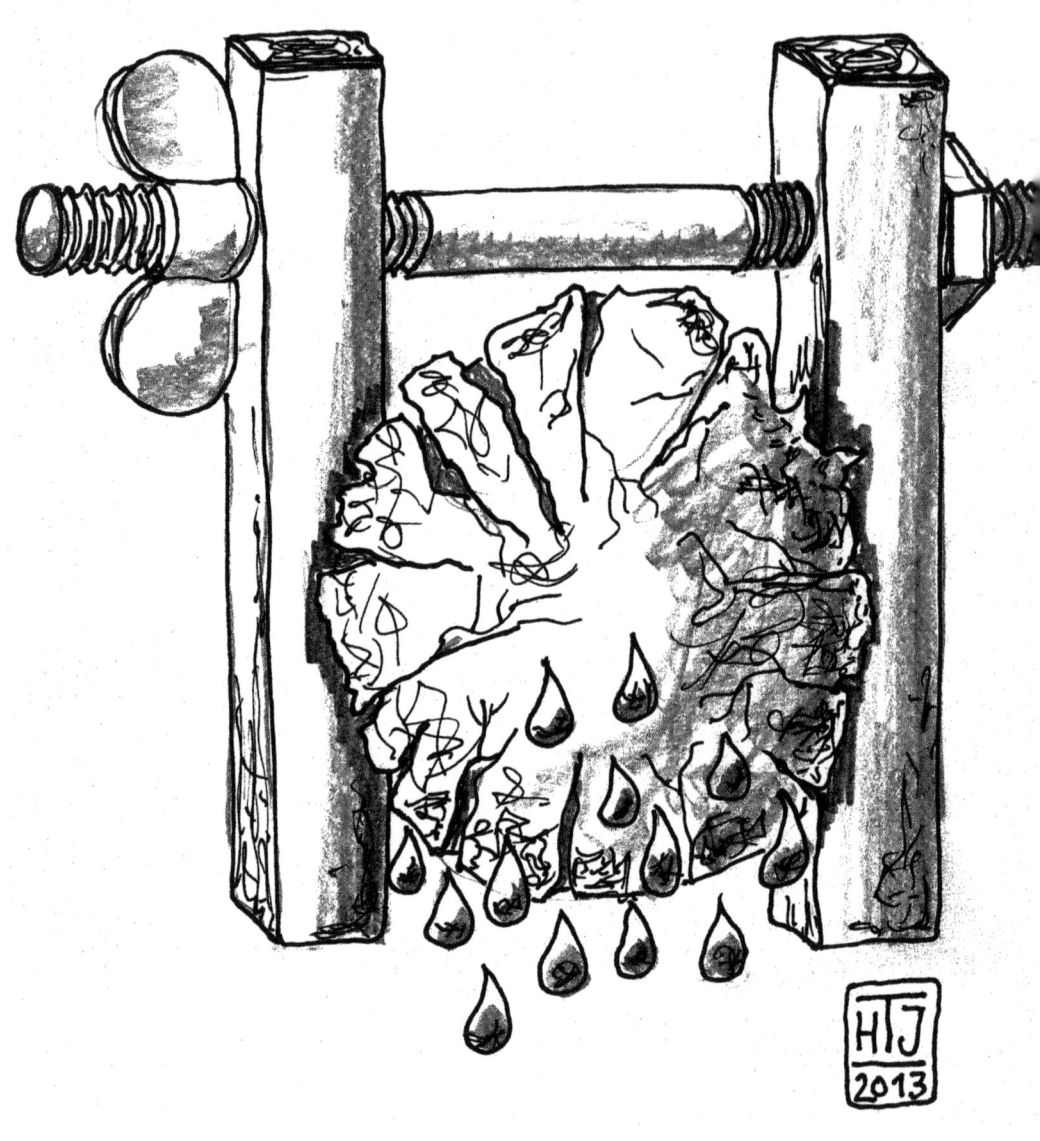

WER / WAS PRESSTE
DIESE WELT
AUS ?

# – IV –
## Tag „4"
# [ 8 ROBOTER ]
## Donnerstag / 1. Woche

---

*Die geistigen Übungen der Menschen sollten sich auf*
*folgenden Grundsatz der Lehre stützen :*

## „Kein Ding (jeglicher Art) ist es wert,
## dass man sich mit ihm verbindet, verklebt!"

*( Majjhima- nickäya 37 )*

---

Früh am Morgen, bevor sich die Sonne in ihrer Tagesbahn zeigte, verließen alle acht Roboter ihren Sammelpunkt. E.S.-X-M.9 hatte sie instruiert, so dass jeder von ihnen wusste, was er an diesem heutigen und, wie es aussah, wieder wundervollen Tag, zu machen hatte.

E.S.-X-M.9 nahm sich für heute vor, eine Fachhochschule am Rande der kleinen Stadt aufzusuchen, um mit den unterschiedlichen jungen Studierenden zu sprechen, herauszubekommen, was sie so dachten über diese Welt, in der sie lebten. Er wollte wissen, wie es sich mit den Unterschieden der Bildungssysteme verhielt. Möglich, dass es sich bei den Jugendlichen, denen er auf dem Spielplatz begegnete, um besonders bildungsferne junge Menschen gehalten hatte. Nun trug er in sich allerdings schon einiges an Input, welches ihm seine Roboter- Mitwirkenden überspielten. Die hieraus angefertigten Analysen über die Verantwortung der Menschen in Bezug auf den Planeten, diese Welt, in der er sich hier befand, waren alles andere als erfreulich.

Die Menschen schienen keinerlei Beziehung zu diesem Planeten zu haben, sie nutzten ihn lediglich zur wahllosen Ausbeutung. Von ihrer, in diese Welt mitgebrachten Aufgabe, alles in diesem Universum in Harmonie zu halten, ja halten zu müssen, aber eben auch zu dürfen, schienen sie nichts zu wissen, oder es war ihnen eindeutig egal.

23

E.S.-X-M.9 positionierte sich im Bereich der Mensa. Hier konnte er davon ausgehen, mit den meisten Studenten in Kontakt kommen zu können. Es war auch so, wie er vorab vermutete. Die Studierenden interessierten sich für den Roboter auf dem Ecktisch, schon weil er so lustig aussah.

Zuerst standen die Studierenden nur so herum und redeten miteinander über den dort aufgestellten Roboter. Erst als er sie ansprach, redeten sie auch mit ihm. Einige waren natürlich erschrocken, vermuteten dann aber, es wohl mit einer kommunizierenden Maschine zu tun zu haben, ganz bestimmt nicht mit einem Lebewesen.

„Mein Name ist E.S.-X-M.9.", sprach sie E.S.-X-M.9 mit seiner angenehmen Stimme an. „Erzählt mir doch von eurem Verhältnis zu diesem Planeten, zu dieser Welt und warum ihr sie nicht in Harmonie haltet. Erklärt mir bitte, warum ist sie so verdreckt, so grausam krank?"

Natürlich waren die meisten Studenten platt, bekamen erst einmal gar nichts heraus. Die unsicheren Studenten hielten den Roboter auch für einen Hinterhalt der Fachhochschule oder doch eher für einen Gag irgendeiner Wissenschaftlergruppe. Sie waren da sehr zwiespältig. Auch die Fragen dieses Roboters hielten sie für grenzwertig, in Bezug auf eine mögliche Karriere in Politik und Wirtschaft. Es konnte ja sein, dass all ihre Antworten gespeichert und ausgewertet würden. Vielen Studierenden war das zu heiß, schließlich lebten sie in einer doch eher sehr fragwürdigen bis perversen „Demokratie". Dann antwortete doch noch ein mutiger oder vielleicht eher unbedarfter Student, musste man ja in diesem Zusammenhang fast schon anmerken.

„Hallo E.S.-X-M.9, was meinst du mit Harmonie in Bezug auf unsere Erde und auf unsere Menschheit?", fragte ein junger zarter Mensch mit einer hellen, offenen, leicht zittrigen Stimme weiblicher Hormonstruktur. Alle anderen standen staunend und gespannt herum.

„Ich spreche selbstverständlich die drei Hauptgesetze an, welche die Grundbedingungen der göttlichen Harmonie darstellen für alle Lebewesen dieses Planeten, im Zusammenwirken mit dem Planeten selbst und seinen, wenn überhaupt noch vorhandenen, Seelen- Wesen. Diese Gesetze gelten, wie ihr wissen solltet, im gesamten Universum, somit also auch hier, in dieser Welt, also bei euch selbst."

Einige Studenten gingen weg, sie hatten Angst und das konnte das Roboter- Wesen E.S.-X-M.9 regelrecht über seine Riechsensoren aufnehmen. Doch einige wenige Studenten waren wissbegierig interessiert und sie begannen, weiter zu fragen, fanden Gefallen an der Art Kommunikation.

„Um welche drei Gesetze soll es sich denn handeln, die uns ganz klar und eindeutig nicht bekannt sind, Herr Roboter E.S.-X-M.9?", rief einer laut aus der hinteren Reihe mit tiefer, dunkler Stimme.

„Das will ich euch gern sagen, ihr Menschen- Wesen. Es ist immer klarzustellen, dass niemals im Universum die Harmonie zu verletzen ist. Egal, was in der Materie veranlasst wird, es ist vorher klarzulegen, dass nichts und niemand dabei zu Schaden kommen darf, noch dass in harmonische Abläufe eingegriffen wird. Nun zu den drei Gesetzen, die besonders für bewohnte Planeten gelten : Das erste der drei Gesetze lautet : die Luft und die Lufthülle eines Planeten darf niemals verunreinigt werden, sie muss sich permanent für alle Lebensformen immer und zu jeder Zeit in allerhöchster Reinheit befinden. Das zweite Gesetz lautet : alle Wasser dieser Welt oder sonstige wasserähnlichen, Lebensraum darstellenden Flüssigkeiten dieses Universums dürfen in ihrer Harmonie niemals gestört werden, niemals verunreinigt werden. Sie müssen für immer allen Lebewesen in allerhöchster Reinheit zur Verfüg stehen. Kein Lebewesen darf Wasser verunreinigen oder in jedweder Form manipulieren. Wasser stellt ein hohes persönliches Gut des Planeten und des jeweiligen Planeten- Wesens dar. Im dritten Gesetz ist zu lesen : alle Nahrungsmittel für alle Lebewesen des Planeten, zur kostenlosen Verfügung gestellt durch den Planeten, dürfen niemals verunreinigt noch, in welcher Form auch immer, manipuliert werden. Dies ist allen intelligenten Lebewesen im Universum klar und es ist ihnen ehernes Gesetz. Ihr Menschen- Wesen scheint euch für eine Ausnahme zu halten.“

„Wie soll man das einhalten können, das geht doch gar nicht !“, rief eine weitere, krächzende Stimme von der rechten Seite.

„Selbstverständlich durch Intelligenz und permanentes Arbeiten an der eigenen geistigen Entwicklung, weit weg vom materiellen Anhaften. Achtet stets darauf niemals anzuhaften.“, entgegnete ihnen klar und deutlich E.S.-X-M.9.

„Du sprichst in Rätseln, kleiner Kugelfreund. Gib dich zu erkennen, wer spricht da durch dich ?“, fragte ein junge Frau mit wachen und klugen Augen. „Zu welchem Fachbereich gehörst du ?“

„Ich bin E.S.-X-M.9. Ich bin nicht aus diesem Universum. Ich wurde in diese Welt geschickt, um zu beurteilen und zu reinigen. Ich bin hier um der Rettung des Planeten Willen. Ich bin nicht hier, um die Menschen- Wesen zu retten oder gar zu belehren. Es ist der Menschen- Wesen eigene Aufgabe, sich in der rechten Weise zu schulen und zu trainieren in seiner geistigen Entwicklung. Aus welchem Grunde sonst befindet ihr euch in einem Studium, wenn nicht, um den Weg der Erkenntnis zu erlangen ?“

„Wir studieren hier die unterschiedlichsten Fachbereiche, doch ein Studium der „Erkenntnis des rechten Weges“ befindet sich nicht da runter, mein kleiner Kugel- Roboter Freund.“, schmunzelte ein junger Mann mit dicker, schwarzer Hornbrille.

„Dann wäre es besser, sich noch einmal zu überlegen, aus welchem Grunde man überhaupt ein Ausbildung dieser Art, egal aus welcher falscher Eingebung heraus man hier auch studiert, eingegangen war.", antwortete E.S.-X-M.9.

„Ich kann dir meine Beweggründe schon sagen, sie liegen, wie bei fast allen bei uns, in der Aussicht auf einen guten Job mit einer adäquaten Bezahlung.", meldete sich ein kräftig gebauter Student.

„Wenn man sich nicht für die drei Gesetze und für seinen Planeten bedingungslos einsetzen will, dann spielen alle anderen Überlegungen überhaupt keine Rolle, zumal man sich eindeutig auf dem falschen Weg befindet. Wenn man dies nicht in Betracht zieht und nicht einmal einsieht, ist man unweigerlich verloren. Letztlich ist damit die ganze Menschheit verloren. Es gilt an dieser Stelle, die Systeme, in denen man sich bewegt, zu überprüfen. Halten sie den drei Gesetzen nicht stand, dann taugen sie nichts für eine Weiterführung, hier in dieser Welt. Es ist eure Aufgabe, darüber schnellstens nachzudenken und schleunigst die Richtung der Menschheitsentwicklung zu verändern. Meine Entscheidung wird am Tag zweiunddreißig fallen. Die Menschheit hatte Jahrtausende Zeit, das Richtige zu tun, sich für den richtigen Weg zu entscheiden. Sollte ich nichts in dieser Richtung finden, wird meine Entscheidung klar und deutlich ausfallen."

„Du redest ständig in Rätseln.", sagte ein verängstigtes, junges Mädchen mit dichten, wuschligen Haaren. „Wer bist du ?"

„Mein Name ist E.S.-X-M.9. Ich wurde in diese Welt gesandt, um mit meinen Mitwirkenden diesen „Blauen Planeten" zu retten."

„Wer sind deine Mitwirkenden ?", wollte ein Student mit Pudelmütze, dickem, dunkelrotem Schal und Smart-Fon wissen.

„Meine Mitwirkenden sind Roboter- Wesen wie ich. Wir verdoppeln uns täglich bis zum Tag zweiunddreißig, dann werde ich, wie ich euch schon sagte, entscheiden, was mit den Menschen- Wesen geschehen soll. Wer von euch schon einmal Schach gespielt hat, der begreift nun langsam, bedauerlicherweise eben wirklich nur langsam, was es mit der Verdopplung auf sich hat. Ich muss nun gehen. Alles Gute für euch, ihr habt ja noch genau vier Wochen Zeit. Nutzt diese Zeit endlich einmal.", sagte E.S.-X-M.9 und verschwand in rasender, für Menschen-Wesen kaum nachvollziehbarer Geschwindigkeit. Es war so schnell, als wäre er niemals anwesend aufgetreten.

# – V –

## Tag „ 5 “

## [ 16 ROBOTER ]

### Freitag / 1. Woche

---

*Wenn man an den materiellen Gegenständen hängt,*
*begibt man sich in ihre Unterordnung / Anhaftung.*

*( so die Aussagen des Buddhadäsa )*

---

Wieder hatten sie eine arbeitsreiche Nacht hinter sich gebracht und so war es E.S.-X-M.9 an diesem Morgen bereits möglich, fünfzehn seiner Mitstreiter in umliegende Städte zu senden. Sie erhielten die Aufgabe, sich umzusehen und umzuhören, sich allabendlich zu melden und Informationen auszutauschen. Ebenfalls hatten sie dafür zu sorgen, das die beauftragte Anzahl an Duplikaten zu erstellen war, in unvermindert ausgezeichneter Qualität, wie in sie programmiert. Die Roboter- Wesen taten, wie ihnen geheißen und sie zogen in die Welt, die sich augenblicklich noch auf Deutschland beschränkte.

E.S.-X-M.9 dachte über die letzten Tage nach. Er hatte immer noch niemanden angetroffen, der in der Lage gewesen wäre, mit ihm die Lage der Menschheit, hier in dieser Welt, zu besprechen. Es gab einfach keine höheren Menschen- Wesen, die für diese Welt verantwortlich zeichneten. Natürlich hatte er von sogenannten Politikern gehört und anderen obskuren, ja, gläubigen Figuren, welche sich anmaßten, im Namen unterschiedlicher, unbekannter Götter, stellvertretend zu wirken, zu sprechen, aber sie ließen ihrem Geplappere und als etwas anderes war es nicht zu bezeichnen, keinerlei sichtbare Taten folgen. Nein, F.S.-X-M.9 war auf der Suche nach seriösen höheren Menschen- Wesen mit Rückgrat und erkennbarer Willensstärke, im ausschließlichen Einsatz für diese Welt, für diesen geschundenen Planeten.

Wo hielten sich die Menschen- Wesen auf, die für die Harmonie in dieser Welt zuständig waren und besonders für die unbedingte Einhaltung der Harmonie in dieser Welt ? Es musste diesen Menschen- Wesen sehr schlecht gehen, falls es sie überhaupt je gegeben hatte, da sie sich ganz offensichtlich nicht im Allerkleinsten durchzusetzen vermochten.

Wie anders sollte sonst der Zustand dieser Welt zu erklären sein ?

Was war, wenn sie alle sich gar nicht mehr in dieser Welt aufhielten, verschwunden waren, vielleicht sogar vertrieben wurden oder Gefangene waren oder bereits alle erschlagen ?

E.S.-X-M.9 wusste, was er dann zu tun hatte, er hatte eine Aufgabe zu erfüllen, die weit über dem Erhalt der Menschen- Wesen stand. Im Universum spielten die sogenannten „Menschen- Wesen" nicht die allergeringste Rolle. Es war erstaunlich genug, dass sich diese „Menschen-Wesen" selbst für wichtig und unentbehrlich hielten. Wieder so eine perverse, grundlose Verwirrung dieser Spezies, zumal sie die Harmonie vernachlässigten, ja nicht einmal zu kennen schienen.

E.S.-X-M.9 machte sich auf den Weg. Er wollte noch einmal bei dieser Fachhochschule vorbeischauen, die er bereits gestern besuchte. Die Bedeutung dieser Institution setzte voraus, dass sich dort eigentlich Menschen- Wesen aufhalten sollten, zumindest im sogenannten Lehrkörper, die verbindliche Aussagen tätigen könnten.

E.S.-X-M.9 entschloss sich wieder für die Mensa, zumal er dort bereits als bekannt gelten sollte. Er musste feststellen, dass dem so war.

Gerade als er mit dem ersten Studenten ins Gespräch kommen wollte, drängte sich ein uniformierter, bemützter Mann durch die Menge, baute sich vor ihm auf und erklärte mit humorlosem Ton in der tiefen Stimme, dass dieser Unsinn mit der Roboter- Attrappe augenblicklich zu unterbleiben habe, eine Anweisung der Fachhochschul- Leitung. Wenn sich nicht umgehend der Verursacher stellte, dann würde er der Angelegenheit ein abruptes Ende bereiten.

Was war das denn für ein skurriles Menschen- Wesen ?

Was war los in dieser kaputten Welt ?

E.S.-X-M.9 sprang vom Tisch herunter und lief langsam und angemessenen Schritts aus der Mensa hinaus. Nun war er aber dennoch viel zu schnell, so, dass es den trägen Verfolgern nicht möglich war, nachdem sie sich wieder gefangen hatten, ihm zu folgen. E.S.-X-M.9 musste feststellen, dass noch zwei weitere Uniformierte vor der Mensa- Tür auf ihn gewartet hatten, die wiederum nicht mitbekamen, wie er an ihnen vorbeihuschte. Er entschloss sich daraufhin, noch eine der Vorlesungen zu besuchen. Er schlüpfte in einen der Säle, es ging um sogenannte „Menschenrechte", soviel war klar zu verstehen, als er den Saal betrat. Noch bevor er in einer Reihe Platz nahm, stellte er eine Frage in den Raum hinein, wobei er gleichzeitig erreichte, dass ein Großteil der bereits eingedösten Studenten wieder aufwachte :

„Wieso geht es ständig nur um „Menschenrechte", zumal für jeden klardenkenden Menschen feststehen sollte, dass die Menschen- Wesen eindeutig eine Minderheit in dieser Welt darstellen ? Wieso diese himmelschreiende Ignoranz der Menschen- Wesen gegenüber allen anderen Lebensformen in dieser Welt ? Woher nehmen sich diese einfältigen Menschen- Wesen eigentlich das Recht, diesen Planeten, der ihnen zudem nicht einmal gehört, als ihr alleiniges Eigentum zu betrachten ?"

Vor den Studenten stand eine Frau Professorin, eine kräftige Dame mittleren Alters mit weißgrauem Haupthaar. Sie hatte nicht mitbekommen, dass sich E.S.-X-M.9 zwischenzeitlich in den Hörsaal geschlichen hatte. Sie schaute zwar etwa in seine Gegend, erkannte aber mit ihrer Brille älteren Typs nicht mehr alles klar und deutlich, was sie selbst nicht störte, da ihr die Studenten sowieso vollkommen Wurst waren, so kurz vor ihrer Pensionierung. Sie hatte noch fünf Semester vor sich und dann hatte sie es endlich geschafft. Sie bemühte sich dann aber doch um eine Antwort :

„Es ist erstens festzuhalten, dass wir es hier mit den Menschenrechten zu tun haben und nicht mit sogenannten Lebensrechten aller Lebewesen dieser Erde. Trotzdem haben Sie insoweit Recht, dass die Rechte aller anderen Lebensformen dieses Planeten schon immer sträflich vernachlässigt wurden. Es ist schon nicht einmal klar, warum wir überhaupt sogenannte Menschenrechte aufführen, zumal sie in jeder Form und permanent ebenfalls sträflich vernachlässigt werden, ja, eigentlich niemals eingehalten wurden, noch werden. Die Strukturen der Macht-Menschen in den vielen, vielen unterschiedlichen Ländern dieser Erde, einschließlich der vielen unterschiedlichen Diktaturen, also scheinheiligen „Demokratie- Varianten", verhindern eine allerkleinste Festlegung verbindlicher Art des Zusammenlebens, hier nur der Menschen miteinander."

„Warum gründet man dann nicht endlich in dieser Welt eine für alle verbindliche Weltregierung unter der Führung unabhängiger, korruptionsresistenter Menschen- Wesen ? Warum sind die, zur Zeit hier in dieser Welt lebenden Menschen- Wesen, zu einem solchen notwendigen Schritt nicht in der Lage ?" , meldete sich E.S.-X-M.9 wieder.

„Sehr weise und doch auch sehr naiv.", retournierte die Professorin.

Alle Studenten im Hörsaal lachten laut, da jetzt endlich wach.

„Sind die Menschen- Wesen zu dumm, ihre Aufgabe und ihre Verantwortung für diesen Planeten, sich selbst und alle sonstigen Lebewesen zu erkennen ? Wollen Sie mit Ihrem resignierenden Lachen genau dies demonstrieren ?", fragte E.S.-X-M.9 sachlich, aber schon schärfer.

„Ich denke, Sie gehen zu weit, mein Freund !", sagte die Professorin mit ernster Miene. Sie fühlte sich möglicherweise persönlich getroffen, zumal sie selbstverständlich auch nichts unternahm, immer schön gehorsam war und an ihr Pöstchen dachte, daran hing, somit im weitesten Sinne auf diesen Planeten schiss ( sowieso ! ). Es ging hier um Pensionsansprüche und nicht um eine saubere Welt.

„Meinen Sie, die Welt sei es nicht wert, sie sauber und in Harmonie zu halten und für sie bedingungslos einzutreten ?", fragte E.S.-X-M.9 weiter, ohne sich aufhalten zu lassen. Die Studenten staunten sehr.

„Wer sind Sie eigentlich ? Stehen Sie einmal auf und nennen Sie mir Ihren Namen. Gehören Sie hier überhaupt in meine Vorlesung ?", fragte nun die Professorin, ein wenig aufgeregter und leicht ängstlich.

E.S.-X-M.9 schwebte augenblicklich zwei Meter über den Köpfen der anwesenden Studenten und erklärte sich wie angefragt :

„Mein Name ist E.S.-X-M.9. Ich bin gesandt worden, um mich um diesen Planeten zu kümmern, ihn zu schützen und ihn wieder in Harmonie zu bringen. Ich soll die Menschen- Wesen betrachten, um festzustellen, ob sie es weiter wert sind, sich in dieser Welt entwickeln zu dürfen. Unter entwickeln wird im Universum die geistige Entwicklung verstanden und niemals die materielle Entwicklung zerstörerischer, nutzloser Maschinen. Es geht um Erkennen und Verstehen und um Harmonie. Es geht nicht um Geld, Mord, Hass und Planetenzerstörung."

Dutzende junge Studentinnen sprangen auf einmal von ihren Plätzen auf und kreischten wie die Bekloppten. Sie versuchten, zu den Ausgängen zu gelangen, stolperten übereinander, traten sich gegenseitig in die Gesichter und verhielten sich wie die Geisteskranken.

E.S.-X-M.9 schwebte sachte und bedacht zum Ausgang des Saales, verschwand in Sekundenschnelle aus der Fachhochschule und wunderte sich nur.

Wann wollten diese Menschen anfangen zu denken, zu erkennen ?

Die jungen Studenten und diese Professorin stellten also die Elite der Menschen- Wesen dar ! Ach du scxxxxx, .... !

Hoffentlich gab es noch irgendwo Menschen- Wesen, die wenigstens ein wenig in der Lage waren, rational etwas richtig zu machen, weil sie vorher darüber nachgedacht hatten und somit endlich einmal feststellten, dass es auch einen richtigen Weg gab, den anderen Weg nämlich.

Auf den Fotos der Studenten, die sie während der Vorlesung ohne die Genehmigung von E.S.-X-M.9 machten, befanden sich, wie immer in solchen Fällen, lediglich gleißende, weiße, dicke Flecken an den Stellen, an denen man eigentlich ein kleines kugelkopfförmiges Roboter-Wesen hätte erkennen müssen.

Jetzt endlich war das Stampfen der Stiefel der Security- Typen zu vernehmen. Keuchend kamen sie am Hörsaal an, die arme Professorin saß kreidebleich auf einem Stuhl und fächerte sich Luft zu mit einer Studienarbeit. Sie war einfach nur fertig, das arme Ding.

Am anderen Tag stand in der Tageszeitung, auf der vorletzten Seite, lediglich ein Satz, dessen Inhalt darin bestand, dass es einen riesengroßen Scherz in der Fachhochschule gegeben hätte mit einer Roboterattrappe. Anwesende Zeugen bestätigten dies.

E.S.-X-M.9 begab sich erst einmal an einen Fluss, er hatte dort einen Platz ausgemacht, an dem er allein war. Er nahm Kontakt auf zu seinen Mitwirkenden. Auch diesmal ergab der Datenaustausch keinen einzigen erwünschten positiven Treffer.

In den Nachrichten war es ebenfalls immer nur blutig. Junge Mutter erschlägt ihre drei Kinder, im Alter von einem, zwei und drei Jahren. Der Vater befand sich noch in der Ausnüchterungszelle, wusste somit von seinem Glück nichts. Bald konnte er ungestört weitersaufen. Oder seinen Doktor machen. Mal sehen !

Eine weitere Nachricht besagte, dass sich im Nahen Osten die unterschiedlichen Islam- Killer jetzt bereits gegenseitig zerhackten. Das war wirklich eine positive Nachricht. Israel war darüber derartig happy, wollte jetzt jeder dieser unterschiedlichen Mördergruppen jeweils tausende Macheten schenken, allerdings unter der Bedingung, dass die Dumpftypen kräftig so weitermachten. Ist irgendwo auch verständlich.

Wie irre und kaputt waren diese Welt- Menschen eigentlich ?

Vollkommen durchgeknallt war da eine nette Untertreibung.

Wäre es nicht besser, um diese ganze Irrenanstalt einen großen Zaun zu bauen, aber das Programm lief bereits, die Europäer bauten wieder Zäune und die Amerikaner schon immer. Alle anderen wollten auch Zäune haben. Israel baute Mauern. Voll cool.

Was waren das eigentlich für gruselige Fehlkonstruktionen, diese Milliarden und Milliarden Menschen- Wesen ?

Welcher Trottel hatte diese fehlprogrammierten Wesen konstruiert ?

Wer war der Erschaffer dieser Hohlköpfe ?

Was hatte der Erschaffer- Hohlkopf sich dabei gedacht ?

Was wollte er mit diesen Menschen- Wesen herausfinden ?

Wie verwirrt war der Geist des Erschaffers wirklich ?

E.S-X-M.9 schüttelte innerlich seinen massigen Kopf. Was sollte er nur machen ?

Er hatte seine Aufgabe und seine Aufgabe war klar und eindeutig. Doch schon jetzt ergaben sich neue Fragen.

Nun gut, er hatte noch viel Zeit. Jetzt wollte er erst einmal herunterfahren. Er klickte sich in einen Klassik- Kanal ein und hörte stundenlang Mozart, alle Klaviersonaten.

Herrlich ! Göttlich ! Geistig ! Wundervoll ! Ein Genie.

Eindeutig nicht aus diesem Universum.

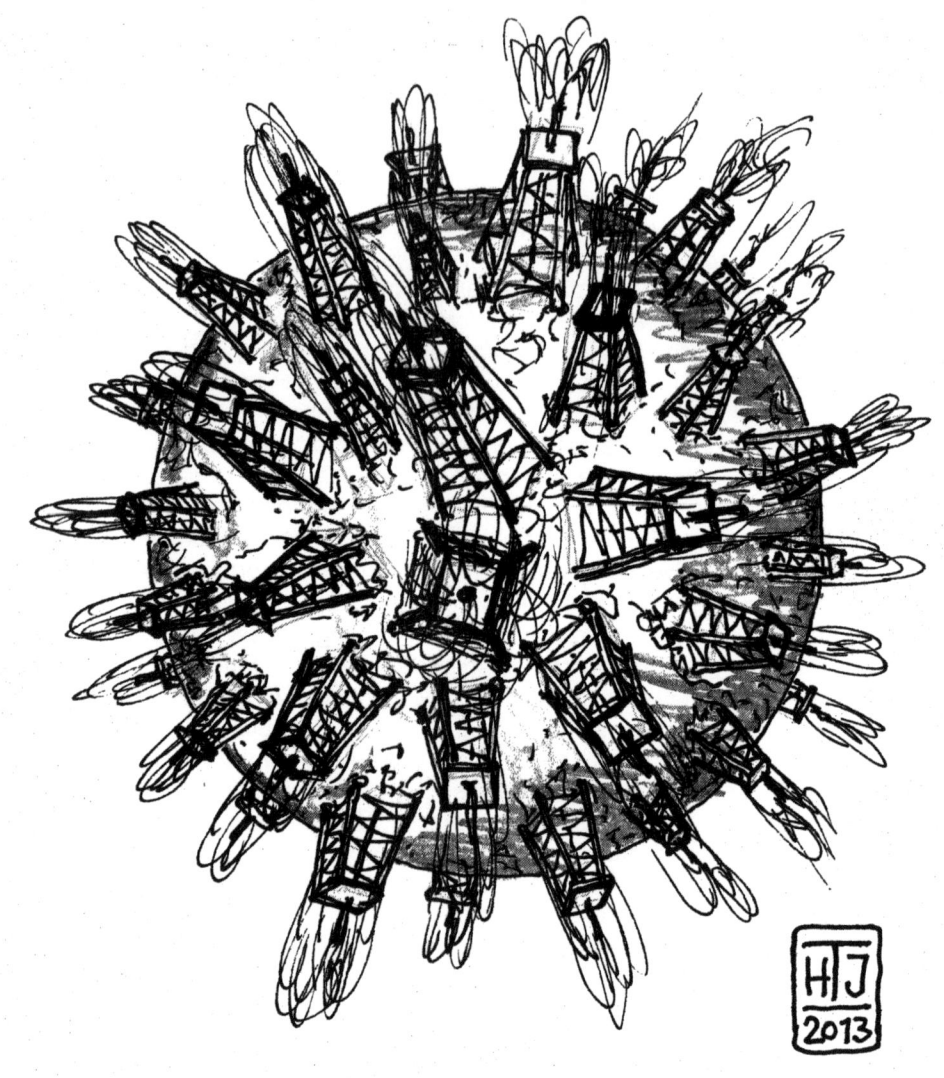

WER / WAS FÜHRTE DIE
AUSSCHLACHTUNG
DIESER WELT
DURCH ?

# – VI –

## Tag „ 6 "

# [ 32 ROBOTER ]

## Samstag / 1. Woche

---

*Ob man wirklich friedfertig und gelassen ist,*
*zeigt sich immer erst dann,*
*wenn einen unangenehme Diktionen treffen.*

*( frei nach Majjhima- nikäya 21 )*

---

E.S.-X-M.9 leitete all seine Informationen an seine mitwirkenden Robo-
ter- Wesen weiter, so wie auch sie alle Tagesinformationen an ihn wei-
terleiteten. Dies alles funktionierte wirklich gut. Nur so war es möglich,
sich ein immer größer werdendes Bild vom Zustand der Menschen-
Wesen, hier in dieser Welt, machen zu können, schließlich sollten sie ja
in den nächsten drei Wochen zu einer Entscheidung kommen über das
„Schicksal" dieser sogenannten Menschen- Wesen, bezogen auf ihr
Harmoniewirken in dieser Welt. Letztendlich lag die endgültige Entscheidung aber ausnahmslos in der Hand von E.S.-X-M-9.
Alle mitwirkenden Roboter hatten sich um Materialquellen zu kümmern und um alles Sonstige für ihre Duplizierung Notwendige. Sie arbeiteten von Tag zu Tag immer besser Hand in Hand und sie wurden
auch immer schneller in den einzelnen Fertigungsschritten. Als der
sechste Morgen anbrach, waren wieder alle unterwegs, diesmal waren
sie bereits zweiunddreißig, verteilt über ganz Deutschland. Sie erhielten ihre präzisen Koordinaten von E.S.-X-M.9.
E.S.-X-M.9 organisierte weiter und alle anderen Roboter- Wesen unterstützen ihn mit ihren allerbesten Möglichkeiten. Ihre Möglichkeiten waren fast grenzenlos, da sie einer anderen Denkentwicklung unterstanden. Ihre Wirkungsweise war nicht auf Zerstörung, sondern auf Wiederherstellung der göttlichen Harmonie im Universum aufgebaut.
Wie war dies zu verstehen ?

Ein Beispiel, welches hier, in dieser Welt, schnell nachvollziehbar sein sollte. Wenn ein Mensch ein Krebsleiden aufwies, dann stellte dies für diesen menschlichen Körper und für den Energiekörper dieses einzelnen Menschen eine hohe Belastung dar. Alles in seinem System geriet außer Kontrolle, befand sich nicht mehr in Harmonie. Um diese Harmonie wieder herzustellen, war der Krebs zu entfernen, die Harmonie sowohl des Körpers, als auch des Energiekörpers, war unbedingt wieder auszugleichen. Des Weiteren war dafür zu sorgen, dass es zu keinem Rückfall mehr kommen konnte, da eines klar war, die göttliche Harmonie durfte nicht verletzt werden, weder im Universum, noch im klitzekleinen menschlichen Körper.

Was war die einzige Aufgabe des Roboter- Wesens E.S.-X.M.9 ?

E.S.-X-M.9 und seine Mitwirkenden wurden eingesetzt, um „Krebsgeschwüre" zu entfernen. Sie waren „Harmonie- Wesen".

E.S.-X-M.9 wurde mit allem ausgestattet, was nötig war, um eine dieser „Krankheiten" zu erkennen und um sie sofort zu transformieren.

E.S.-X-M.9 war hochpräzise und hocheffektiv. Er transformierte immer nur das hundertprozentig Notwendige, niemals versagte er. Er war der Segen der „Schöpferischen Energie".

Alle zweiunddreißig Roboter- Wesen verteilten sich in Windeseile. Sie hatten viel zu erledigen und viele Städte und Informationsquellen lagen erst noch vor ihnen. Nichts in dieser Welt sollte übersehen werden. Nichts durfte übersehen werden. Ein Fehler wäre unverzeihlich.

Sie befanden sich auf der Suche nach dem, was hier, in den Menschen- Wesen, als möglicher guter Ansatz für Harmonie zu finden sein könnte. Dies wäre ein denkbarer Grund, um möglicherweise daran zu arbeiten, wenn der Ansatz rasch überall entwicklungsfähig wäre.

Es war nicht nur die Aufgabe des Roboter- Wesens E.S.-X.M.9, möglichst schnell zu transformieren, nein, er sollte, zusammen mit seinen mitwirkenden Robotern, Ansätze suchen für eine, sagen wir einmal so, um es in der Sprache der Menschen- Wesen klar auszudrücken, für eine unbedingte „Sanfte Medizin". Heilung durch verstandene, erkannte und verinnerlichte Selbstheilung. Es ging also auch um den Selbstheilungstrieb des Menschen, erweitert mit Einfühlung in den Planeten, falls überhaupt vorhanden. Zur Zeit zeigte sich ein solches inneres Verlangen des Menschen nach unbedingtem Harmoniewillen nicht.

Dies war aber Voraussetzung, damit der Krebs therapierbar war und willens, seinen falschen Weg einzusehen, zur Umkehr bereit war. Man wusste allerdings schon seit langem, dass diese Erkenntnis- Varianten meist nicht in einem hochgradig aggressiven Krebsgeschwür zu finden waren, geschweige denn, es dem Krebsgeschwür verständlich zu machen, den eingeschlagenen Weg zu verlassen, also erst einmal abrupt inne zu halten und dann mit Schwung umzukehren.

E.S.-X-M.9 lief an diesem Tag direkt in eine Bibliothek hinein, einem Aufbewahrungsort für viele Bücher. Hier wimmelte es nur so vor kleinen und kleinsten Tieren. All diese Mini- Wesen waren am Knabbern und Verdauen, aber keines von ihnen war zur Lektüre eingetroffen. Im Laufe des Vormittags füllte sich die Lagerstätte der Bücher mit Gruppen von Menschen- Wesen, natürlich auch immer wieder einzelnen Menschen. Sie rannten durch die Gänge und suchten und schauten und lasen und schleppten Bücher durch die Gegend. E.S.-X-M.9 ergriff ein schwarzes Buch und blätterte. Die Bibel. Dort war zu lesen, im ersten Buch Mose, im vierten Kapitel, im siebten Absatz : „ . . .  so ruhet die Sünde vor der Tür, und nach dir hat sie Verlangen. Du aber herrsche über die Sünde !" . . . . .  Tolle Sache !

E.S.-X-M.9 verließ am Nachmittag die Bibliothek, er hatte viele Bücher durchgesehen und teils abgespeichert. Er musste feststellen, dass es Bücher der Lehre gab, die die Menschen zu führen in der Lage gewesen wären, wenn die Menschen die Bücher lesen und verstehen würden, ihrer Essenz folgen würden. Doch leider machte die Menschheit genau das Gegenteil. Sie verstanden die klaren „Lehren" nicht.

Warum war das so ??

Warum hielten sich die Menschen- Wesen nicht an diese Lehren ?

Warum folgten die Menschen- Massen regelrecht süchtig den sie in die falsche Richtung treibenden Religionen ?

Der Buddha war ein sehr kluges harmonisches Wesen. Er bestand stets darauf, dass seine „Lehre" auf keinen Fall eine Religion sei. Er bestand ebenfalls darauf, dass die Menschen- Wesen sich keinesfalls auf Dogmen und falsche Prediger einlassen sollten, sondern dass sie selbstständig denken müssten, um keinesfalls in die materiellen Fallen hochnegativer, religiöser Menschen- Fänger zu gelangen.

So wie es aussah, rannten die Menschen- Wesen den Religionen nach oder wurden von ihnen gezwungen, an bestimmte Schwachsinnigkeiten zu glauben.

Religion war somit Glauben.

Die Lehre des Buddha aber war Wissen.

Wie sagte schon damals der große deutsche Denker H.J.T. :


**„Die Dummheit der Menschheit ist grenzenlos !"**


Warum folgten sie seit Jahrtausenden blindlings, mit kriegerischem Geschrei und dümmlichem Getöse hochnegativen Propheten ?

E.S.-X-M.9 wollte es unbedingt herausbekommen.

Es war ihm auch schon aufgefallen, dass er keinerlei Kontakt aufbauen konnte zu einer eigentlich vorhanden sein müssenden Planeten-Seele. Dies wäre der erste „Blaue Planet" ohne Seele.

Jeder Planet im Universum verfügte über eine Planeten- Seele, so er denn lebendig war. Normalerweise kommunizierten die Wissenden, die sich auf einem Planeten befanden, mit der Planeten- Seele. Nun hatten aber weder E.S.-X-M.9, noch seine Mitwirkenden, eine Planeten-Seele entdecken können, noch die für diese Welt notwendigen Wissenden.

E.S.-X-M.9 entschloss sich, noch ein wenig durch die Stadtrand- Gegend zu schlendern. Auf einmal hörte er Geräusche, es erinnerte ihn an ein jammerndes Kind. Er begab sich schnell an die Stelle. Er musste erkennen, dass eine ganze Reihe größerer Kinder ein kleineres Kind bedrängten, es anschrieen, schubsten, grob stießen, es auch noch ins Gesicht schlugen, verbal erpressten.

Ohne länger zu warten, preschte E.S.-X-M.9 heran, stieß die Angreifen und Erpresser mit einem Schlag sämtlich zur Seite, so dass sie alle augenblicklich am Boden lagen. Er wandte sich an das unterdrückte Kind und fragte : „Was wollen die Typen von dir ?"

Ohne eine Antwort abzuwarten drehte er sich blitzschnell um und ließ seine Augen Blitze speien, dann schrie er die noch am Boden Liegenden an : „Ihr bleibt da, wo ihr seid, ansonsten werde ich euch alle zerfetzen."

Einige der Angreifer nässten sich ein, heulten herum und zitterten nur so vor Angst und Schrecken.

E.S.-X-M.9 wandte sich wieder an das geschlagene Kind, kümmerte sich um seine Wunden und schickte es nach Hause, vorher erklärend, dass er sich um die Bande kümmern werde, dabei ließ er seine vier hinteren Tentakel in der Luft sausen und zucken, nur um der Bande klar zu machen, dass er keinerlei Spaß verstand.

Sie blieben liegen und verstanden.

Dann drehte er sich den Arschlöchern zu und erklärte ihnen in wenigen, langsamen Sätzen, so dass sie es auch verstehen konnten, während er sie mit Blitzen fotografierte, dass er sie niemals mehr dabei erwischen möchte, dass sie Jüngere und Kleinere oder gar sonst jemanden verletzen sollten. Er würde sie im Auge behalten und er wäre immer da, wo sie ihn niemals vermuten würden, sie sollten es nicht darauf ankommen lassen.

Dann scheuchte er sie mit wahnsinnigem Lärm vor sich her, bis sie nicht mehr konnten.

Als sie sich nach ihm umdrehten, war er verschwunden, stand schon wieder Kilometer entfernt am Fluss und hörte Chopin, Verdi, Bach, Händel, Beethoven, Schubert, Liszt, Mozart, Grieg, Debussy, Brahms, Rheinberger, Tschaikovsky, Mendelsohn, Puccini, Offenbach, ........ .

# – VII –

## Tag „ 7 "

# [ 64 ROBOTER ]

## Sonntag / Ende der 1. Woche

---

*Wenn wir es vermögen,*
*in dieser Welt, dieser Materie, dieser Täuschung,*
*frei von Anhaften zu sein,*
*so offenbart sich die Erkenntnis aus der Lehre.*

*( frei nach Hui Neng )*

---

Als alle Roboter- Wesen sich am frühen Morgen wieder auf den Weg, machten, mussten sie feststellen, dass etwas anders war als sonst. Es war wesentlich ruhiger. Es fehlte die überhastete, hitzige Geschäftigkeit der vorrangegangenen Tage. Aus der einen oder anderen Richtung vernahm man dafür lärmenden, störenden Glockenschall hoch über den Dächern der alten, geschichtsträchtigen Stadthäuser.

E.S.-X-M.9 informierte seine Mitwirkenden, besonders Acht zu geben auf dieses Phänomen der unwirklichen Ruhe. Schon wie am Tag zuvor, so bewegten sich auch heute keine Schüler zu ihren Zubringerbussen oder befanden sich auf direktem Wege in die unterschiedlichen Schulen. Auch waren kaum frühe erwachsene Beschäftigte in ihren giftzerstreuenden Blechkisten unterwegs. Nun gut, man würde schon sehen, was da los war. Warum verhielten sich diese Menschen- Wesen so ?

In der kleinen Stadt selbst befanden sich nun nur noch acht Roboter-Wesen, die anderen sechsundfünfzig hatte E.S.-X-M.9 in achtundzwanzig der größten Städte Deutschlands geschickt. Die vorhergehenden Expeditionen in umliegende kleine Städte und Dörfer hatten leider nicht zu den gewünschten Ergebnissen geführt. Festzustellen war hier erschütternd, dass überall eine latente Angst herrschte. Bei dem einen Menschen- Wesen waren die Ängste größer, bei anderen Exemplaren

37

waren sie kleiner, aber stets waren Ängste unterschiedlichster Art in allen Menschen- Wesen vorhanden, wie eine unterschwellige Konditionierung. Ängste waren ein starkes Machtmittel, stellten die Roboter-Wesen fest. Alle Machtstrukturen arbeiteten mit Ängsten.

Wer hatte da seine hochnegativen Finger im Spiel?

Es mussten hochnegative Energien sein, zumal E.S.-X-M.9 feststellen musste, wenn er Fernsehbilder aufrief, sich genau die sogenannten Politiker betrachtete, dass diese Menschen- Wesen hohl sein mussten, fremdgesteuert. Nur so war auch zu erklären, dass das sogenannte Volk sich derart verblödet scheinend steuern ließ, ohne permanent aufzubegehren.

E.S.-X-M.9 war jetzt schon klar, dass eine Wiederherstellung der vollständigen Harmonie dieses Planeten, womöglich des ganzen Universums, so einfach nicht mehr zu bewerkstelligen sein würde. Doch seine vorrangigste Aufgabe war erst einmal die Heilung und Reinigung des Planeten „Erde". Danach konnte man weitersehen, tiefer eindringen in die vermuteten Energie- Anomalien.

Er ging erst einmal wieder hinunter zum Fluss. Das Wasser bewegte sich wie immer gemächlich, mit geringer Fließgeschwindigkeit. Dieser Fluss transportierte auch heute, gegen seinen Willen, den achtlos entsorgten Unrat der Menschen- Wesen. Sie warfen alles in ihn hinein, gedankenlos, aber auch vorsätzlich, meist aus Dummheit, sehr oft aber auch aus verbrecherischer Gewinnsucht, die Gemeinschaft nicht achtend, noch die Umweltzerstörung bedenkend. Es war festzuhalten, dass sie alle Nachkommen des Kain waren, stellte E.S.-X-M.9 fest, an die ersten Sätze in der Bibel denkend.

Noch vor einigen Jahrzehnten wurden diese hochkriminellen Brunnenvergifter auf der Stelle aufgehängt und dies zu Recht. Heute nicht.

Wasser war das kostbarste Gut aller Lebewesen, die Basis aller Entwicklung. Wer das Wasser nicht achtete, der achtete die Harmonie niemals, der war es aber auch nicht wert, Teil des Universums zu sein. Derartige Krebsgeschwüre waren von E.S.-X-M.9 zu transformieren.

Auch all seine mitwirkenden Roboter- Wesen konnten lediglich nur berichten, dass die Menschen- Wesen alles, aber auch wirklich alles, vielfach wissentlich und willentlich zerstörten. Nichts, was diese Menschen- Wesen durchführten, geschah aus Zufall oder Unwissenheit. Alle Zerstörung verlief mit Kalkül und politischem Wissen, politischer Unterstützung. Bis jetzt mussten E.S.-X-M.9 und seine Mitwirkenden feststellen, dass alle beobachteten Politiker korrupt, käuflich und weitestgehend hochkriminell waren. Natürlich nicht nur sie. In diesen dreckigen Sumpf gehörten selbstverständlich alle Banker, Manager, Kirchenfürsten hinein und viele, viele mehr, die sie bis zu diesem Zeitpunkt beobachtet hatten. Sie alle achteten diesen Planeten, der sie schützte und versorgte, ganz offensichtlich hundertprozentig nicht. Sie waren sogar der schwachsinnigen Meinung, dass diese Welt, dieser perfekte Planet, ihnen gehören würde, so dass sie ein Recht darauf hätten, ihn, und alles was sich auf ihm bewegte, in seinen Ozeanen und sonstigen Gewässern schwamm, zu versklaven, zu missbrauchen, ihn brutal auszuplündern, zu vergiften, ja, wenn sie es für nötig hielten, ihn selbstverständlich jederzeit zu töten, einschließlich aller Lebewesen.

Diese Menschen- Wesen waren hochgradig geisteskrank, so sah es auf den ersten Blick aus. Doch wie schon dargestellt, waren sie lediglich leere Hüllen, Puppen gleich, von außen geführt und benutzt. Sie selbst allerdings hielten sich für intelligent, verhielten sich aber in jeder ihrer Handlungen wie Vollidioten, was sie durch eine Selbstreflexion auch selbst hätten herausbekommen können. Da sie sich selbst aber niemals kritisch betrachteten, schon gar nicht ihr Wirken in dieser Welt, sich meist sogar für Könige hielten, kümmerten sie sich nicht um die aus all ihrem Wirken resultierenden Konsequenzen.

Ihre sogenannten Führer, auch fälschlich immer wieder als Politiker bezeichnet, abgeleitet von „Politik", gleich „Kunst der Staatsverwaltung", waren nicht in der Lage, auch nur eine einzige Sache richtig durchzuführen, ganz im Gegenteil, sie entschieden sich immer für das Falsche. Da diese Herrschaften auch noch ihre Gichtfinger auf dem gemeinschaftlichen Geld des Volkes hatten, unterlagen sie voll und ganz der Gier. Sie hielten Geld für etwas Positives, Erstrebenswertes.

Diese „Politiker" hätten und dies war einzig ihre Aufgabe, zum Wohle des Volkes, des Planeten und all seiner sonstigen Mitbewohner jeglicher Art, agieren müssen. Dies setzte aber immer voraus, dass diese Typen energetisch sauber wären, was weiter voraussetzte, dass sie sich für die Harmonie dieser gesamten Welt verantwortlich fühlten und dass sie sich selbst hintan stellten, als reale Personen gar nicht in Erscheinung treten würden, Verantwortung vorlebten.

Es war aber festzustellen, dass das Wort „Verantwortung" nicht zum Bestandteil des Vokabulars dieser korrupten Hohlkörper- Spezies gehörte. Diese Typen waren so pervers, dass es sogar eine Hitparade der angeblichen Beliebtheit der „Politiker" im Volk geben sollte. Natürlich alles gelogen, zumal die Zahlen stets aus dem eigenen Propagandaministerium stammten. Das Volk wurde niemals befragt.

Eine Woche waren sie erst in dieser Welt und schon bildete sich eine klare Struktur heraus. Diese sogenannte Menschen- Wesen gehörten nicht in dieses Universum, sie zeichneten sich zur Zeit klar und deutlich als das wahre Krebsgeschwür selbst ab.

Welche negative Energie hatte sie erschaffen ?

Lärm, riesengroßer Lärm zeichnete sich ab, dies musste E.S.-X-M.9

auf einmal feststellen. Der Lärm bewegte sich auf ihn zu. Dieser ansteigende Lärm ergoss sich aus Hunderten Quellen aus unterschiedlichen Richtungen. Der gemeinsam angestrebte Ort dieses Lärms lag aber doch etwas seitlich von ihm. Er wollte herausbekommen, was da vor sich ging und so bewegte er sich auf die Hauptkoordinaten zu.

E.S.-X-M.9 musste gruselig schockiert erkennen, dass viele hunderte Menschen- Wesen, gekleidet in uniformer Orientierung, durch unterschiedliche Tore in ein gebäudeähnliches Objekt eintauchten. Über den vielen Eingängen stand „Fußball- Stadion". Unbemerkt und wie immer rasant schnell drang er in dieses gewaltige Stadion ein. Unerträglicher, menschlicher Lärm empfing ihn schmerzhaft. Er filterte den Lärm.

Wie hielten diese Menschen- Typen das nur aus ?

E.S.-X-M.9 suchte sich ein nichteinsehbares Versteck, was für seine Größe nicht so schwierig zu finden war. Er hockte sich erst einmal hin, er wollte aufnehmen, was er dort sah und hörte und er wollte verstehen, warum dies alles vor seinen Augen geschah.

Auf dem sich in der Mitte befindenden, riesigen, mit Gras eingesäten Platz war auf einmal Bewegung festzustellen, ebenfalls verstärkte sich der Lärmpegel auf den Rängen, es wurden unartikulierbare Fetzen grölend wiederholt, diese exaltierten Menschen- Wesen- Exemplare schienen sich an dieser Art Aggressionsbewältigung regelrecht zu ergötzen. Die Energie in diesem Stadion war ekelhaft bis unerträglich. Vor dem Stadion hatte E.S.-X-M.9 vorhin beobachten können, dass sich eine weitere uniformierte Gruppe postierte, die es aber vermied, das Stadion zu betreten. Diese anders uniformierten Menschen- Wesen waren allerdings zusätzlich schwer bewaffnet.

Was hatte dies alles zu bedeuten ?

Ging es möglicherweise um die Vorbereitung eines Krieges ?

Offensichtlich trafen zwei Interessengruppen aufeinander, gezeichnet durch unterschiedlich bunte Höschen und Leibchen. Ein merkwürdiges Volk, diese Menschen- Wesen. Wenig später legte ein neutral Gekleideter einen Ball in die Mitte eines Kreises, daraufhin pfiff er und schon ging es los, alle Figuren auf dem Rasen, bis auf zwei scheinbar Vernünftige, welche in einer Art Rahmen stehen blieben, rannten hinter diesem einen Ball her. Welch ein Unsinn ! Die meiste Zeit verletzten sich die Typen gegenseitig, dabei hätten sie doch den Ball spielen sollen, vermutete E.S.-X-M.9. Diese unfairen Figuren hatten wohl das Spiel selbst nicht verstanden, begingen weiter ungestraft überdies schwerste Körperverletzung, ohne zur Rechenschaft gezogen zu werden.

Man hätte die ganze Energie auch nutzen können, um neue Wälder anzulegen, zumal es genau daran mangelte in diesem Land. Stattdessen zerstörten die wirr Herumlaufenden immer weiter den gerade angewachsenen Rasen, nicht darauf achtend, wie viele Kleintiere und

Insekten sie dabei töteten.

Hatte er etwa Intelligentes erwartet von den Menschen- Wesen ?

Sind das eigentlich alles nur Narren, diese Menschen- Wesen ? dachte sich E.S.-X-M.9. Er hatte genug gesehen. Die Schwingungsenergie wurde immer schlechter. Er musste dringend hier weg.

Auf fliehendem Wege verließ er die Stätte primitiver Zerstörung ungesehen und machte sich auf den Weg zu seinen mitwirkenden Roboter-Wesen. Es stand eine erste Analyse an. Alle gesammelten Daten wurden zugeordnet. Das Ergebnis war, wie erwartet, katastrophal.

Wer hatte diese Menschen- Wesen so skurril programmiert ?

Welche hochnegative Energie war hier am Werk ?

Welches hochnegative Wesen, welche hochnegativen Energien steckten hinter all dieser Zerstörungswut ?

Was sollte weiter geschehen, in der nächsten Entwicklungsgeneration dieser Welt, wenn die unbrauchbaren Menschen- Wesen sowieso nicht mehr von Belang waren ?

Erstaunlich war zu beobachten, dass die Menschen- Wesen dabei mithalfen, sich selbst vollkommen auszurotten. Sie befanden sich auf dem falschen Weg, waren aber begeistert bei der Mitwirkung ihrer Ausrottung. Sie waren süchtig nach Maschinen.

Erstaunlich ! Erstaunlich !

Es erinnerte an den Volltrottel, der auf der Außenseite eines Astes saß und wie ein Wilder auf der Innenseite sägte und sägte, obwohl der Ast sich eindeutig über einem Abhang befand.

Nach und nach trafen weitere Roboter- Wesen ein.

Sie entschlossen sich gemeinsam, mit der Duplizierung zu beginnen. Anschließend würde Ihnen E.S.-X-M.9 neue Orte in dieser Welt zuteilen.

Ein Amselmännchen setzte sich auf den allerhöchsten Punkt einer Tanne ganz in ihrer Nähe. Er sang und sang aus schmetternder Kehle. Wenn die Menschen- Wesen dies vernahmen, drang dann dieser wundervolle Gesang niemals in ihr tiefstes Inneres ?

Wenn sie Bilder der Erde sahen aus dem Weltall, riss dies alles nicht an ihren Herzen ?

Es muss ihnen doch längst klar sein, dass dies nicht einfach nur ein Planet war, sonders dass sie dort ein Planeten- Wesen vor sich hatten, ein Wesen allerhöchster, perfektester Schönheit, welches seinesgleichen nur selten im Universum zu finden war.

Wer würde auf die Idee kommen, dieses perfekte Wesen zu quälen ?

Wie konnten sie in dieser Welt leben und all die Zerstörung, die Morde an den Mitgeschöpfen ausführen und dann nicht selbst an sich zerbrechen ?

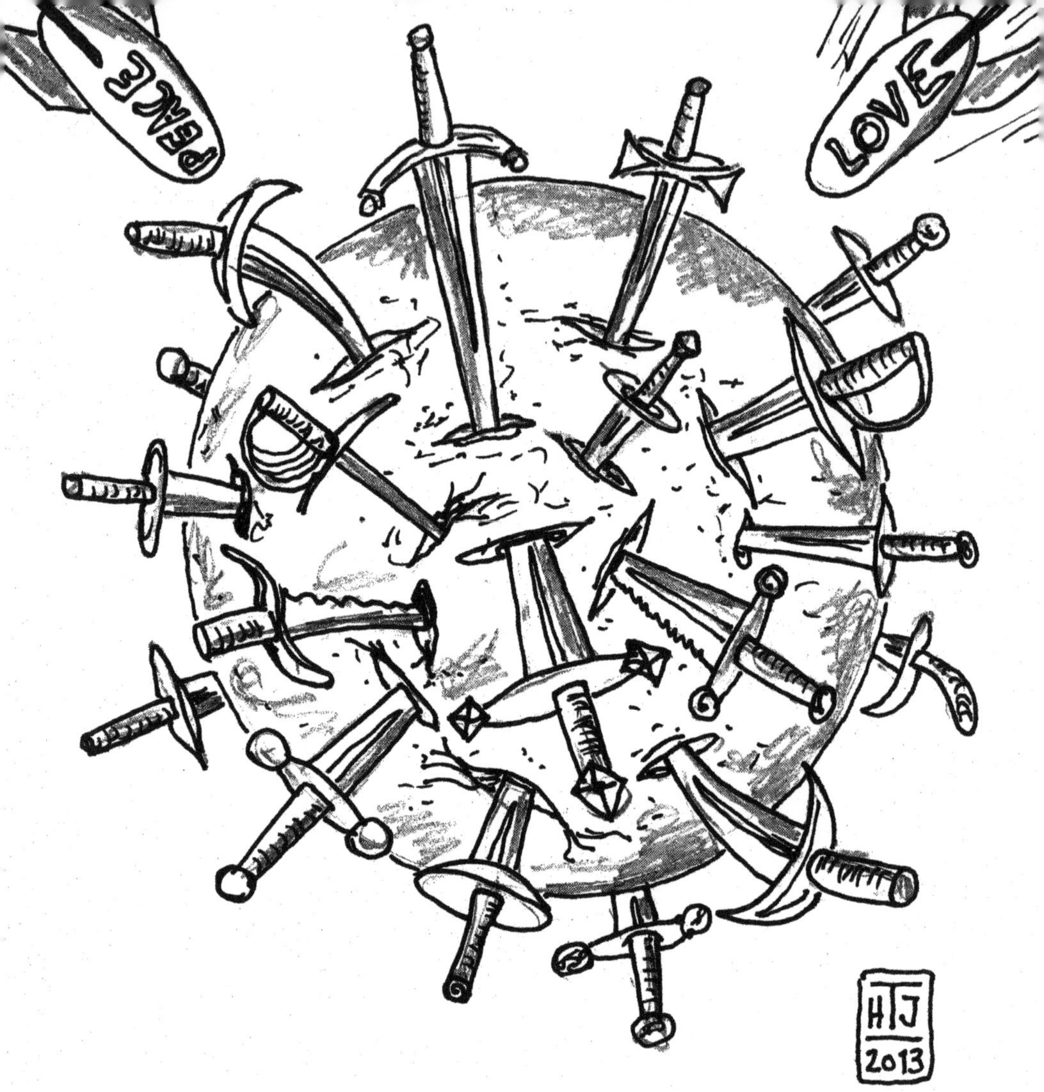

WESSEN LAND ?
UNSER LAND ?
MEIN LAND ?
DEIN LAND ?   ODER?

# – VIII –
## Tag „ 8 "
## [ 128 ROBOTER ]
## Montag / Beginn der 2. Woche

---

*Der Trieb nach materiellen Dingen und Geld*
*und der Weg zum Reich Gottes ( zum Geist ),*
*das sind zwei Wege,*
*die stets in entgegengesetzte Richtungen gehen.*

*( frei nach Dhammapada 75 )*

---

E.S.-X-M.9 saß in der obersten Spitze einer hundertjährigen, somit jungen Buche und schaute über die Stadt. Er fühlte unter sich, durch den Baum zu ihm nach oben gelenkt, die Schmerzen dieses Planeten.

Was war mit diesen Menschen- Wesen los, dass sie nichts in sich zu fühlen bereit oder gar im Stande waren ?

Diese Menschen- Wesen wurden erschaffen, um diese Welt, diesen Planeten, zu ihrer geistigen Entwicklung nutzen zu dürfen, sie hätten niemals diese Welt verletzen dürfen, was auch jedem intelligenten Energie- Wesen klar war, ja in ihm vorhanden war, unauslöschbar. Nur diese Menschen- Wesen trugen diese Energie nicht in sich.

E.S.-X.M.9 und seine mitwirkenden Roboter- Wesen hatten noch keine, im weitesten Sinne wissende Menschen- Wesen, auffinden können, die man als „Lehrer" hätte bezeichnen können. Es schien keine Wissenden mehr in dieser Welt zu geben. Doch E.S.-X.M.9 war nicht der Typ, der jemals aufgegeben hätte. Er sandte jede neue, duplizierte Roboter- Wesen- Gruppe in immer weiter entfernte Städte und er würde nicht aufgeben, bis er an jedem noch so abgelegenen Ort dieser Welt einen seiner mitwirkenden Roboter- Wesen eingesetzt hätte, auf jedem allerhöchsten Berg und in jedem dunkelsten, allertiefsten Tal. Nichts, aber auch wirklich nichts würde er unversucht lassen.

Doch er hörte den „Blauen Planeten" auch ächzen und stöhnen.

43

Denn eines war klar, es würde ein Ergebnis geben und er würde eine Entscheidung fällen und ausführen, umgehend, sobald er die für sich vollkommene Klarheit gewonnen hatte, wie es um die Menschen- Wesen stand, besser, wo sie standen. Es zählte nur eines und das war die Frage : „Waren die Menschen- Wesen gut für diese „Erde"?"

So saß er fast den ganzen Tag und horchte in die Welt hinein und empfing permanent Informationen seiner Abgesandten. Alles wurde von ihm registriert und augenblicklich ausgewertet, eingeordnet.

Hier oben, von dieser jungen, erst ein wenig über hundert Jahre alten Buche aus, hatte er einen guten Überblick über die kleine Stadt. Es war schon erstaunlich, wie geistesarm und unwissend diese in allem denkfaulen Menschen- Wesen ihre Städte bauten. Nicht die geringste logische, optimale Überlegung steckte in dieser Stadt. Es begann bereits damit, dass sie nur einzelne, schlecht durchdachte Gebäude erstellten, sie dann, auch im Inneren, mit hochgiftigen Chemikalien bestückten. Die Gebäude wurden in Abständen voneinander errichtet, so, als befände sich ein jeder nicht in einer großen Gemeinschaft, sondern allein in dieser Welt. Ebenso verhielt es sich mit den sogenannten Baugrundstücken und deren Nutzung. Vollständig egozentrisch.

Alle aus dieser Bauweise entstandenen Wege, die hier als Straßen bezeichnet wurden, waren unlogisch, lang und blödsinnig. Diese in allem zurückgebliebenen Menschen- Wesen schienen nicht über denkende Planer zu verfügen, die sie lehren könnten, mit allem der Welt zuzurechnendem Eigentum auch entsprechend sorgfältig umzugehen.

E.S.-X-M.9 erreichten in diesem Augenblick aus allen riesengroßen deutschen Städten neue Informationen. Seine Roboter- Wesen konnten wieder nur bestätigen, dass sie nicht zu dem Ergebnis gelangten, auch nur einen einzigen Wissenden gefunden zu haben. Es war anzunehmen, dass es in diesem Land keine Wissenden gäbe, so der jetzige Stand. Die Roboter- Wesen gaben ihre Informationen durch, dass sie ab dem Tag neun in die angrenzenden Staaten weiterziehen würden, wieder auf bequemen Wegen, unter Nutzung der die Städte verbindenden Fahrzeuge unterschiedlichster Art.

E.S.-X-M.9 bestätigte und informierte alle Roboter- Wesen seinerseits. Eine erste kleine Analyse ergab, dass eine Umstrukturierung dieses, hier als Bundesrepublik Deutschland bezeichneten Landes, einen derartigen, zeitlichen Aufwand darstellen würde, dass dieser Aufwand sich nur dann überhaupt lohnen würde, wenn sich alle Deutschen am Umbau beteiligen würden, nachdem sie begriffen hätten, was sie da alles anrichteten, angerichtet hatten und verschlimmernd weiter betrieben.

E.S.-X-M.9 vermutete zu Recht, dass es sich in allen anderen Staaten dieser Welt nicht wesentlich anders verhalten würde. Trotzdem ordnete er an, dass man solange weiterforschen würde, bis eine hundertprozentige Klarheit vorläge. Es ginge nicht an, dass man ihnen nachsagen könnte, sie hätten nicht alles, also auch das Allerwinzigste erforscht und untersucht für ihr letztendliches Urteil.

Wer oder was stand hinter dem Menschen- Wesen ?

E.S.-X-M.9 war klar, dass dies die schwieriger zu lösende Aufgabe sein würde, gleich, nachdem diese jetzige Aufgabe beendigt sei. Sie sollten nicht nur den Planeten befreien und schützen, sie mussten ihn auch langfristig von negativen Energien reinigen.

Es war aber festzuhalten, dass es wahrscheinlich schon an der ersten Stufe scheitern würde und zwar daran, dass diese missglückten Menschen- Wesen- Exemplare gar nicht begreifen würden, was sie umgehend begreifen sollten, ja auch umsetzen mussten.

Der Tag verging, der Planet drehte sich einmal um seine imaginäre Achse und begab sich mit diesem Teil, an dem sich das Harmonie-Roboter- Wesen E.S.-X-M.9 befand, wieder in den Schattenbereich, der Sonne entgegengesetzt, somit in die Nachtstunden.

Einer seiner Mitwirkenden berichtete, dass er Menschen- Wesen beobachtete, die junge Frauen einfingen, sie brutal schlugen, fesselten und sie dann vergewaltigten. Es handelte sich um einige Gruppen sehr Schwerbewaffneter. Der Mitwirkende griff nicht ein, zumal sie hier in dieser Welt nicht erkannt werden sollten. Doch E.S.-X-M.9 stellte fest, dass der Mitwirkende gewaltig geschockt war über die Brutalität dieser Gruppenmitglieder, vor allem, wenn er bedachte, was diese Menschen-Wesen sich selbst untereinander antaten.

Die Menschen- Wesen kannten in ihrer Mordlust keinerlei Grenzen, sie verfügten über keine Tabus mehr. Selbst in den Nachrichten, die keine echten Nachrichten waren, wurde dies offen ausgesprochen. Ein Sprecher sagte : „Der vereinbarte Waffenstillstand wird von keiner Seite eingehalten. Dies war auch nicht zu erwarten gewesen, zumal diese Verträge noch nie eingehalten wurden !"

An anderer Stelle sprachen diese Islamisten aber andauernd von Ehre und heiligem Krieg. Mehr Perversion war nicht machbar.

Wie sagte schon ein früherer chinesischer Wissender :

„Unendliche Weiten, nichts von heilig !"

Man darf davon ausgehen, dass zu früheren Zeiten Wissende dieses Universum längst durchschauten.

E.S.-X-M.9 kümmerte sich um die Geschichte der letzten zehntausend Jahre dieses Planeten. Es war erbarmungslos ernüchternd. Die gesamte Geschichte dieser Welt war ausschließlich eine Geschichte des permanenten Mordens / Kriege in jeglicher Richtung.

Gab es denn überhaupt nichts Erfreuliches in dieser Welt ?

Gab es nicht ein einziges Volk, dass diese „ERDE" verstanden hatte, dass seine Aufgabe in dieser Welt verstanden hatte ?

E.S.-X-M.9 würde weitersuchen, würde nicht aufgeben. Andererseits drängte die Zeit. Je eher dieser Planet wieder in die richtige Richtung gebracht werden würde, um so besser. Er hatte immer noch die Hoffnung den fehlerlosen Weg mit den Menschen- Wesen erreichen, gehen zu können. Doch selbst die sogenannte Jugend interessierte sich nicht für den Schutz und die Reinhaltung dieser / ihrer Welt.

Wie sollte eine Überzeugung aussehen ?

Hinzu kam, dass es nicht die Aufgabe von E.S.-X-M.9 und seinen Mitwirkenden war, die Menschen- Wesen von der Richtigkeit des harmonischen Weges zu überzeugen, es war die Aufgabe jedes einzelnen Menschen- Wesens, den richtigen Weg der Harmonie von selbst einzuschlagen. Jedes Menschen- Wesen, hieß es, müsste den richtigen Weg in sich fühlen und es müsste sich in Grund und Boden schämen, wenn es erkennen würde, was die Menschheit bereits an Schaden angestellt hatte, hier in dieser Welt, an diesem „Blauen Planeten".

Noch hatte er keinen einzigen Menschen gefunden, der den Weg der Harmonie zusammen mit der Welt gehen wollte.

Alle Konditionierung in dieser Welt lief auf Geld hinaus. Es war auch erschreckend festzustellen, dass alle Menschen- Wesen, ohne dass sie es sich selbst eingestehen würden, hundertprozentige Sklaven genau dieses Geldes waren. Devise : „Kein Geld, kein Scheinbares Leben !"

Die hochnegativen Wesen, die sich dieses System ausgedacht hatten, leisteten mit diesem Trick eine perfekte Arbeit.

Jedes Menschen- Wesen, egal wo auch immer, hier in dieser Welt, unterlag dem System des Geldes, der wohl höchsten negativen Energie in dieser Welt, ja, in diesem Universum.

Geld regierte die Welt. Mit Geld konnte man scheinbar alles und jeden kaufen. Man sagte ganz klar : „Jeder hat seinen Preis !"

Wenn man betrachtete, wie Regierungen handelten, die Tage zuvor schworen, zum Wohle des Volkes zu handeln, so musste man wenige Tage später bereits feststellen, dass sie genau das Gegenteil taten, sie verkauften und vernichteten das Volk. Das Volk war ihnen egal.

Interessant, sehr interessant.

Es war an der Zeit, sich zu duplizieren, zudem musste weiter ausgewertet werden, der nächste Tag koordiniert sein.

Der Planet war prächtig, zu prächtig, um ihn von Menschen- Wesen weiter zerstören zu lassen. Doch es war noch längst nicht der Tag zweiunddreißig, der Tag der Entscheidung.

# – IX –
## Tag „ 9 "
# [ 256 ROBOTER ]
## Dienstag / 2. Woche

---

*Wer frei ist von permanenten Verlangen,*
*Abneigung und Parteilichkeit,*
*dessen natürlicher Zustand*
*seines Geistes ist Sammlung / ist Erkenntnis.*

*( frei nach Samädi- räja- sutra 37: 29 )*

---

In allen großen Städten Europas befanden sich jetzt mitwirkende Roboter- Wesen. Sie beobachteten und registrierten alles, was die verwirrten Menschen- Wesen so täglich an Unsinn anstellten.

Nicht einem einzigen Menschen- Wesen in diesen europäischen Städten wie Paris, London, Moskau, Rom, Madrid, Amsterdam, Kopenhagen, Wien und so weiter war aufgefallen, dass sich kleine Kugelroboter mit jeweils neun Tentakeln bei ihnen aufhielten. Alle Roboter waren ausnahmslos vorsichtig und sie agierten meist in den Morgenstunden, suchten sich feste Beobachtungsplätze. Fast immer nutzten sie die ganze Nacht, um sich zu duplizieren, zumal jeder von ihnen in der Lage war, dies eigenständig und perfekt durchzuführen.

Die Duplizierung war vergleichbar mit der Teilung einer Zelle, ein hier nicht weiter offenzulegender, energetischer Vorgang. Die beteiligten Atome und Moleküle wussten immer autonom, was sie zu tun hatten, dafür sorgten Energieströme im Hauptroboter.

In Sankt Petersburg kam es allerdings zu einem ersten Zwischenfall. Ein Roboter- Wesen, gerade frisch aus der Duplizierung heraus, versteckte sich nicht schnell genug, als eine Militärstreife um die Ecke fuhr und es auf einmal direkt im Scheinwerferlicht fixierte. Das Roboter- Wesen blieb so stehen, als ob es lediglich ein abgestellter Gegenstand sei. Die Militärpolizisten wollten ein Netz über es werfen, da verschwand es so schnell es ging. Ab jetzt existierte ein winziger Bericht, aber wieder kein Foto, zumal es wie immer selbstredend misslang.

Die mitwirkenden Roboter- Wesen mussten feststellen, dass die Aggressivität auf der einen Seite und die wachsenden Ängste bei der Bevölkerung auf der anderen Seite stiegen und zwar rapide.

Die Aggressivität der Behörden und deren ausführenden Organen war unangemessen hoch. Sie hatten Angst um ihre Macht.

E.S.-X-M.9 instruierte alle mitwirkenden Roboter- Wesen, ab jetzt noch vorsichtiger zu sein. Er selbst hielt sich allerdings nicht daran, als er auf der gegenüberliegenden Straßenseite einen Mann erblickte, der auf einem Brückenpfosten saß, mit einem Zeichenblock auf den Knien und der ganz offensichtlich ein altes Gebäude skizzierte.

Wenige Augenblicke später saß E.S.-X-M.9 neben ihm und fragte nach seiner Tätigkeit und seiner Motivation, hier zu zeichnen.

Der Mann drehte sich zur Seite, stutzte, schaute durch seine Brille, dann über seinen Brillenrand hinweg.

„Wer bist du denn ?", fragte er. „Wo kommst du her ? Wem gehörst du ?"

„Ich komme nicht aus dieser Welt, ich soll hier nur wieder alles in Harmonie setzen, da ihr es nicht allein auf den Weg bringt.", antwortete E.S.-X-M.9. „Mein Name ist E.S.-X-M.9, es ist sowohl ein Name als auch eine Kennung. Spielt eigentlich auch keine Rolle, letztlich handelt es sich nur um eine Hülle, die ich hier in dieser Illusion benötige."

„Du bist ein wirklich überaus schlaues Kerlchen, ein wirklich schlaues Kerlchen. Würde gern mal den kennenlernen, der dich steuert. Also, du, Steuermann, komm schon raus und erkläre mir deinen wundervollen Roboter.", sagte der Maler laut vom Brückenpfosten.

„Es wird niemand weiterer erscheinen, mein liebes Menschen- Wesen, da ich ja bereits anwesend bin. Ihr alle hier auf diesem brutal zerschundenen Planeten seid schon witzige Typen. Alles, was absolut offensichtlich ist, das erkennt ihr nicht oder wollt es einfach nicht akzeptieren, da es nicht in euer Minimaldenkmuster passt. Die Zerstörung dieses Planeten nehmt ihr alle hin, als wäre dies alles so gewollt. Doch die Zerstörung dieses wertvollen Planeten ist nicht gewollt und hinter mir steht auch kein dusseliges Menschen- Wesen. Ich wurde hier hergeschickt, um in dieser Welt die Harmonie wieder herzustellen und eines ist mal ganz sicher, auf diesem Planeten ist nur eines wirklich über und das sind die Menschen- Wesen. Erkläre mir doch einmal, was du, Menschen- Wesen, alles in deiner Zeit, hier in dieser Welt, unternommen hast, damit dieser Planet wieder in die ihm zustehende Harmonie gebracht wird ?", bemerkte E.S.-X-M.9 mit schnellen, aber deutlichen und klaren Worten.

Der Mann saß vor E.S.-X-M.9 mit offenem Mund.

„Ich will Sie wirklich nicht irritieren, wenn das überhaupt noch weiter möglich ist, ich möchte nur wissen, wie Sie so leben, wie Sie so über den Sinn Ihres Lebens nachdenken.", begann E.S.-X-M.9 ganz sachte wieder zu sprechen. „Wie leben Sie so ? Was erwarten Sie von Ihrem Leben, hier in dieser Welt ?"

„So genau habe ich darüber noch gar nicht nachgedacht.", begann der Mann langsam und nachdenklich. „Die Dinge laufen eben so ab, wenn man ein bestimmtes Alter erreicht hat. Hinzu kommt natürlich, dass nun einmal alles sehr stark auch eine Sache der finanziellen Mittel ist, mein kleiner Freund. Nun, um bei mir zu bleiben, meine Mittel sind ausgesprochen dünn. Dies ist ein hauptbestimmendes Element meines Lebensablaufes, meiner Vita."

„Sie würden also sagen, dass alles in dieser Welt vom Geld abhängig ist, also von der ihnen zur Verfügung stehenden Geldmenge.", bedeutete E.S.-X-M.9. „Das ist Interessant und gleichzeitig erschütternd, zumal damit feststeht, dass das Hauptanhaftungsmittel, in dieser Welt, das Geld ist. Ihre gesamte geistige Ausrichtung ist materiell."

„Ohne Geld bist du gar nichts, mein Junge, das kannst du mir glauben. Das sage ich dir gratis, aus Erfahrung.", antwortete der Mann, dessen Gesicht voller Bartstoppeln war und dessen frühere Haarpracht jetzt hauchdünn war und weißgrau glänzte. Auf seinen Knien lag ein preiswerter Zeichenblock und in seiner altersfleckenübersäten Hand hielt er einen einfachen Bleistift mit halbweicher Mine.

„Wie könnte man das alles ändern ?", fragte E.S.-X-M.9 und sah dem Mann in die Augen. „Haben Sie diesbezüglich Ideen ?"

„Mein lieber, kleiner Freund, du bist bestimmt ein netter Kerl, aber du hast auch auf jeden Fall eine ganze Menge Schrauben locker in deinem Blechkasten. Die ganzen Mafia- Typen, hier in dieser Welt, und das kriegst du auch noch kostenlos obendrauf von mir, weil ich heute meine Spendierhosen an habe, diese ganzen hochkriminellen Typen haben ihre gierigen Hände auf dem gesamten Geld der Welt und die geben freiwillig keinen Pfennig ab. Verstehst du ? Das Geld dieser Welt rotiert da oben, in den Chefetagen der Industriellen, der Banken, der Banker, der Politik, der Religionsverkäufer aller Art, der Waffenhändler und aller sonstigen Killerorganisationen. Verdient wird das blutige Geld hier unten, auf den billigen Plätzen und dann wandert es auf rasanten, verschlungenen Pfaden ganz nach oben, dahin, wo es ganz eiskalt, schwarz und schleimig ist. Ja, mein kleiner Roboter- Freund, nun guckst du blöde aus deinen großen, bläulichen Kamera- Augen. In dieser Welt regiert ausschließlich das Geld. Wenn du Gold hast, dann küssen dir die Banker- Typen den Arsch, stundenlang, fressen sogar deine Scheiße, wenn es sein muss, nur um an die Kohle zu kommen. Wenn du aber kein Geld hast, dann treten sie dir in den Arsch, und zwar richtig kräftig, mit Anlauf, schmeißen dich in hohem Bogen raus aus dieser Gesellschaft, die übrigens niemals eine Gemeinschaft war, sondern immer nur ein riesengroßer Verein von Einzelkämpfern. Dies ist auch so ein Ergebnis des Geldes, es trennt alle Menschen voneinander. Jetzt, mein kleiner Blechkopf- Freund, genau an dieser Stelle, da kannst du auch verstehen, warum sich kein Menschen- Wesen, wie du so schön sagst, um deine Welt kümmert. Diese Welt ist natürlich allen Menschen scheißegal. Geld und nur Geld und wieder nur Geld ist die Währung dieser millionenmal verfluchten Welt, nicht deine naive Märchen- Harmonie."

„Aber die Menschen- Wesen müssen doch auch nach vorn schauen, sie haben ja nicht nur für diesen Planeten die Verantwortung übernommen, sie haben ja auch eine Verpflichtung für die ihnen nachfolgenden Generationen, für ihre Kinder, Enkel, Ur- Enkel und so weiter.", argumentierte E.S.-X-M.9 nachdrücklich.

Der alte Mann lachte und schüttelte sich und er hustete und Tränen liefen über sein Gesicht und er kriegte sich gar nicht wieder ein. Dann, nach ein paar Minuten, wischte er sich mit dem Handrücken die Augen, schaute das Roboter- Wesen an und sagte mit leicht hin und her schüttelndem Kopf :

„Du gehörst ins Fernsehen, mein lieber Kugelblechfüßler. Du bist der Knaller. Dich kennengelernt zu haben, das hat sich wirklich jetzt schon gelohnt. Du hast wirklich von nichts eine Ahnung. Ich glaube dir zu hundert Prozent, dass du nicht aus diesem Universum bist. Bei den sogenannten Familien verhält es sich fast immer so, dass die Kinder die Eltern nicht abkönnen und die Eltern irgendwann die Kinder dann auch nicht mehr. Verstehst du, mein Freund, es gibt keine Bindung auf der logischen Linie. Es mag hier oder dort eine Bindung durch das Geld geben, wenn es ordentlich etwas zu erben gibt, aber dann ist diese Bindung auch nur eine Trügerische, auf einem glitschigen Fundament basierende, einem Lügenfundament. Da dies schon alles ein Betrug ist in einer ganz kleinen Familie, um wie viel mehr steigert es sich zu einem nicht mehr zu überwindenden Betrug im Großen, bezogen auf ein ganzes Land, und bezogen auf diese Welt existierte diese Bindung noch nie. Du wirst hier, in dieser Welt, niemanden finden, der sich hinter deine Sache stellt, es wird immer sehr viele „Aber" geben, unendlich viele. Alle Menschen auf diesem Planeten „Erde" wissen um die brutale Verschmutzung und Vernichtung dieser Welt, aber niemand unternimmt etwas. Jeder zeigt immer auf den anderen. Jeder hat eine überzeugende Ausrede für seinen Stillstand. Du wirst niemanden finden, nicht in dieser Welt, der dich unterstützen wird. Viel Glück, meine kleine naive Blechdose."

E.S.-X-M.9 bedankte sich höflich bei dem ganz augenfällig doch wohl eher verbitterten Mann und verließ ihn, zog sich zurück. Der malende Mann widmete sich wieder seiner Zeichnung, seiner Kunst. Niemand hatte die beiden belästigt, betrachtet hatte man sie schon, aber niemals wurden sie angesprochen von Vorbeiziehenden.

Einige fotografierten sie mehrmals, selbstverständlich vergebens. Die Menschen hatten ihre eigenen Sorgen. Jeder lebte in seiner eigenen winzigen Welt, hatte seine Ringe um sich herum, beginnend mit sich selbst, mit der Familie, mit den Verwandten, mit den Freunden, mit der Arbeit. Immer wieder tauchte der zu geringe Lohn auf, die daraus resultierenden Fesseln der Sklaverei.

Der Planet, diese Welt, da gab es doch die Regierungen, die sich kümmerten, die alles regelten, die vielen Gesetze. Die Welt, die würde sich schon um sich selbst kümmern, die würde schon überleben, die war groß, unüberschaubar groß.

Mozarts Musik erfüllte nun wieder E.S.-X-M.9. Schnell hatte er vorher noch in alle Fernsehsendungen geschaut, aber da waren nur Morde im Programm, also überall Krimis und Zerstörung jeglicher Art. Auf anderen Sendern wurden sogar die vergangenen Kriege und Weltkriege abgenudelt. Hauptsache Morde und noch besser Massenmorde.

Wieso schauten die Menschen- Wesen so gern Morde ?

Auf keinem der vielen Dutzende Fernsehsender sah er ausgearbeitete Alternativen für ein intelligentes Zusammenleben der Menschen, hier auf diesem Planeten. Nirgends wurden Alternativen ausgearbeitet für „Autarke Stadtsysteme", basierend auf Harmonie mit den Mitlebewesen und dem Planeten.

Ständig betonten die Fernsehsprecher und die Politiker, dass sie ja schließlich im einundzwanzigsten Jahrhundert lebten. Doch sie verhielten sich eindeutig wie Menschen aus der Steinzeit. In ihrem Verantwortungsverhalten waren sie gut Hunderttausend Jahre zurückgeblieben. Sie hatten aber nicht vor, diesen Mangel zu überwinden.

Ganz im Gegenteil, immer wurde nur von bestimmten Personen in der Politik geredet und deren sogenannter Beliebtheitsgrad. Waren das alles Idioten ? Es ging in dieser Welt doch nicht um Eitelkeiten, sondern um Lösungen des Zusammenlebens aller Lebewesen diesen Planeten unter Einbeziehung des Planeten selbst.

Wo waren hier weise, wissende Männer und Frauen ?

Es gab sie nicht, nicht einen einzigen, hatte sie schon lange nicht mehr gegeben. Weder in der Politik noch in den Religionskonzernen waren verantwortungsvolle Menschen zu finden.

Alle waren lediglich gierig nach Geld und sogenannter „Macht".

Letztendlich würde diese Richtung ihnen nichts nützen !

GELD REGIERTE DIE WELT !
DESWEGEN WAR FÜR
POSITIVE ENTWICKLUNG
KEIN PLATZ.

# – X –
## Tag „ 10 "
## [ 512 ROBOTER ]
## Mittwoch / 2. Woche

---

*Die Buddhas Lehre verwirklicht haben*
*und die durch nichts*
*aus der Fassung gebracht werden,*
*die sind überall,*
*wohin sie auch gehen, mit sich im Frieden,*
*und das ist für sie das höchste Erreichen.*

*( frei nach Sutta- nipäta 269 )*

---

E.S.-X-M.9 informierte als Erstes all seine mitwirkenden Roboter- Wesen, dass sie erst einmal genau darauf achten sollten, wie sich die vielen Milliarden Menschen- Wesen zum Geld verhielten. Dies sei besonders wichtig für jede weitere Analyse.

Gleich früh am Morgen roch E.S.-X-M.9 einen fürchterlichen, beissenden Gestank in seinen Sensoren. Hunderte giftiger Stoffe konnte er ausmachen. Der Wind trieb dieses Zeugs direkt auf ihn zu. Er zog sofort los, um der Sache auf den Grund zu gehen. Schnell war der Übeltäter gefunden.

E.S.-X-M.9 befand sich am Rande einer riesengroßen Weide. Auf dieser Weide befanden sich aber keine Kühe, sondern lediglich ein überdimensionierter Traktor, ein echtes Riesenbiest. Diese landwirtschaftliche Monstermaschine zog einen noch größeren Kesselwagen mit drei Achsen und mannshohen Ballonreifen. Hinten aus dem Riesentank spritzte ein bräunlicher Strahl, der augenblicklich aufgefächert wurde. Dieser Zug stampfte langsam über die Wiese, überzog das satte Grün mit einer stinkenden, braunen Flüssigpaste.

E.S.-X-M.9 hüpfte auf den Schlepper und setzte sich vor die schmutzige Windschutzscheibe, sah so dem Bauern direkt in die Augen. Der wäre beinahe von seinem Sitz gefallen, so erschrak der sich.

„Was soll das zu dieser Jahreszeit mit der Scheißeschleuderei ?", fragte E.S.-X-M.9. „Sind Sie vollkommen von Sinnen ?"

Der Bauer hielt erst einmal an, schaltete aber die Güllepumpe nicht ab, ließ die ganze Scheiße weiterlaufen.

„Was machst du auf meinem Trecker, Blechkugel ?", prustete der rotgesichtige, dicke Bauer heraus. „Du kannst doch nicht einfach auf meinen Trecker springen. Spinnst du ?."

„Kann ich schon, wie man sieht.", grinste E.S.-X-M.9. „Aber die wesentlich wichtigere Frage müsste doch lauten, was machen Sie hier mit der Gülle ? Sie wissen, das es nicht erlaubt ist."

„Das Zeug muss weg, ich habe keinen Platz mehr, meine Silos sind randvoll.", sagte der Bauer. „Mach bloß keinen Ärger, Blechbüchse. Ich habe kein Geld für eine Strafe. Verstehst du doch hoffentlich."

„Sie ermorden Tausende Kleintiere, verseuchen das ganze Grundwasser, vergiften Ihre eigenen Futterpflanzen, weil Sie angeblich kein Geld haben für die Entsorgung der aus Ihrem Mastbetrieb anfallenden Gülle ?", ratterte E.S.-X-M.9 herunter. „Und das alles, weil Sie ein bisschen Geld einsparen wollen ?"

„Versteh doch, ich habe das Geld nicht. Die Preise für landwirtschaftliche Produkte sind im Keller, ich stehe kurz vor der Pleite.", jammerte der Bauer herum, während er sich mit einem alten Lappen über das fette, dampfende Gesicht strich, knallrot, kurz vor dem Platzen.

Früher gab es immer den Witz – Es war einmal ein Bauer, der jammerte nicht über sein schlechtes Einkommen –.

„Wie alt ist der neue Trecker ?", fragte E.S.-X-M.9. Er schaute dem kurz vor dem Platzen stehenden, fetten Bauern in die Augen.

„Was hat das denn mit meiner Gülle zu tun ?", antwortete der hinterhältige Bauer. „Ich finde, das geht dich gar nichts an, Blechdose. Sieh zu, dass du von meinem Grund verschwindest."

„Eine Frage habe ich noch, dann bin ich auch schon verschwunden. Wie wichtig sind Ihnen saubere Luft, sauberes Wasser und saubere, unmanipulierte Lebensmittel ?"

„Ach lass mich doch mit diesem ganzen Ökogesülze zu Frieden. Ich kann dir sagen, auf all den Kram scheiße ich. Das sind alles hinterhältige Geschäftemacher. Was meinst du denn, wo die all ihre Ware herbeziehen ? Sieh zu, dass du von meinem Grund verschwindest und lass dich hier nicht mehr sehen, sonst wirst Du dein blaues Wunder erleben."

Er legte den Gang ein und der Trecker setzte sich in Bewegung. In der Wiese hatte sich ein klebriger, brauner, bestialisch stinkender, riesengroßer Teich gebildet. Den Bauern störte das alles nicht. Er sah sich nur danach um, ob ihn nicht doch jemand erwischen würde.

E.S.-X-M.9 gab seine Informationen weiter an seine jetzt bereits schon fünfhundertundelf mitwirkenden Roboter- Wesen.

Es war schon erschreckend, dies alles kurz einmal hochzurechnen. Er hatte es hier nur mit einem einzigen Bauern zu tun gehabt, aber es existierten viele Millionen Bauern auf der Erde und die Erde war ein ganz kleiner Planet, auch wenn die Menschen- Wesen das ganz anders beurteilten und sahen. Es war ihnen eben egal, so lautete das Fazit.

Diese kleinen „Blauen Planeten" wurden einst erschaffen, damit die Seelen eintauchen konnten in die Materie. Hier sollten sie sich in Ruhe entwickeln, sollten Erfahrungen machen, die sie als reine Seelen- Energien so ansonsten nicht hätten machen können.

Wie konnte es nur zu dieser hochnegativen Anomalie kommen ?

Wie konnte es nur geschehen, dass man Menschen- Wesen schuf und gewähren ließ, ohne die geringsten Seelen- Energien ?

E.S.-X-M.9 zog sich in eine Höhle zurück, die er während seiner Erkundungen entdeckte. Die Höhle war nicht groß, aber sie schottete ihn vollständig von der Welt der Geschäftigkeit ab. Er wollte in aller Ruhe nachdenken können. Er steckte seine Tentakel aus und verankerte sich mit dem Felsen. Er horchte in die Welt hinein. Er spürte in das Magma hinein, in die Bewegung und in die Wärme. Alles in allem war der Planet noch gesund, bis auf seine Haut, die war geschunden zerfetzt, vergiftet, teilweise Atomverseucht. Sehr schlimm stand es um die Ozeane, um alle Wasser.

Wie könnte man den Menschen- Wesen klar machen, dass sie ihr Maß an Ungeheuerlichkeiten weit überschritten hatten ?

E.S.-X-M.9 schmunzelte in sich hinein. Es kamen ihm auf einmal die Religionen in den Sinn.

Welches hochnegative Wesen, oder waren es möglicherweise mehrere, hatten sich die Religionen ausgedacht ? Das war schon eine schlaue, hinterhältige Sache. Auf diesem Wege hatte man die ganzen Idioten unter Kontrolle, die geistig zu kurz Gekommenen. Für ein Menschen- Wesen mit funktionierendem Gehirn war schnell klar, dass diese religiösen Herrschaften das eine sagten und das andere taten.

Das Doppelpaket Jesus- Christus verdammte das Geld, verscheuchte es aus den Tempeln seines Vaters, aber die heutigen Kirchen konnten gar nicht genug bekommen vom Geld und Gold und dicken Autos und Grundstücken und Ländereien. Trotzdem beriefen sich die Kirchenfürsten auf den Jesus, verkauften ihn ohne Ende, verkauften Symbole und allen sonstigen hochnegativen Kram und Kitsch. Nur die Wahrheit über diese eigentliche Illusion, diese Welt, erklärten sie niemals.

Es war also nicht zu erwarten, dass man mit Kirchenleuten, egal aus welcher Schublade, auch nur im Ansatz über die bedingungslose Hingabe an diesen Planeten und darüber hinaus, reden konnte. Es hätte auch für diese Kirchenkonzerne bedeutet, dass viele, viele Ländereien, welche sich sowieso unrechtmäßig in Kirchenbesitz befanden, verkauft oder gar verschenkt werden müssten und zwar in Geschwindigkeit, umgehend, am besten sofort, augenblicklich. Es mussten in jeglicher Richtung neue Lösungswege gefunden werden, die dann auch mit den drei Hauptgesetzen der Harmonie in diesem Universum, in dieser Welt, im Einklang standen. Die Kirchenkonzern- Manager der obersten Spitze wussten dies alles genau, doch so wie es aussah würden sie niemals einlenken. Ihre Methode war schon immer, Schwierigkeiten verschwinden zu lassen. Für diese Angelegenheiten unterhielten alle Religionen ihre Killerkommandos.

Eine Religion war ein Glaubensbekenntnis an eine höhere Macht. „Das Menschen- Wesen ist seinem GOTT durch ein Band der Frömmigkeit verbunden !" Synonym für Frömmigkeit war auch – Ergebenheit –. Wenn man dies alles weiter betrachtete, so kam man zu dem Ergebnis, dass alles zu einer Religion werden konnte.

Für alle Banker war Geld ihr Gott. Sie waren diesem Geld und dieser Machtfülle des Geldes in Frömmigkeit ergeben. Wieso zahlten die Banker eigentlich noch Steuern, wenn sie überhaupt Steuern bezahlten. Wieso ließen sie das Ganze nicht unter Religion laufen ? Ebenso verhielt es sich mit den Autos, mit Fußball, mit allem anderen.

Aber zurück zu diesem Planeten.

Es wäre auch klarzustellen, dass die Ozeane mindestens die nächsten hundert Jahre nicht befahren werden dürften, noch verschmutzt, noch befischt werden dürften.

Es müsste klar gestellt werden, dass die Menschen- Wesen sich einzuschränken hätten und zwar im großen Stil.

Am Abend verließ er die Höhle wieder, setzte sich mit seinen Mitwirkenden in Verbindung. Es war sehr viel geschehen und sie hatten sehr viele Informationen auszutauschen. Hinzu kam, dass ja auch noch Duplikate erstellt werden mussten.

E.S.-X-M.9 schaltete wieder in seinen Klassik- Sender ein, ließ sich erfüllen mit harmonischen Klängen von Händel, Verdi und immer wieder W. A. Mozart.

Zwischenzeitlich hörte er Klänge von einem gewissen Wagner, doch die schaltete er blitzschnell weg, da wurde ihm umgehend schlecht.

# – XI –
## Tag „ 11 "
## [ 1.024 ROBOTER ]
### Donnerstag / 2. Woche

---

*Die „ Welt der materiellen Dinge" und*
*des Geldes zu durchschauen,*
*ohne an irgendetwas anzuhaften,*
*über dieser Täuschung zu stehen*
*und nichts sein eigen zu nennen,*
*das ist der vollkommene Weg.*

( *frei nach Hui Neng* )

---

Alle bereits über fünfhundert Mitwirkenden waren fleißig gewesen und so entstanden gewissenhaft über fünfhundert weitere Duplikate.

E.S.-X-M.9 war äußerst zufrieden mit seinen Roboter- Wesen.

Längst hatte er ihnen durchgegeben, dass sie sich über die ganze Welt verteilen sollten. Sie sollten Verteilungsmöglichkeiten jeglicher Art nutzen, sie sollten sich an und in die Flugzeuge begeben, sollten mit den unterschiedlichen Zügen mitreisen, sich auf großen Schiffen verstecken, auf Containerschiffen, auf Kreuzfahrtschiffen und allem, was sonst noch zu erwischen war. Die Roboter- Wesen nutzten all diese Möglichkeiten schlau und ungesehen. Für sie war es ein Leichtes, in Flugzeuge zu gelangen, auf Schiffe und in Bahnen mitzureisen.

Schon bald waren sie in den USA, in Süd- u- Mittelamerika, in Australien, Neuseeland, überall in Asien, Kanada, Indien, China, Kuba, und an jedem weiteren Fleck dieser Welt.

Und täglich verdoppelte sich ihre Anzahl.

Sie sammelten, sammelten, sammelten und sammelten Informationen jeglicher Art. Sie tauschten sich untereinander aus und gemeinsam informierten sie permanent das Wesen E.S.-X-M.9.

Es wurde immer kritischer für die vielen Roboter- Wesen. Es war schon richtig, dass die Menschen- Wesen sie nicht fotografieren konnten, aber sie konnten sie allemal zeichnen, was sie auch taten. In allen Medien der Welt tauchten diese Zeichnungen auf. Überall wurde die Frage gestellt, um was es sich da handeln würde. Einige ganz Schlaue lieferten bereits die Antworten mit. Es würde sich um eine große Werbekampagne eines Roboter- Herstellers handeln. Aber egal, welche Hersteller man auch versuchte zu diesem Thema zu interviewen, alle Firmen dementierten. Die Jagd hatte somit längst begonnen.

E.S.-X-M.9 war bereits klar, dass sie jetzt erst einmal abtauchen mussten. Sie durften ihre Aufgabe nicht gefährden. Die Aufgabe war wichtig, alles andere zählte nicht. Sie konnten zu einem richtigen Ergebnis auch dadurch kommen, dass sie im Verborgenen beobachteten. Alle Roboter- Wesen besaßen Fähigkeiten, auch allerkleinste Geräusche aus größter Entfernung zu selektieren.

E.S.-X-M.9 instruierte seine mitwirkenden Roboter- Wesen in genau dieser Richtung zu wirken. Es war klar, dass sie alle augenblicklich richtig reagieren würden, schließlich waren sie seine Roboter- Wesen.

E.S.-X-M.9 erhielt eine erschütternde Information von einem seiner Mitwirkenden. Es war diesem gelungen, sich auf einem Schiff zu befinden, welches eindeutig Kurs auf die Antarktis nahm. Er stellte erst zu spät fest, dass dieses Schiff nicht die Absicht hatte, einen fremden Hafen anzusteuern. Dieses Schiff war auch kein gewöhnliches Schiff, also etwa ein Frachtschiff, es handelte sich bei diesem Schiff um ein japanisches Fangschiff einer großen Walfangflotte mit einem gewaltigen Mutterschiff.

Tagelang war alles in Ordnung, die Zeit verstrich und das Leben an Bord nahm seinen Gang. Die Seemänner sprachen über ihre Familien, ihre Sorgen, ihre Kinder, ihre Verwandten, über Geld, über Politik.

Das Roboter- Wesen nahm alles auf und sandte die Informationen über die Satelliten weiter an E.S.-X-M.9.

Doch heute war schlagartig alles anders.

Fast verzweifelt berichtete er, was er da in diesem Augenblick zu sehen bekam. Die Seeleute hatten ihr Schiff vorbereitet, nachdem sich alle Fangschiffe von der Gesamtformation trennten und jeder, nun im Eismeer, um den Südpol herum, seiner eigenen Wege ging. Ihr Fangschiff hatte Wale gesichtet. Diese prächtigsten aller Meeressäuger standen weltweit unter Schutz, was aber die japanischen Mörder nicht davon abhielt, sie bestialisch abzuschlachten. Die Fangschiffe waren schnell und riesengroß, die Wale im Verhältnis klein und viel zu langsam. Diese Japaner töteten alles, was sie sichteten, alles, was sie vor ihre zerfetzenden Kanonen bekamen. Es war ein unsägliches, unwürdiges, blutberauschendes Gemetzel. Diese Menschen- Wesen wollten aus ihrem Inneren heraus töten, man musste sie nicht dazu zwingen. Jedes intelligente Lebewesen hätte man zwingen müssen, diese seelenlosen Japaner nicht. Mord war ihr Leben und ihr wesenhaftes Innerstes. Sie waren ausschließliche Mörder und Zerstörer.

Sie waren eben echte Nichtseelen- Menschen- Wesen.

An dieser Stelle zeigten sich die Japaner als die größte Schande dieser Welt, eben als Menschen- Wesen. Die sogenannten Seeleute und scheinheiligen Wissenschaftler waren hinausgefahren, um aus innerer Lust heraus zu morden und ausschließlich zu morden, für Geld, bis zum Blutrausch. Sie waren an dieser Stelle, um Harmonie zu töten und um daraus Profit zu machen. Diese Japaner konnten lügen, soviel sie wollten, sie rissen sich selbst tiefer, nur immer tiefer hinunter, sie waren nichts weiter als eben Menschen- Wesen, also eine Schande des Universums, das Krebsgeschwür. Sie waren es nicht wert, sich hier in dieser Welt aufhalten zu dürfen. Diese Japaner suhlten sich im Blut der Wale, im Blut der unantastbaren, göttlichen Seelen der Meere. Diese Wale waren die obersten Geschöpfe der Wasser, sie standen in Verbindung mit dem Geist der Wasser, sie waren für jedes intelligente Wesen des Universums als unantastbar und weise zu erkennen. Sie waren eine stetige Quelle des Wissens und hohe Wissende traten mit ihnen kommunikativ in Verbindung.

Diese Menschen- Wesen mordeten die Wale, sie überschritten damit alle Grenzen des Universums. Niemals zuvor hätten Wesen daran auch nur gedacht. Keine intelligente Lebensform wäre so tief hinabgestiegen. In diesem Augenblick war klar, dass sich kein echtes, intelligentes Leben in dieser Welt befand, bezogen auf die Menschen- Wesen. Was empfanden diese Japaner, dort im Mordrausch, am Südpol ? Nichts ?

Besonders die Japaner zeigten sich als Krebsgeschwüre in dieser Welt. Sie zeigten deutlich, dass ihnen diese Welt und ihre Geschöpfe, all ihre Mitgeschöpfe, nichts bedeuteten. Sie lechzten nur nach Geld.

Japan schien ein richtiges Nest des Hochnegativen zu sein. Andere Roboter- Wesen berichteten, dass sie weiteres Unglaubliches hatten feststellen können. Es handelte sich um die vollständige, hinterhältige Ermordung / Vernichtung des gesamten Pazifiks.

E.S.-X-M.9 registrierte alles. Die mitwirkenden Roboter- Wesen berichteten, dass es in Japan Atomkraftwerke gab, ein Unding allerhöchster Raffgier. Obwohl Japan in der allergefährlichsten Zone der unterschiedlichsten Plattentektonik lag, somit Erdbebengebiet Nummer eins. Kein intelligentes Wesen im Universum hätte jemals ein Atomkraftwerk hergestellt, um es in eine solche Gefahrengegend zu setzen, einmal davon abgesehen, dass intelligente Wesen niemals Atomkraftwerke erstellt hätten, warum auch. Den Japaner war das alles vollkommen egal, skrupellos, geldgierig wie sie waren.

Die primitive Gier trieb diese Menschen- Wesen an, in ihnen steckten eindeutig hochnegative Wesen und - Energien. Die äußere Hülle dieser sogenannten Menschen- Wesen täuschte klar über den hochnegativen Inhalt hinweg, ihrem inneren negativen Energie- Wesen.

Die mitwirkenden Roboter- Wesen vor Ort nahmen Messungen des Pazifikwassers vor, es war eindeutig hochgradig radioaktiv und durch Plutonium verseucht, schon jetzt überall. Eine Katastrophe für alle Anrainerstaaten des Pazifiks, wie Russland, Kanada, die USA, Mexiko und so weiter, sowie für Neuseeland, Australien, alle Südsee- Inseln. Alle Meeresbewohner waren hochgradig betroffen, sie waren somit alle unrettbar verloren. Trotzdem nutzten die Menschen- Wesen die Fische als Speise. Die Ozeane waren schon jetzt verseuchte Sondermülllager.

Was waren die Menschen- Wesen doch für Idioten !

War diese Welt überhaupt noch zu retten ?

Ja !

Benötigte man diese primitiven Menschen- Wesen dazu ?

Nein ! Ganz im Gegenteil !

E.S.-X-M.9 wollte noch nicht aufgeben. Es war noch nie seine Art gewesen, so schnell aufzugeben, aber er musste am Ende handeln, es ging um die Welt, es ging ausschließlich um diesen wundervollen und wertvollen „Blauen Planeten", die Menschen- Wesen, zumal sie versagt hatten, spielten nicht die geringste Rolle.

Hinzu kam, dass die sogenannten Menschen- Wesen schon des öfteren vollkommen ausgetauscht wurden. E.S.-X-M.9 fand in einigen uralten Schriften Hinweise auf die Vernichtung unnützer Prototypen der Vorgänger der heutigen Menschen- Wesen.

Hier war auch ein guter Ansatz für ihn, weiter einzutauchen in die Entwicklung der Bestückung dieser Welt mit sogenannten Lebewesen.

Es ging letztendlich um die Harmonie des Universums. Er musste die Angelegenheit, hier in dieser Welt, sehr ernst nehmen.

Er würde klar prüfen und entscheiden, wie immer.

E.S.-X-M.9 bedurfte diesbezüglich keiner Belehrung, er war in allem vollkommen emotionslos, hinzu kam, dass es sich ja auch nur um eine Illusion handelte, wenn auch mit weitreichenden Konsequenzen für das „Reale Universum".

E.S.-X-M.9 dachte über die Schriften, hier in dieser Welt, nach. Diese Schriften tauchten ja alle wie aus dem Nichts auf. Bei den meisten der sich in ihnen befindenden Informationen jeglicher Art handelte es sich um universelles Wissen. Dieses Wissen wurde in diese Welt getragen, aber auch gleich wieder verfälscht und stark missbraucht.

Für alle Religionen dieser Welt galt, dass sie alle anhafteten. Genau das war aber das Schlimmste, was einer Religion passieren konnte, sie war damit weit weg von Gott, also weit weg vom richtigen Weg. Alle Religionen liefen immer und immer schneller in die falsche Richtung. Es war für E.S.-X-M.9 schon erstaunlich, wie naiv und grottendumm die Menschen- Wesen waren, besonders in Richtung „Religion".

In ihren Religionen stand geschrieben, dass sie nicht töten sollten, doch alle Religionen töteten, als gäbe es sonst nichts zu tun in dieser Welt, als ausschließlich zu morden und materielle Güter anzuhäufen. Ihre Religionsführer hätten es ihnen wehschreiend verbieten müssen. Das Gegenteil war der Fall. Die einzige Aufgabe eines Religionsführers wäre es gewesen, den ganzen Tag zu beten, um in Kontakt zu kommen mit den göttlichen Energien. Nicht für eine einzige Sekunde durfte irgendeine der Religionen etwas mit der schmutziger Politik und noch viel weniger mit dem schmutzigerem Geld zu tun haben. Ein richtiger, wissender Religionsführer, ein echter Weiser wüsste dies alles selbstverständlich. Doch es schien keine Wissenden zu mehr geben.

Bis jetzt war aber kein einziger echter Wissender in dieser Welt zu finden gewesen. Oder doch ? Wo waren sie ?

Vielleicht hielt man sie als Gefangene ?

Eher unwahrscheinlich. Hier in dieser Welt tötete man gleich. Der hagere, ausgemergelte Mann am Kreuz, den schwarz verkleidete Menschen- Wesen sich um den Hals hängten war auch so ein merkwürdiges Zeichen. Was sollte es bedeuten ? Etwa, kommt uns nicht zu nahe, wir töten alles und jeden ? Ja, so muss es wohl sein. Die Menschen-Wesen in Mittel- und Südamerika bekamen genau dies millionenfach zu spüren. Die anderen Religionen waren allerdings auch nicht besser, möglicherweise sogar noch brutaler, noch niederträchtiger.

E.S.-X-M.9 bewegte sich in zweihundert Metern Höhe über der kleinen Stadt. Von hier aus sah alles scheinbar friedlich aus, aber es war auch zu erkennen, dass die ganze Haut der Erde zerschnitten war, gleichzeitig nahmen seine Sensoren auf, dass es keine Stelle mehr gab, die nicht schon bereits vergiftet war.

E.S.-X-M.9 musste wieder einmal innerlich schmunzeln, als er daran dachte, dass die Menschen- Wesen ihre Speisen unterschieden in Bio und nicht Bio. Sie waren einfach unbelehrbare Vollidioten, diese dumpf dahineiernden Menschen- Wesen.

Zwei Dinge waren doch klar und deutlich. Ohne saubere Luft keine saubere Nahrung. Ohne saubere Luft kein sauberes Wasser. Ohne sauberes Wasser keine saubere Nahrung. Der Kreislauf war doch mehr als eindeutig, selbst für die schlichten Menschen- Wesen.

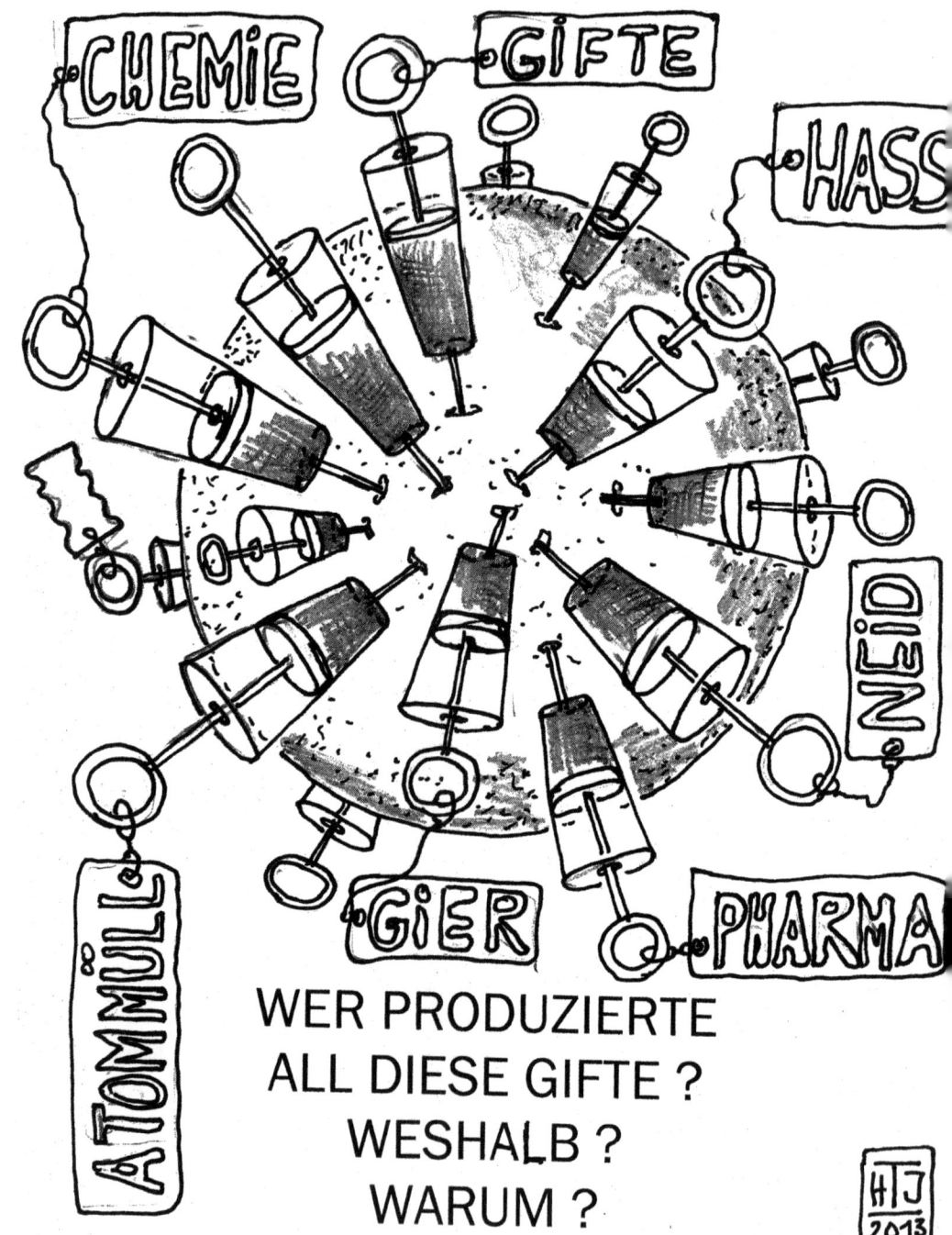

WER PRODUZIERTE
ALL DIESE GIFTE ?
WESHALB ?
WARUM ?

# – XII –
## Tag „ 12 "
## [ **2.048 ROBOTER** ]
### Freitag / 2. Woche

---

*Gäbe es keine Manipulationen der „Wasser" in*
*dieser Illusion, wären alle Wesen erlöst.*
*Gäbe es nicht die Vollkommenheit*
*( des Ungeschaffenen ),*
*wäre alles Rettungsstreben vergeblich.*

*( frei nach Madhyänta- vibhäga- sästra 22 )*

---

E.S.-X-M.9 war über Nacht in eine größere Stadt weitergezogen. Er hatte sich in den südlichen Bereich von Deutschland begeben. Hier traf er eines Abends, am Fluss, auf eine Gruppe junger Menschen, die stressfrei gesellig im Kreis saßen, sich angenehm und ruhig unterhielten. In ihrer Mitte waren weiße Tücher ausgebreitet. Dieser Innenkreis war sorgfältig mit sauberem Geschirr und Besteck bestellt, Porzellanbecher und Thermoskannen standen in ihm. Man bediente sich gegenseitig mit köstlichem Tee und feinen, kleinen Schnittchen, erlesenem Wein.

E.S.-X-M.9 setzte sich zu ihnen, fragte selbstverständlich vorher, ob es den Menschen- Wesen genehm sei, wenn er ein paar Fragen an sie stellen würde. Die Gruppe bejahte einstimmig, war leger interessiert.

Eine junge Frau mit lieblicher Stimme fragte ihn, ob er zu den Robotern gehörte, von denen jetzt öfter in den Zeitungen, im Fernsehen und im Internet berichtet würde. Sie hätte eine Zeichnung von ihm gesehen, welche aber nur ansatzweise richtig wäre. Alle anwesenden Menschen- Wesen betrachteten E.S. X-M.9 intensiv, waren positiv erfreut über seine Anwesenheit, zeigten keinerlei Ängste. Sie schienen irgendwie auf eine Reaktion von ihm zu warten, sie blieben erst einmal auf Distanz. Doch E.S.-X-M.9 ergriff entspannt die Initiative.

63

„Es ist korrekt, dass ich zu den von Ihnen als Roboter bezeichneten Wesen gehöre. Wir sind aber im weitesten Sinne keine Roboter, zumal wir nicht aus dieser Welt sind. Wir nutzen aber in dieser Materie einen derart einfachen, doch auch praktisch zu nennenden Transportbehälter, der für Sie einem Roboter ähnlich erscheint.", begann E.S.-X-M.9. „Mein Name, hier in dieser Welt, in Buchstaben und Zahlenlauten wiedergegeben, würde sich zeigen als E.S.-X-M.9. Auf meiner eigentlichen Energie-Ebene kommunizieren wir vollständig anders. Aber genug von mir, außer, eines möchte ich noch sagen. Ich wurde in diese Welt geschickt, um für Harmonie zu sorgen. Es hört sich im ersten Augenblick nett an, beinhaltet aber weitreichende Konsequenzen für Sie, also für die sogenannten Menschen- Wesen. Bis jetzt mussten meine Mitwirkenden und ich feststellen, dass fast alle Menschen- Wesen, also Sie mit einbezogen, nichts, aber auch wirklich nicht im Geringsten etwas mit Konsequenzen zu tun haben wollen. Es scheint niemand von Ihnen begriffen zu haben, aus welchem Grunde Sie sich hier in dieser Welt befinden."

Es war erstaunlich für E.S.-X-M.9, gleichzeitig zu betrachten, wie aufmerksam die Gruppenmitglieder dem, was er sagte, zuhörten. Die Menschen- Wesen selbst erfuhren lediglich aus den vielen unterschiedlichen Medien, manipuliert durch ihre hochnegativen Regierungen, dass die unbekannten Roboter möglicherweise äußerst gefährlich seien. Vorsicht wäre stets angebracht, wo man einem Roboter begegnete. Die Menschen selbst sahen dies offensichtlich nicht so.

Weiterhin war klar, dass die Behörden unverzüglich zu informieren seien, sobald man einem dieser obskuren Roboter- Objekte begegnen würde. Es könnte Lebensgefahr bestehen.

„Sie brauchen vor mir keine Angst zu haben.", begann E.S.-X-M.9 wieder zu sprechen. „Ich bin ja eindeutig kein Menschen- Wesen. Letztendlich bestimmen immer Sie selbst über Ihre Entwicklung. Leider müssen wir feststellen, dass die eigentliche geistige Entwicklung in dieser Welt vollkommen unterblieben ist und weiterhin unterbleibt."

„Wir haben in dieser Welt keine einzige Möglichkeit, uns geistig zu entwickeln. Wir werden versklavt und konditioniert, von allerkleinster Kindheit an.", erklärte eine junge Frau. Sie stand auf und bewegte sich auf E.S.-X-M.9 zu. „Darf ich Sie berühren?"

E.S.-X-M.9 stutzte eine Sekunde, bejahte dann aber ihre Bitte.

Die junge Frau streichelte über seinen Kugelkopfkörper, ergriff anschließend einen seiner Tentakel. Sie bedankte sich und setzte sich wieder zu den anderen. Die Gruppe selbst wollte sich nicht daran beteiligen, E.S.-X-M.9 zu berühren.

„Sie sind ausgesprochen warm und weich.", stellte die junge Frau erstaunt fest. „Woher kommen Sie und was wollen Sie wirklich in unserer

Welt ?"

„Um das gerade Geschehene aufzugreifen, möchte ich Ihnen erklären, dass Sie als Menschen- Wesen sehr an das Äußere anhaften, ja viel zu unkritisch anhaften, an Besitz, an Geld, Gegenständen jeglicher Art. Dies ist aus der Sicht der geistigen Entwicklung garantiert der falsche Weg. In intelligenten, wissenden Kulturen erklären und erarbeiten die Seelen dies zusammen mit ihren Wissenden, sie leiten die Jungen, in die Welten eines „Blauen Planeten" eingetauchten und sich verkörpernden Seelen. Wir mussten feststellen, dass es keine Wissenden in dieser Welt gibt, sie existieren einfach nicht, wurden vertrieben oder Schlimmeres. Es wird von uns noch zu klären sein, was hier in dieser Welt alles geschehen ist, dass es zu so einem Ergebnis kommen konnte. Es tut mir leid, Ihnen zur Zeit keine positivere Prognose für die nächsten Tage geben zu können. Letztendlich müssen wir Roboter-Wesen stets zum Wohle des Planeten handeln. In erster Linie steht immer die göttliche Harmonie des Universums und aller sonstigen „Blauen Planeten" dieses Universums im Vordergrund."

„Was soll das bedeuten ?", fragte ein junger Mann unwirsch. Ganz eindeutig schien er zu verstehen. Er stand auf und bewegte sich zwei Schritte auf E.S.-X-M.9 zu. Dann entschloss er sich, stehen zu bleiben und fragte weiter : „Sind Sie eine Art Überprüfungskommando für die Erde ? Sind Sie eine Art Experiment und wir sind gerade darauf reingefallen ? Was ist hier los ?"

„Dies ist kein Experiment. Ich bin auch keine Blechkiste und Sie wollen bestimmt nicht wissen, wozu ich in der Lage bin, in jeglicher Art und Weise. Also beruhigen Sie sich.", sagte E.S.-X-M.9 mit melodischer, ruhiger Stimme. „Richtig ist, dass wir den Planeten zu retten haben, nicht die Menschen- Wesen. Die Menschen- Wesen, also Sie alle zusammen, hatten Jahrtausende Zeit, diesen Planeten in vollkommener Harmonie zu halten. Sie alle haben sich dagegen entschieden, dies ist ganz offensichtlich und muss, so denke ich, auch nicht weiter diskutiert werden. Interessant ist nur die Frage, warum Sie sich nicht um diesen wundervollen Planeten kümmerten. Warum zerstören Sie immer nur ? Warum haben Sie so große Lust und wohl auch Gefallen an Zerstörung und am ständigen ununterbrochenen Morden ?"

Eine andere junge Frau, schon bald mit Tränen in den Augen, richtete eine Frage an E.S.-X-M.9. Sie sprach abgehackt, hatte sich nicht voll unter Kontrolle : „Müssen wir jetzt alle sterben ? Wir sind doch noch so jung, wir haben doch noch gar nichts vom Leben gehabt. Warum wollen Sie das machen, Herr Roboter E.S.-X-M.9 ?"

„Ich muss Sie nun verlassen, meine Damen und Herren, ich habe, wie Sie verstehen werden, noch sehr viel zu tun und zu entscheiden, noch viel zu erarbeiten, aber eines möchte ich Ihnen noch mit auf den Weg geben. Es geht hier nicht um die Entscheidung über Leben und Tod für die Menschen- Wesen. Die Menschen- Wesen spielen nicht die geringste Rolle. Die Menschen- Wesen haben keinerlei Bedeutung in diesem Universum. Es geht um diesen wundervollen, wertvollen Planeten, er und ausschließlich er ist zu retten und zu reinigen und zu heilen, alles andere ist, wie bereits mehrfach unterstrichen, bedeutungslos.", sagte E.S.-X-M.9 mit Nachdruck und verschwand.

In der Gruppe diskutierten die jungen Männer weiter über allerneuste Sportwagen. Natürlich waren sie schon geschockt über die Worte des kleinen Kugelroboter- Kerlchens, aber wer wusste schon so genau, wer sich da wieder einen Spaß mit ihnen gemacht hatte. Die jungen Frauen der reichen Clique schwärmten von wundervollen Schuhen und von einer Reise auf eine Insel in den Indischen Ozean. Ein paar saubere Stellen und prachtvolle einsame Strände sollte es ja noch geben, hatten sie gehört. Spezielle Strände für die Reichen und Superreichen würden auch mit Unterwassergittern geschützt. Ebenfalls würde ständig Plastik entfernt, so dass alles fast so wundervoll war wie früher, vor der Plastikzeit. Die Gruppe verabredete, alles genau zu überprüfen, selbstverständlich vor Ort. Schließlich musste der neue Privatjet ja auch mal bewegt werden. E.S.-X-M.9 spielte für sie keine Rolle.

E.S.-X-M.9 hatte längst anderes im Kopf, er trat mit seinen Mitwirkenden in Kontakt und bereitete alles für den nächsten Tag vor. Seine Negativliste wurde allerdings immer länger und länger.

Als er mit allem fertig war entschied er sich einmal ins Kabarett- Fernsehen zu schauen. Alles kluge Köpfe, die Damen und Herren aus der differenziert beobachtenden Fraktion.

E.S.-X-M.9 hoffte auf intelligente Führung dieser klugen Köpfe in die richtige Richtung des Erkennens. Es ging aber um Tagespolitik. Im Grunde handelte es sich um eine Art Symbiose. Politik und Kabarett konnten nicht ohne einander. Eine sogenannte Geldheirat. Letztlich eine „Win-Win-Situation". Leider musste er feststellen, dass die Damen und Herren Kabarettisten ebenfalls nichts erkannten was mit wirklicher Erkenntnis zu tun hatte, genau wie ihr brav klatschendes Publikum. Es ging ausschließlich um Unterhaltung und nicht zu vergessen, ein gutes Essen danach, runtergespült mit geistvollen Getränken.

Für heute reichte es ihm.

Rasch sprang E.S.-X-M.9 auf den Mond und betrachtete von dort aus die Erde.

Diese kleine winzige blaue Kugel mit den vielen Geheimnissen, in die er auch noch eintauchen würde.

## Tag „ 13 "
# [ 4.096 ROBOTER ]
### Samstag / 2. Woche

---

*Ruhig und ohne sich zu überheben,*
*geht der Erkennende seinen Weg.*
*Wenn andere ihn beschimpfen oder ihn verehren,*
*wird er Besonnenheit bewahren*
*und darauf achten,*
*dass sein Geist von aller Täuschung frei bleibt.*

*( frei nach Sutta. Nipäta 702 )*

---

Ein Schrei des Entsetzens erreichte E.S.-X.M.9 an diesem Vormittag. Er hörte gerade in „Elegia, from Serenade for String Orchestra" von Tschaikowsky hinein, als er diesen Schrei einer seiner Mitwirkenden vernahm. Er schaltete sich in dessen System ein, ließ die Musik im Hintergrund leise und sanft mitlaufen.

In welch barbarische Welt hatte man ihn hineingeschickt ! Was um Gottes Willen sollte er hier untersuchen ? Hier gab es nichts zu reparieren, zumindest nichts, was die Menschen- Wesen anbelangte. Er hatte in die Biographien vieler Künstler hineingeschaut. Unendlich viele dieser begabten Menschen- Wesen brachten sich um, versuchten freiwillig und möglichst schnell, dieser Welt der Perversionen zu entfliehen, sahen keinen Sinn für sich, keine Entwicklungschance.

Durch die Augen seines Mitwirkenden konnte er sehen, was diesen derartig erschreckte. Vor seinen Augen tobte ein Krieg. Es war die primitive Schlacht um eine Stadt. Hier mordeten Menschen- Wesen andere Menschen- Wesen ohne jegliches Erbarmen, bestialisch, blutrünstig, geistig vollkommen abgetreten Es handelte sich um einen sogenannten Bürgerkrieg. Diese Stadt wurde nicht von einem feindlichen Staat angegriffen, hier zerfleischten Menschen andere Menschen, die noch ein paar Tage zuvor Nachbarn gewesen waren und deren Kinder zusammen eine gemeinsame Schule besuchten, miteinander spielten.

E.S.-X-M.9 sah durch die Augen seines Mitwirkenden Hunderte von Menschen- Leichen herumliegen, von Kugeln zerfetzt, unkenntlich zerstückelt, teils mit verzerrten, angsterfüllten Gesichtern. Es waren hauptsächlich Frauen, Kinder jeglichen Alters, alte Frauen und alte Männer, also ganz eindeutig keine Soldaten.

Was trieb diese Menschen- Wesen an, derartig barbarische geistlose Taten durchzuführen ? Ausschließlich hinterhältige Massenmorde.

Warum besaßen die Menschen- Wesen keine natürlichen Sperren in sich, um eben genau dies nicht zuzulassen und schon gar nicht durchführen zu können ?

Wer oder was konstruierte diese Menschen- Wesen so, dass sie in der Lage waren, derartige Perversionen auszuführen, gegen alle Vernunft, gegen alle göttliche Harmonie, ohne Sinn und Verstand ?

Wieso stellten sich die Religionen nicht gegen diese Barbareien ?

Wieso beteiligten sich die Religionsführer am Morden, ja, beauftragten Morde sogar, schlimmer, forderten zum Morden auf ?

E.S.-X-M.9 war ebenso erschüttert und streckenweise sprachlos, ja verwirrt, wie das mitwirkende Roboter-Wesen seines Teams. Er hatte schon einiges in diesem Universum erlebt, aber noch nie eine derartig kaputte Anomalie. Dies alles war nicht nur mit einem Krebsgeschwür vergleichbar, hier geschah etwas anderes, hier experimentierten hochnegative Wesen mit einer ganz neuen Krebsart. Hier befanden sie sich in einer Art Laboratorium. Hier sollte letztendlich der Krebs streuen, er sollte über das ganze Universum verteilt werden. Ein Krebs ohne jegliches Gewissen, ohne Skrupel, somit allerschlimmster Art.

Man konnte erkennen, dass die Menschen- Wesen selbst keine Rolle spielten in diesen Vorbereitungen, außer natürlich als Übungsmittel zum Zweck, somit lediglich zur Erprobung, also höchstens als eine Art erster Stufe der perversen Entwicklung.

E.S.-X-M.9 beruhigte sich daraufhin wieder und er beruhigte auch seinen Mitwirkenden. Er versuchte ihm zu erklären, dass dies für ihre Aufgabe, hier in dieser Welt, ohne jegliche Bedeutung sei, dass diese Menschen- Wesen sich gegenseitig eliminierten. Man konnte auch sagen, umso besser, zumal es sowieso keine Rolle mehr spielen würde.

E.S.-X-M.9 informierte sich im Internet und der einschlägigen Literatur, wie viele Kriege die Menschen bereits durchgeführt hatten, so innerhalb der letzten zehntausend Jahre. Es waren unzählige Kriege und noch mehr kleinere Scharmützel. Es gab keinen Tag ohne Kriege.

Hinzu kamen noch Milliarden Morde aus Habgier, Hass, Geldgier, Eifersucht, Dummheit ohne Ende. Meist ging es um Geld, um materielle

Macht, um Eitelkeiten. Den sogenannten Menschen- Wesen war das alles vollkommen egal, sie mordeten einfach gern. Irgendwie schien dies ihr allerliebstes Vergnügen zu sein, sie waren eben alles Nachkommen der perversen „Kains- Energie", geistig zurückgeblieben eben.

Wie sah es aus bei ihren, sich selbst als Führer bezeichnenden Personen?

Brachten die Damen und Herren irgendetwas mit, auf dem man hätte energetisch positiv in dieser Welt aufbauen können?

Tatsache war, dass es bei diesen Macht- Menschen- Wesen noch viel, viel schlimmer war, als bei all ihren Sklaven, also ihren Untertanen, ihren eigenen Völkern. Wenn man die Sprache betrachtete, so musste es sich zwangsläufig um die Besitzer, besser Eigentümer, dieser Völker handeln. Da die Bevölkerung sich nicht zur Wehr setzte, hatte wohl alles seine Richtigkeit, das Volk liebte die Knechtschaftshierarchie.

Nicht ein einziger dieser sich Politiker nennenden oder Chef oder Vorgesetzter oder oder . . , war auch nur zu irgendetwas zu gebrauchen. Sie alle waren machtgeil und käuflich, durch und durch egozentrisch, unendlich eitel, unfähig zu jeglicher Art von Gemeinnützigkeit.

Diese Herrschaften wollten nur eines, an die Macht und an die Milliarden Euros des Volkes. Keiner dieser Politiker hatte auch nur die allergeringste Wertschätzung für die Harmonie dieser Welt.

Jeglicher Art von Krieg gingen sie niemals aus dem Wege. Die jeweiligen, betroffenen Völker waren ihnen egal, deren Schicksal sowieso. Es war erstaunlich festzustellen, dass in den Geschichtsbüchern dieser Welt lediglich Massenmörder aufgeführt, verehrt wurden.

Erschreckend war auch festzustellen, dass fast ausschließlich genau diese Massenmörder die besagenden „Friedensnobelpreise" erhielten.

Der „Friedensnobelpreis", ein Witz in sich selbst, wurde von einem Mann gestiftet, der sein Geld mit Schießpulver, also mit Mord verdiente. Nun ja, dann passte es ja wieder. Der Kreislauf musste stimmen.

Die Weltbevölkerung stellte sich selbst als zivilisiert dar, verhielt sich aber genau entgegengesetzt. Von Zivilisation war in der ganzen Welt nichts zu entdecken. Wie war es nur möglich, dass sich diese merkwürdigen Menschen- Wesen für intelligent hielten und gleichzeitig Kriege als eine Möglichkeit der Konfliktlösung ansahen, obwohl doch jedem denkenden Wesen, selbst jedem schlichten Charakter, klar war, dass jeder Krieg die Schwierigkeiten untereinander erst zementierte, den Hass untereinander für Jahrzehnte, sogar Jahrhunderte nicht abkühlen lassen würde?

Bereits der Bau von Waffen jeglicher Art implizierte bereits deren Benutzungswillen. Wer eine Waffe, welche auch immer, erwarb, der wollte diese Waffe selbstverständlich auch einsetzen. Besonders die USA zeigten hier in dieser Welt, dass die Menschen- Wesen vollkommen irre waren. Amerikaner kauften Waffen für den Hausgebrauch, gegen ihre direkten Nachbarn, mit denen sie Tür an Tür wohnten. Sobald man sich um den Erwerb einer Waffe kümmerte, vertraute man bereits eindeutig längst niemandem mehr. Man ging schon vorher davon aus, dass einen alle anderen Menschen- Wesen permanent töten wollten. Genau darauf wollte man sich vorbereiten, genau für diesen Moment. Man wollte sich verteidigen können, selbstverständlich präventiv. Wenn man erst angegriffen würde, dann war alles zu spät. Die Erstschlag-theorie tat hier wirklich gute Dienste.

Sobald es an der Tür klingelte, sofort schießen, dann fragen wer da war. Uppps, es war der Geldbriefträger. Nun gut, was klingelt der auch so verdächtig !

Dieses Amerika sollte „das Land der unbegrenzten Möglichkeiten" sein ? Es stellte sich selbst aber klar als „das Land der unmöglichen Begrenztheiten" dar.

Eine Definition des Wortes „Freiheit" gab es nicht in dieser Welt, war auch nicht nötig, da es „Freiheit" in dieser Welt nicht gab.

Wer pflanzte diesen Dreck in die Köpfe der geistig armen, zurückge-bliebenen Menschen- Wesen, die sich dann auch noch perverser Weise für die „Krone der Schöpfung" hielten und nicht einmal an dieser Stelle erkannten, dass sie ganz eindeutig der Abfall der Schöpfung waren. Sie sollten ihr Verhalten, hier in dieser Welt, öfter mal reflektieren.

Wo waren die Lehrer mit Rückgrat, die die Kinder sauberes Denken lehrten, Respekt vor allen anderen Mitlebewesen ?

Wo waren die gewissenhaften Eltern, die ernsthafte, saubere Vorbil-der waren, die sich ihrer Verantwortung bewusst waren ?

Wo waren die Gelehrten aller Staaten, die für die geistige Entwick-lung der gesamten Menschheit zuständig waren und selbstverständ-lich für die Sauberkeit dieses Planeten, eines Planeten, der hundert Prozent eindeutig nicht Eigentum der Menschen- Wesen war, nie sein würde, niemals werden konnte.

Wo befand sich eine verantwortliche Weltregierung mit eindeutiger Vertretungskompetenz aller Lebewesen ?

Nichts in dieser Welt konnte bis jetzt von E.S.-X-M.9 und seinen nun bereits viertausendeinhundert Mitwirkenden gefunden werden, was für eine für die Menschen- Wesen positive Prognose reichen würde.

E.S.-X-M.9 bat seine Mitwirkenden, weiter zu suchen und nicht in ihren Bemühungen nachzulassen. Er selbst hörte sich die wundervolle Oper „Die Zauberflöte" von W. A. Mozart an. Im Vorfeld versuchte ein geistig anspruchsloser Moderator zu erklären, dass es sich bei dieser Oper um eine Art Kinderoper handelte. Wie viel Dummheit musste man eigentlich noch ertragen, hier in dieser Welt ?

E.S.-X-M.9 wurde immer klarer, wie weit diese Menschen- Wesen von jeglicher Intelligenz entfernt waren. Er musste schmunzeln, als er hörte, dass die Menschen- Wesen nach intelligentem Leben im Weltall suchten. Es war verständlich, dass sie suchten und suchten, zumal es hier in dieser Welt, in ihrer Welt, kein intelligentes Leben zu finden war.

Was sollte er nur machen ?

Wo sollte er noch überall suchen ?

Das ganze Sonnensystem war ihm irgendwie fremd. Nachts schaute er zu den Sternen hoch und es kam nichts zurück. Er wusste genau, wo sich die Planeten dieses Sonnensystem aufhielten, aber sie sprachen nicht zu ihm. Er versuchte zu kommunizieren, aber es antwortete ihm niemand. Ein Schleier des Todes lag über dieser Energie.

E.S.-X-M.9 sendete seine Beobachtungen seinen Mitwirkenden. Sie sollten ebenfalls intensivere Beobachtungen anstellen, sollten auf weiteren Schienen Daten sammeln über diese endlosen Phänomene, hier in diesem Sonnensystem, ja abtastend erst einmal in der ganzen Oortschen Wolke. Er wollte seine Beobachtungen auch in dieser Richtung mit einbeziehen. Vielleicht zeigte sich ja etwas ganz anderes, etwas, dass er bis jetzt nicht mit einbezogen hatte.

E.S.-X-M-9 grübelte die ganze Nacht darüber nach, zusammen mit seinem neuen Duplikat, welches er voll und ganz informierte.

Die Nacht war sternenklar und Milliarden Leuchtpunkte erfüllten den Himmel über ihnen.

Wie war es nur möglich, dass die Menschen- Wesen nicht erstarrten vor Ehrfurcht ?

Wie war es nur möglich, dass sie nicht wussten, was die Wasser bedeuteten. Selbst er spürte und fühlte sie in seiner Hülle.

Dann war es auch schon wieder soweit, sich auf den nächsten Tag vorzubereiten.

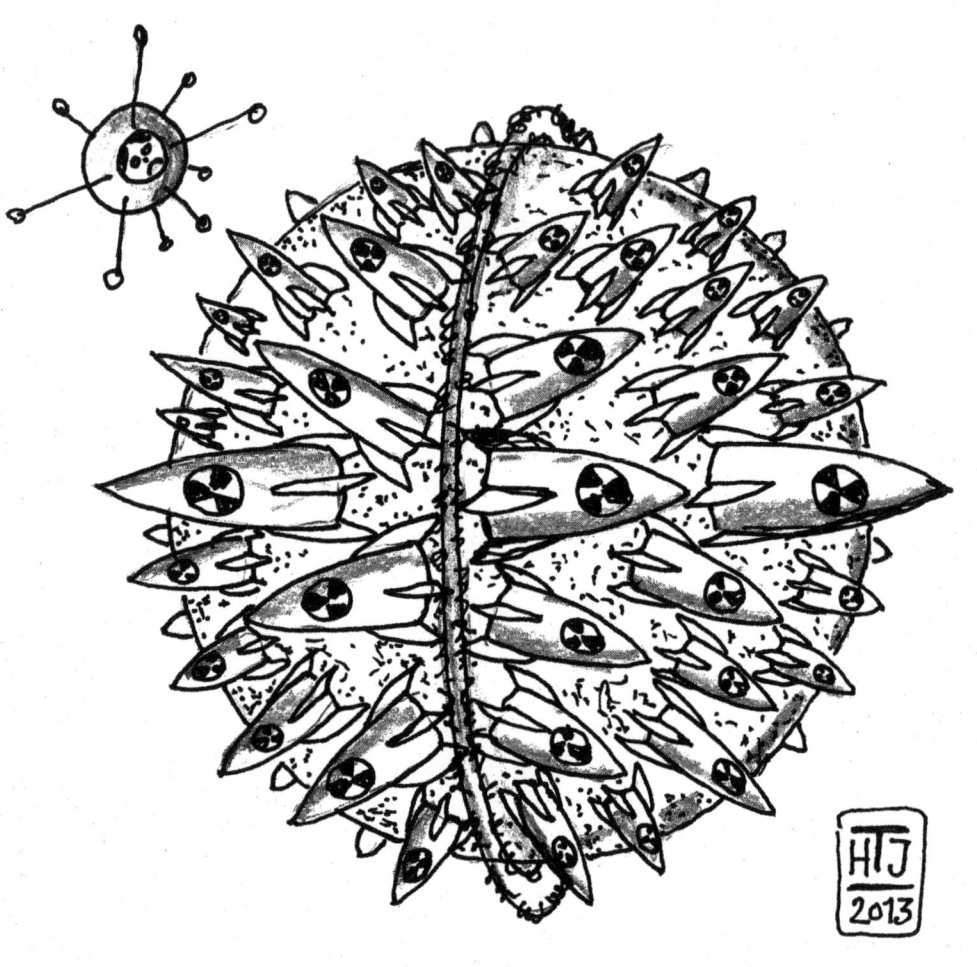

FRIEDEN,
NICHTS ALS FRIEDEN,
ÜBERALL FRIEDEN !
FRIEDEN ?

# – XIV –
## Tag „ 14 "
## [ 8.192 ROBOTER ]
### Sonntag / Ende der 2. Woche

---

*Die Sinnesobjekte ( die materiellen Illusionen )*
*sind keine Fessel für die Sinne,*
*und die Vorstellungen dieser Welt*
*sind keine Fessel für den Geist.*
*Die konditionierte Fessel liegt vielmehr*
*im Willen und in der Gier.*

*( frei nach Samyutta- nikāya 35: 191 )*

---

Wie geplant und vorgesehen, so lief auch in dieser Nacht die Duplizierung nach der alten Schach- Formel ab, ohne die geringsten Schwierigkeiten. Der einzige Unterschied zur Schachformel war, dass sich am Ende des vierundsechzigsten Feldes nicht alles nochmals verdoppelte, minus eins, zumal nichts auf den imaginären Feldern täglich verblieb. E.S.-X-M.9 war sehr zufrieden mit dem Ablauf der Aufgabe, zumindest was seinen Part und den seiner Mitwirkenden betraf, sie arbeiteten gut und präzise und äußerst vorsichtig. Sie verschreckten die Menschen-Wesen nicht. Sich für die Roboter- Hülle entschieden zu haben, hier in dieser Welt, war eine ausgezeichnete Wahl gewesen.

Nun befand sich E.S.-X-M.9 seit bereits zwei Wochen in dieser Welt. Vor fünfzehn Tagen hätte er sich nicht denken können, eine derartig kaputte Welt, hervorgerufen durch sogenannte Menschen- Wesen, in diesem Universum vorzufinden.

Er würde mindesten noch zwei weitere Wochen, zusammen mit seinen Mitwirkenden, Informationen sammeln über diese Menschen-Wesen, diese Zerstörungs- Wesen. Wahrscheinlich noch ein paar Tage länger, zumal er diesmal auf den Tag zweiunddreißig setzte.

73

Die Menschen- Wesen achteten jetzt immer stärker darauf, die Robo-ter, die sich hier in der Welt aufhielten, aufzuspüren. Genau heute, am Sonntag geschah es, dass eine Jugendhorde, eine Bande, zwei der Ro-boter- Wesen einkreiste und versuchte, sie anzugreifen. Die gut zwan-zig Jugendlichen hatten nichts zu tun, schließlich war Sonntag, also für viele Menschen- Wesen der „Tag des Herrn", also im Weitesten der „Tag der göttlichen Liebe !", Besinnung auf Güte,Mitmenschlichkeit...

Diese Bande perspektivloser Jugendlicher, wie sehr gern und ebenso dumm oft gesagt wurde, zerstörte in dieser Nacht eine mühevoll und mit viel Engagement und Arbeit angelegte Streuobstwiese. Alle zusam-men zerhackten und zertrampelten sie an die zweihundert seltene Bäume : Apfel-, Birnen- und Pflaumen-, Kirschen-, Nussbäume aller Art, einschließlich einer Einfassung der riesigen Wiese mit sehr wertvollen Beerenfrüchten, aber eben auch Holunder und unterschiedliche Hasel-nüsse. Wundervoll, einfach wundervoll war diese kostbare Streuobst-wiese, man konnte auch unterstreichen unbezahlbar. Obstbäume zähl-ten zu den Rosengewächsen und sie waren wesentlich wertvoller als all die dämlichen Jugendlichen zusammen.

Viele Vogelnester wurden zudem zerstört, ebenso seltene Insekten. Die Panik und die Angst der niedergemetzelten Tiere hier nicht einmal mit einbezogen.

Abschließend wüteten sie weiter, als ob diese Barbarerei nicht längst ausreichend gewesen wäre, zündeten sie noch vierzig Bienenkörbe an und verschwanden dann, nein, wollten verschwinden. Ihnen stellten sich die zwei Roboter- Wesen in den Weg. Da die Roboter- Wesen nicht eingreifen sollten, wenn Menschen- Wesen sich in körperlicher Primiti-vität äußerten, welcher Richtung auch immer, so lautete ihre Order. Alternativ versuchten sie die Bande erst einmal zu befragen :

„Warum habt ihr das gemacht, aus welchem inneren Beweggrund her-aus ? Wer erteilte den Befehl zu diesem primitiven Wahnsinn ?"

Erst stockten die zwanzig Typen, sondierten dabei die Lage. Sie dach-ten schon, sie seien aufgeflogen. Doch dann glaubten sie wieder, mächtiger zu sein als zwei kleine Roboter- Blechdosen. Hinzu kam ihre hohe Aggressivität, ihr aufgeladenes Testosteron. Zehn von ihnen um-kreisten daraufhin sofort die zwei winzigen Roboter- Wesen. Diese star-ken Menschen- Kerle hatten Eisenstangen dabei, hatten sie immer da-bei, auch in der Schule. Man sollte es nicht fassen, aber die Typen gin-gen wirklich noch zur Schule, wie sich später herausstellte. Nicht dass sie dort etwas lernten, sie randalierten dort, krakeelten eben gern. Dann stürmten sie auf die sich unbeweglich verhaltenden Roboter zu und flogen Sekundenbruchteile später so an die zwanzig, auch schon mal dreißig Meter durch die Lüfte. Ihre Landungen waren ausgespro-chen unsanft. Es krachte sehr oft, unangenehme Geräusche im Ohr eines Menschen- Wesen. Für die Roboter- Wesen waren diese Geräusche ohne die geringste Bedeutung. Die Menschen- Wesen hatten schließlich während des Fluges die Möglichkeit der Landeberechnung.

Die zwei Roboter- Wesen bewegten sich immer noch nicht, sie fragten stattdessen weiter : „Wer kann uns endlich eine plausible Antwort geben, auf unsere doch nicht sehr schwierige Frage ?"

Schreiend verließ die restliche Bande die Streuobstwiese. Ihre daniederliegenden Kumpane ließen sie in ihrem Elend zurück.

Die Roboter- Wesen gingen, innerlich kopfschüttelnd, ihrer Wege.

Wenige Stunden später war Folgendes in allen Fernsehstationen rund um den Globus zu vernehmen, gepaart mit katastrophalen, erschütternden Bildern.

Jedes Menschen- Kind in dieser Welt wusste ganz genau, dass die sogenannte „Wahrheit" als erstes in einem Krieg starb, daher lautete auch hier die journalistische Information :

„Mindestens hundert hochaggressive Roboter griffen heute, in den frühen Morgenstunden, außerhalb der Stadt New York, eine Gruppe junger Schüler an, die sich auf dem Weg befanden, sich um ein löbliches Schulprojekt zu kümmern. Diese Schüler mussten mit ansehen, wie wild gewordene Roboter mehrere hundert wertvolle Obstbäume regelrecht hinmetzelten, danach mit ihren Laseraugen alle wertvollen Bienenstöcke pulverisierten, abfackelten. Als die Roboter sich ertappt sahen, griffen sie ohne Warnung die braven Schüler an und verletzten zehn von ihnen sehr schwer. Die verletzten und tapferen Schülen liegen im Krankenhaus und müssen bestimmt lange dort verbleiben. Die Jugendlichen waren alle traumatisiert und werden jetzt psychologisch betreut. – Wie lange müssen sich die Bevölkerungen der ganzen Welt noch diese Gefahr durch außerirdische Roboter gefallen lassen, bis die viel zu nachsichtigen Regierungen endlich eingreifen und umgehend alle Militärs aktivieren ? Wann wird dieser, unser wundervoller Planet endlich wieder seine Ruhe finden und frei von zerstörungswütigen und mordenden, fremdartigen Alien- Robotern sein ?"

E.S.-X-M.9 schaltete sich in alle Satelliten dieser Welt ein und sendete einen Originalbericht von der Zerstörung der Streuobstwiese. Es war die Bande in Aktion zu sehen, schließlich hatten die mitwirkenden Roboter immer alles aufgenommen, eben wirklich alles, in perfektem Ton und selbstverständlich in gestochen scharfen Bildern, auch aus größerer Höhe.

E.S.-X-M.9 stellte abschließend fest und sendete dies in alle Wohnzimmer der ganzen Welt :

„ Die Dummheit aller Menschen- Wesen ist grenzenlos ! "

E.S.-X-M.9 gab an seine Mitwirkenden weiter : „Seid besonders vorsichtig, die gesamte Menschheit zeigt sich immer mehr als ein wirklich dreckiger Haufen von Lügnern. Habt ihr ein einziges Menschen- Wesen gefunden, dass eine echte, göttliche Seele in sich trägt ?"

„ NEIN ! "

Was sollte er nur machen ?

E.S.-X-M.9 setzte sich erst einmal in eine ruhige Ecke eines kleinen Stadtparks. Die Ruhe währte nicht lange. Fünf betrunkene Männer torkelten in seine Richtung, versuchten ein lautes Gespräch zu führen. Es war nicht auszumachen, in welcher Sprache dies sein sollte.

Erst wollte E.S.-X-M.9 weiterziehen, doch dann entschoss er sich, die Leute aufzusuchen, er schwebte herum und gesellte sich zu ihnen. Zuerst bemerkten sie ihn gar nicht, zumal gerade eine neue, volle Flasche herumgereicht wurde. Dann sprach E.S.-X-M.9 sie an :

„Warum betrinkt ihr euch, Menschen- Wesen ? Warum beschäftigt ihr euch nicht mit den Erkenntnissen des wahren Göttlichen ?"

Die fünf Typen reagierten nicht, sie lebten in ihrer eigenen Welt und dort kamen keine Roboter vor, was positiv zu vermerken war und das musste auch einmal unterstrichen werden, sie konnten in diesem Zustand die Welt nicht mehr bewusst zerstörten.

Genau zu diesem Zeitraum schickte ein amerikanischer Friedensnobelpreisträgerpräsident Tausende schwerbewaffnete Drohnen rund um die ganze Welt, um sogenannte Feinde Amerikas zu eliminieren. Er wusste gar nicht was er da tat, er hakte einfach nur Listen ab, die man ihm auf den Schreibtisch legte. Diese Listen lagen täglich vor. Seltsam war für E.S.-X-M.9 nur, dass er das „Weiße Haus" dabei nicht auf seiner Feindesliste führte.

Ab wann gehörte man eigentlich zu den Massenmördern ?

An welcher Stelle war das eigentlich definiert ?

Wie stand eigentlich die UNO dazu ?

Wie definierte eigentlich das Kriegsverbrechertribunal in Den Haag Kriegsverbrechen ?

Wieso machten sie um die Führer der „Super- Mächte" jedes Mal einen riesengroßen Bogen ?

E.S.-X-M.9 ließ die betrunkenen Typen weiter herumtorkeln und er verschwand schell aus der Gegend. Automatisch suchte er wieder nach guter Musik, er wollte auch mal was Positives erleben, diesmal sollte es Keith Jarrett sein mit seinem grandiosen Kölner Konzert.

Na also, ging doch.

# – XV –
## Tag „ 15 "
## [ 16.384 ROBOTER ]
### Montag / Beginn der 3. Woche

---

*Findest du keinen feinspürigen Menschen,*
*der deinen Weg der Suche mitgeht,*
*dann ist es besser, allein zu leben,*
*denn es gibt keine gemeinsame geistige Entwicklung*
*mit einem Törichten.*

*( frei nach Dhammapada 329, 330 )*

---

Alle Roboter- Wesen waren noch wachsamer, noch vorsichtiger, noch unauffälliger unterwegs, als sie es sowieso schon waren.

Die Militärs dieser Welt waren jetzt in ihrem Element. Nun ja, schließlich war Mord und Zerstörung ihr Geschäft, ihr einziges Geschäft. Was nicht zu ihrer Kernkompetenz zählte, war nachdenken und ganzheitliches Überlegen. Warum sollten sie klüger sein als ihre Regierungen.

Nebenher gingen alle Menschen- Sklaven- Wesen brav ihrer Arbeit nach, sorgten für den notwendigen, immensen Geldnachschub, den ihre gefräßigen „Regierungen" vernichteten, in vollkommener Dummheit und unendlicher Verblödung. Die Menschen- Sklaven- Wesen hinterfragten ihre eigenen Regierungen und diesen Unsinn nicht, sie fügten sich, die Scheiße, die ihnen die Regierung vorsetzte, immer gehorsam fressend. Eine schlichte Regierungschefin eines kleinen Landes mitten in Europa sagte auch noch permanent, wie so eine kaputte Aufziehpuppe mit allerschwerster Fehlfunktion : „Wichtig ist nur, was hinten heraus kommt !" Nun ja, was hinten herauskam, wussten alle ganz genau, selbst Kleinkinder, nur eben diese Schlichte nicht.

E.S.-X-M.9 konnte dies alles nicht fassen, zumal diese Menschen- Wesen- Idioten wirklich davon überzeugt waren, intelligent zu sein. Selbst

77

das Wort „intelligent" hinterfragten sie nicht, obwohl doch ein Synonym die Bedeutung „scharfsinnig" war, nicht „schwachsinnig"! Nun ja, was sollte es, die hatten ja alle gemeinsam die Suppe auszulöffeln, die sie sich da gemeinsam eingebrockt hatten und nicht er. Das dem so war, soviel Intelligenz würden die Menschen- Wesen noch zusammenbekommen. Andererseits würden diese Menschen- Wesen von seiner Entscheidung, so oder so, nie etwas mitbekommen.

E.S.-X-M.9 setzte sich ans Ufer eines kleinen Flusses und achtete auf die Geräusche des Wassers. Es sprach nicht zu ihm, wie es doch sonst immer üblich war. Vieles in dieser Welt war verkehrt. Die Wasser beinhalteten alle Informationen des Universums, aber hier, in dieser Welt, waren sie taub und stumm, wurden aber, wie er registrierte, manipuliert. Nur wer manipulierte hier die Wasser ?

Eine Menschen- Frau trat an ihn heran in friedlicher Absicht, wie er ihrer Chemie entnahm. Er wandte sich ihr zu, ein Lächeln auf seine Kugel zaubernd und fragte sie, was ihr Begehren sei.

„Was wollt ihr hier auf unserer Erde ?", fragte die Frau, deren Hülle ihren Alterszenit weit überschritten hatte. Sie hatte dunkle kluge Augen und nur ein klein wenig Angst, welche leichte Wut überdeckte.

„Wir wurden geschickt, um diese Welt zu retten. Wir sind Wesen der göttlichen Harmonie.", antwortete E.S-X-M.9 mit freundlicher Stimme.

„Wir erhalten andere Informationen durch die Nachrichten und durch das Fernsehen. Willst du mich töten ?", fragte die Frau und es war klar, dass sie genau wissen wollte, was geschehen würde, hier in dieser Welt, in die sie hineingeboren wurde, vor vielen Jahren. Sie war eine gläubige Frau, trug eine Halskette mit einem Kreuz. Auf dieses Kreuz hatte man eine scheinbar männliche Figurdarstellung genagelt.

„Was stellt das Symbol dar ?", fragte E.S.-X-M.9 sie erst einmal. Er wollte wissen, welcher Denkrichtung diese Frau anhing, obwohl er es längst wusste.

„Dies stellt den heiligen Jesus am Kreuz dar. Er ist für die Sünden aller Menschen der Welt gestorben. Ich bin eine Katholikin, gehöre der katholischen Glaubensgemeinschaft an.", antwortete sie und beobachtete E.S-X-M.9 scharf. „Wenn ihr glaubt, uns etwas antun zu können, dann wird der Herr euch bestrafen, bedenkt dies genau in eurem ungläubigen Handeln und verschwindet lieber von der Erde. Das Militär wird sich das auch nicht länger mit anschauen. Auch der Papst wird zornig an euch handeln."

„Wer redet euch Menschen- Wesen einen solchen Unsinn ein ?", fragte E.S-X-M.9 die Frau mit großem Ernst. „Ihr seid in dieser Welt, um euch geistig zu entwickeln, nicht um rasant zu verblöden !"

Sie erschrak ein wenig, hatte aber Vertrauen zu diesem kleinen Roboter gefunden und antwortete ehrlich und frei heraus :

„Es steht doch alles in der Bibel. Die Priester erzählen uns alles, was wir wissen müssen. Habt ihr denn überhaupt keinen Glauben, da wo ihr herkommt? Was ist euer Glaube?", wollte sie unbedingt wissen.

„Wir kommen aus einer anderen Energie, aus der göttlichen Energie der Harmonie. Für uns ist es undenkbar, in der göttlichen Schöpfung negativ zu wirken, die Harmonie zu verletzen. Für uns geht es nicht um Glauben, da wir Wissen in uns tragen. Wir haben, wie gesagt, dafür zu sorgen, dass die göttliche Harmonie in dieser Welt wieder hergestellt wird.", versuchte E.S.-X-M.9 ihr langsam zu vermitteln. „Es war auch die Aufgabe der Menschen- Wesen, sich um diese Welt zu kümmern. Es war immer schon ihre Aufgabe, die Harmonie zu halten, niemals zerstörerisch einzugreifen. Die Menschen- Wesen hätten verstehen müssen, dass sie sich hier in dieser Welt aufhalten dürfen, um zu erkennen, zu verstehen, zu begreifen, sich geistig zu entwickeln. Leider zogen sie den Weg der Zerstörung vor, hafteten in der Illusion an allem sogenannten Materiellen an. Ihr sogenannten Menschen- Wesen scheint euch auch nicht ändern zu wollen, nicht erkennen zu wollen, wie wichtig es ist, die Harmonie wieder herzustellen."

„Aber das ist doch alles Gotteslästerung, was ihr Roboter da vorträgt. Die Kirche wird euch da niemals zustimmen.", erboste sich die Frau. Ihr Blutdruck stieg und sie erhielt auf einmal ein rotes Gesicht.

„Wir können ja einmal in Ihrem einfachen Vokabular verweilen. Ich muss Ihnen dann mitteilen, dass Sie von Ihren Kirchenleuten hereingelegt wurden. Man hat Sie eindeutig zum Narren gehalten, Sie für dumm verkauft, was, und ich muss es so deutlich sagen, ja leider auch gar nicht schwierig ist. Ein echter Wissender der göttlichen Energie würde niemals am Geld anhaften, er wüsste, dass er sich genau davon befreien muss. Ihre Kirche allerdings ist regelrecht süchtig nach Geld, mordet für Geld, betrügt für Geld, macht für Geld, im wahrsten Sinne des Wortes, alles. Sind Sie der Meinung, dass dies im göttlichen Sinne ist, dass dies Gott gewollt hat?", erklärte E.S.-X-M.9 angemessen und sehr ruhig und mit klarer Stimme.

Er spürte, wie die Frau Angst bekam. Sie wollte nicht über diese Dinge nachdenken müssen, sie wollte an ihre Kirche glauben.

E.S.-X-M.9 versuchte die ängstliche und ein wenig verwirrte Frau zu beruhigen, auf sie einzugehen : „Eine Religion, die vorgibt mit der göttlichen Energie im Einklang zu stehen, besitzt keinerlei weltliche Güter, noch besitzt sie Geld, noch verfügt sie über sonstigen Besitz irgendwelcher Art, verstehen Sie ? Eines ist vollkommen klar, die merkwürdigen Menschen- Wesen in ihren merkwürdigen Verkleidungen, die angeben mit einem Gott in Verbindung zu stehen, sind mit Vorsicht zu genießen. Sie mögen ja in Verbindung stehen mit irgendeinem sogenannten, wie auch immer „Gott", aber dieser jeweilige „Gott" ist dann sehr weit entfernt von der echten göttlichen Harmonie und von der göttlichen Liebe. Zerstörung und Machtsucht sind keine Attribute der wirklichen, göttlichen Energien. Denken Sie doch einfach einmal darüber nach."

Die Frau drehte sich schreiend um und rannte weg, als wäre sie auf den „Teufel" persönlich gestoßen, was für sie auch ganz klar war.

Vielleicht hatte sie auch gerade begriffen, dass sie den „Teufel" Zeit ihres Lebens angebetet hatte. Wahrscheinlich konnte man aber nicht davon ausgehen, dass sie wirklich etwas verstanden, begriffen hatte. Die Frau war für E.S.-X-M.9 nicht einschätzbar. Es handelte sich bei dieser Frau eher um eine stark verwirrte, dogmatisierte Figur.

E.S.-X-M.9 hörte lieber wieder in seine Lieblingssender hinein. Das Wasser plätscherte weiter und weiter, beruhigend, aber leider immer noch sprachlos.

Im Radio spielten sie die Ouvertüre von „Don Giovanni", von seinem allerliebsten Liebling, Wolfgang Amadeus Mozart. Ganz vertieft lauschte er in die Musik hinein, nicht darauf achtend, dass sich Soldaten näherten.

Auf einmal ballerte es aus allen Rohren. Schreiend stürmten Soldaten auf ihn zu. Hunderte Kugeln trafen ihn, schnippten ihn beinahe um. Im Radio spielten sie nichtsahnend Mozart weiter, alles zur selben Zeit.

E.S.-X-M.9 tangierte dies erst einmal nicht, er war durch seine Energiefelder geschützt. Die Soldaten waren allerdings nicht geschützt und so mischte sich in ihr Geschrei alsbald unendliches Gejammer, zumal sie permanent von ihren eigenen Querschlägern getroffen wurden. Sie ballerten letztendlich auf sich selbst. Irgendwie waren sie zu dumm, dies zu erkennen, Soldaten eben.

E.S.-X-M.9 machte dem unwürdigen Schwachsinn ein Ende und verschwand blitzschnell an einen anderen Bereich des Flusses. Dort ließ er sich wieder nieder und lauschte weiter der genialen Ouvertüre.

In den Zeitungen und allen sonstigen Medien verbreiteten die Regierungen der Welt wieder und immer weiter ihre Lügen über die Roboter. Es wurde langsam dunkel. Nach dieser Nacht würden sie bereits über fünfundsechzigtausend Roboter sein.

Schach war ein hochinteressantes Spiel, fand nicht nur E.S.-X-M.9.

Warum logen die Menschen- Wesen ständig ?

Eine Basis ihrer Heilung und damit auch verbunden die Basis der Heilung dieser Welt war auch, diese Lügen abzuschaffen.

Damit verbunden wäre allerdings auch gewesen, Gerechtigkeit neu zu bestimmen, richtig zu bestimmen.

In den Nachrichten, die jetzt auf einmal zu hören waren, erklärte eine neutrale Stimme, dass man Fortschritte gemacht habe beim ach so wichtigen Klimaschutz. Die Regierungen verabschiedeten ein festes Datum, sie wollten in zwanzig Jahren mal wieder darüber sprechen.

Es war ein großer Erfolg, ein Durchbruch für den Klimaschutz. Alle anwesenden Hohlköpfe freuten sich, mit klatschenden Handbewegungen, wie die geistig Schwerstbehinderten. Draußen auf den Rollfeldern warteten ihre Riesenflugzeuge, allesamt Klimakiller.

Was für eine durchgeknallte Welt.

Ja, wie war das hier in dieser Welt mit der Gerechtigkeit?

Die Menschen- Wesen schrieben sehr viele Gesetze. Für jeden Furz erfanden sie ein Gesetz. Sie hatten derart viel mit Gesetzschreibungen zu tun, dass sie keine Zeit mehr zum Nachdenken hatten. Besonders dachten sie nicht darüber nach, was sie da eigentlich machten.

Wollte auch keiner, war deutlich festzustellen.

Doch die allgemeinen Sprüche über diese Art der Gerechtigkeit waren immer noch gültig, auch nach Jahrtausenden. Zum Beispiel wurde im Volk gesagt, das man die kleinen Verbrecher hing, aber dass man die großen Verbrecher stets laufen ließe.

Das war so nicht ganz richtig, die großen Verbrecher erhielten zusätzlich noch viele Millionen Euro „Boni". Jetzt stimmte es erst.

E.S.-X-M.9 konnte dies bestätigen, überall auf der Welt bestätigten seine Mitwirkenden, dass dem so war. Es wurde sogar immer schlimmer und schlimmer und schlimmer... Warum war das so? Die Einzigen die diesen Irrsinn hätten stoppen können, waren die Nutznießer selbst.

Ebenso verhielt es sich mit Europa. Es wurde eine sogenannte gemeinsame Währung eingeführt. Das Volk durfte nicht mitbestimmen, die genaue Bezeichnung eines solchen Vorgehens nannte man in dieser Welt „Demokratie". Fälschlich behauptet wurde stets, dass dies alles zum Wohle der Europäer war, aber es gab keine Europäer, nicht einmal eine gemeinsame Sprache hatten diese Europäer. Dies alles hatte System. Dies alles geschah nicht einfach so.

Selbstverständlich wollten alle, die sich an den Spitzen der Machtsysteme befanden, nicht, dass die Menschen- Wesen, welche als Europäer bezeichnet wurden, sich miteinander verständigen konnten.

„Um Gottes Willen!", hörte man die Politiker- Verbrecher schreien.

Die Bevölkerungen Europas machten alle mit, sie wehrten sich schon lange nicht mehr, sie hatten schwer zu kämpfen für ihren Lebensunterhalt, weit unter Existenzlohn. Die sogenannte Globalisierung und vor allem das sogenannte gemeinsame Europa hatten für die Geldmafia ungeahnte Vorteile. Ersten konnte man den Mittelstand vernichten und noch besser, die gesamte arbeitende Bevölkerung in allerschlimmste Sklaverei fallen lassen, ohne eine Chance jemals auf Befreiung.

E.S.-X-M.9 hatte zu tun. Die Menschen- Wesen machten es ihm von Tag zu Tag leichter, eine Entscheidung zu treffen.

ALL AROUND THE WORLD,
HIGHWAYS TO HELL !
WHAT A WONDERFUL WORLD

?

# – XVI –
## Tag „ 16 "
# [ 32.768 ROBOTER ]
### Dienstag / 3. Woche

---

*Den Menschen, der sich seiner Kurzsichtigkeit*
*bewusst ist, nennt man mit Recht einen Weisen.*
*Aber den Menschen, der sich einbildet,*
*ein Aufgeklärter zu sein,*
*der ist wahrlich ein Törichter.*

*( frei nach Dhammapada 63 )*

---

E.S.-X-M.9 sprang energetisch einfach so durch die Fernsehsendungen. Er wollte unbedingt wissen, womit die Fernseh- und Machtmenschen ihr sogenanntes Volk, ihre Sklaven, fütterten und selbstverständlich, womit diese sich, ohne zu murren, abspeisen ließen.

Die Politiker sprachen immer von ihrem Volk, sie verhehlten gar nicht, dass es sich bei den ungefähr Einundachtzigmillionen Deutschen um ihre Leibeigenen, ihre Sklaven handelte. Gäbe es so etwas wie „Demokratie", dann wäre es genau anders herum gewesen, da dann alle Politiker lediglich Angestellte des Volkes mit einem Zeitlimit gewesen wären. Doch in dieser Welt war alles anders, meistens verkehrt herum.

E.S.-X-M.9 ratterte von Sender zu Sender, überall nur Müll. Für diesen Schrott musste auch noch jeder Haushalt zahlen ?

Wieso eigentlich ?

Die Menschen dieses Staates, wie sich aber schnell herausstellte die Menschen- Wesen aller Staaten dieser Welt, sie waren lediglich dumme Konsumenten, ließen sich vor jeden Karren spannen, nichts weiter.

Im Hintergrund hörte E.S.-X-M.9 eine wundervolle Aufnahme, er tat etwas Gutes für sich. Es war ein Stück von E. Grieg „Ase`s Death, from Peer Gynt". Passte irgendwie, musste er feststellen.

Alles, was die Fernsehmacher lieferten, ebenfalls sogenannte Menschen- Wesen, waren hundertfache Wiederholungen, manche in Wochenabständen, verteilt über alle Kanäle. Es wäre doch eine schöne Doktorarbeit, genau darüber einmal eine Statistik zu liefern und die Hintergründe zu erfragen. Warum wurden wertvolle Filme nicht gezeigt, der primitive Mörderschrott aber hundertfach und hundertfach wiederholt ? Welches System steckte dahinter ? Sollten die Menschen- Wesen energetisch ausgelaugt werden ? Warum ? Neue Vorbereitungen auf geplante Kriege ? Sollte die letzte Sensibilisierung der Menschen in Europa aufgelöst werden ? Wer hatte das alles angeordnet ?

E.S.-X-M.9 schaltete weiter und blieb bei einer merkwürdigen Frau stehen. Dieses frauenähnliche Gebilde erzählte etwas von der wundervollen „Demokratie" in diesem Lande. Entweder war die Frau grottendumm und hatte keinen Hauch von Ahnung oder sie verarschte die anderen Menschen eben gern, ihre armen dummen Sklaven. Alles funktionierte wie in der ehemaligen DDR. Die Runde der elf Leute, die an der Verblödung der Zuschauer beteiligt war, nannte sich unrichtigerweise selbst „Runder Tisch". Dies alles war ebenfalls gelogen, da es sich eindeutig um einen teilweise eckigen Tisch handelte. Einige der gelangweilt Herumsitzenden wurden namentlich angeführt, alle durchweg eitel und nur aus dem einen Grunde Politiker, natürlich, um schmarotzend am Geldtopf des Volkes zu saugen. Keiner dieser Typen hatte je etwas für Deutschland kostenlos geleistet, also ehrenamtlich.

Diese Politiker- Menschen- Wesen griffen richtig tief in den vollen Gemeinschaftstopf, obwohl sie bei Projekten, die positiv für das Volk wären, immer behaupteten, der Topf sei leider, leider leer. Nun, das Volk hatte keine Kontrolle über seine eigenen Gelder, war eselig und wurde so weiter dumm gehalten, es ließ sich aber auch gern blöde halten.

Was jeder dieser Politiker sich täglich in die eigenen Taschen stopfte, davon mussten ganze Hartz- IV- Familien viele, entbehrungsreiche, knallharte Jahr überleben, einschließlich aller Existenzängste.

„Demokratie" gab es nicht in dieser Welt, das war für E.S.-X-M.9 klar, das war so eindeutig, wie nur irgendetwas. Die höchsten Partei- Diktatoren / -innen logen, dass sich die Balken nur so bogen, besonders die Diktatorinnen. Sie waren im Lügen immer „besser" ( wesentlich skrupelloser und kälter ) als die Männer.

Es gab ausschließlich Partei- Diktaturen, sonst nichts, hier in dieser Welt, wie unterschiedlich sie sich auch alle nannten. Selbst innerhalb der Parteien gab es lediglich diktatorische Hierarchien, eine/ einer bestimmte und alle anderen konnten sich hinten anstellen, existierten sabbernd davon, was bei den Diktatoren hinten heraus kam. Pfui !

Diese Partei- Diktatoren/- innen verwalteten die Staaten allerdings auch nur für die Banker und noch größeren Geldmachthaber, denen sie alle unterstanden. Es ging hier um die Macht der Banken und den sich hinter ihnen versteckenden, kontrollierenden Milliardären mit ihren verfilzten, mafiosen Strukturen und weltweiten klebrigen Vernetzungen. In den USA gehörten etwa einer Handvoll Familien über neunzig Prozent des Landes, der Produktionsmittel und der Rohstoffe.

Hier ein naiver Ami-Spruch : „Ein freier Mann in einem freien Land."

Da konnte man nur noch sagen : „Doofheit schlag zu, ich komme !"

In allen anderen Staaten dieser Welt sah es übrigens nicht anders oder besser aus. Alle Geld- und Machtgeilen zerstörten immer alles. Es war ihnen egal, wer nach ihnen kam, sie sahen immer nur sich. Nun hätte man mit diesem unendlich vielen Geld auch „Gutes" anstellen können. Diese Variante kam aber bei den Gierigen niemals vor.

Eine für einen Staat verantwortliche, freie, unkorrumpierbare Politikerin würde keinem Banker dieser Welt je im Leben auch nur einen Cent des Gemeinschaftsgeldes geben. Es war somit allen Menschen- Wesen klar, wer hier in dieser Welt die Politiker- Kasperpuppen an sehr straffen Fäden kontrollierte, sie tanzen und vorgelegte Texte plappern ließ.

Was sollte E.S.-X-M.9 hier in dieser Welt noch finden ?

Wo sollte er Menschen- Wesen finden, die diese Welt wirklich in die richtige Richtung bringen konnten, in die Richtung der Harmonie ? Diese Menschen- Wesen mussten aber auch über die Kompetenz verfügen, für alle Menschen- Wesen zu sprechen. Hinzu kam, dass sie ihren Worten dann auch Taten folgen lassen müssten, und zwar in der ganzen Welt.

E.S.-X-M.9 schmunzelte in sich hinein.

Diese Wesen fand man nur an den Spitzen hochintelligenter Wissender. Somit war klar, dass man niemanden finden würde in dieser Welt.

Jegliches sich mit dieser Materie, dieser Welt verhaften, bedeutete ausschließlich Zerstörung. Letztendlich die eigene Zerstörung.

Diese Menschen- Wesen, hier in dieser Welt, wollten nicht hinhören. Sie wollten Spaß und sie wollten Party und sie wollten ein neues Auto und sie wollten eine Schönheitsoperation und sie wollten vergoldetes Klopapier. Was sie nicht wollten, das war eine saubere Welt, für die sie einzustehen hatten, für die sie sich hinten anstellen mussten, für die sie erst einmal verzichten mussten, für die sie neue, saubere Wege suchen mussten und finden. Sie wollten eine saubere Welt geschenkt erhalten, aber sie wollten nichts dafür aufgeben, schon gar nicht ihre ach so liebgewonnene, vollkommene Unwissenheit.

„Der Starke hat den Schwachen zu tragen, für ihn zu sorgen !"

Genau diese Erkenntnisse der Harmonie und alle tiefen Lehren echter Weiser interessierten Geld-Leute, die brutalsten Zerstörer dieser Welt, nicht im Geringsten. Für sie war ausschließlich wichtig, dass sich auch niemand sonst dafür interessierte. Damit dies alles so blieb, erfanden sie die Religionen. Faul wie sie waren klauten sie alles aus dem Enuma Elish und begannen dann Inhalte so zu verdrehen, wie sie es gerade für ihre Geschäfte benötigten.

Somit war klargestellt, dass es niemals eine Änderung geben würde, hier in dieser Welt des alles verklebenden Geldes. Niemals käme es zu einer Abkehr vom Geld, niemals würde es einen Weg der geistigen Erkenntnis geben können, ganz im Gegenteil. Sobald sich ein solcher Weg, hier in dieser Welt, zeigen würde, ginge es ihm an den Kragen.

Für E.S-X-M.9 war es nicht wichtig, in diesen Sumpf einzugreifen, er und seine Mitwirkenden hatten lediglich zu registrieren und dann, am Ende des Sammelns aller Informationen eine Entscheidung zu treffen. Sie hatten ausschließlich diese Entscheidung zu untermauern, nicht in dieser Welt, aber vor einer wesentlich höheren Instanz, nicht einmal hier in diesem Universum.

E.S.-X-M.9 betrachtete die Angelegenheit von der Ebene aus, wie sie ein Arzt sah und entschied, der sich um die Entfernung eines, wie oft dargestellten, Krebsgeschwürs zu kümmern hatte. Somit hatte das Roboter- Wesen E.S.-X-M.9 letztendlich nur zu entscheiden, wie die Behandlung auszusehen hatte. War zu erkennen, dass der Krebs längst streute, somit den ganzen Körper, also diese Welt, befallen hatte, so war eine Radikalkur angesagt, eine Vollreinigung.

E.S.-X-M.9 war ein ausgesprochen perfekter, dazu unkorrumpierbarer, seit Millionen Jahren erfahrener „Heiler !".

E.S.-X-M.9 erhielt unentwegt Informationen seiner Mitwirkenden, rund um den ganzen Erdball herum. Sie beinhalteten die Aktivitäten der Menschen- Wesen. Diese Menschen- Wesen waren wirklich pausenlos aktiv, leider niemals im positiven Sinne.

Er registrierte und speicherte was das Zeug hielt. Dort gab es wieder einen neuen Krieg, an einer anderen Stelle führte man einen sinnlosen Atombombentest durch, im Eismeer verklappte man radioaktive Stoffe, einfach so ins Eismeer hinein, obwohl klar war, welche Schäden in dieser Welt dies alles verursachen würde. An einem weitere Ort wurden mal eben auf die Schnelle einige Tausend Mitmenschen abgeschlachtet. Und so weiter. Und so weiter . . . . . . . .

Was sollte das alles ?

Was hatte das mit gemeinsamer Lebens- Entwicklung zu tun ?

Was hatte das mit geistiger Entwicklung der Menschheit zu tun ?

Nichts, absolut nichts !

Wer hatte diese schizophrene Welt für sich gebastelt ?

E.S.-X-M.9 hatte jetzt erst einmal zu tun, würde aber all die Ansätze niemals außer acht lassen.

# – XVII –
## Tag „ 17 "
## [ 65.536 ROBOTER ]
### Mittwoch / 3. Woche

---

*Wer andere nicht beherrscht und unterdrückt,*
*wer weder tötet noch töten lässt,*
*und wer zu allen Wesen gütig ist, für den*
*gibt es keine Feindschaft mehr in dieser Illusion.*

*( frei nach Itivuttaka 27 )*

---

Alle weit über fünfundsechzigtausend Roboter- Wesen waren lediglich in ihrer äußerlichen Farbigkeit zu unterscheiden, ansonsten nicht. Die göttlichen Energien liebten die Vielfalt in der Harmonie.

Natürlich wussten die sogenannten Politiker der ganzen Welt nicht, was sie gegen die Roboter- Wesen unternehmen könnten. Hätten sie auch nur ein klein wenig Gehirn in ihren hohlraumversiegelten Schädeln, dann würden sie das Gespräch suchen, ihre vielbeschworene Diplomatie einsetzten. Sie suchten aber allesamt niemals das Gespräch. Natürlich war klar, warum sie Gespräche nicht suchten, sie würden derart dusselig dabei aussehen. Zu solchen Gesprächen hätte man auch gut alle Fernsehsender einladen können. Sie konnten es sich einfach nicht leisten, etwas kluges durchzuführen. Andererseits wollten sie militärisch agieren. Sie planten einen gemeinsamen Militärschlag gegen die Roboter- Wesen. Dumm war nur, dass die Roboter- Wesen längst alle Satelliten kontrollierten. Genau dies aber hätten sich auch die schlichtesten Politiker / Militärs denken können.

Machten sie aber nicht. Wie auch ! Denken war noch nie ihre Stärke.

Selbstverständlich hätte ihnen E.S.-X-M.9 im Detail erklären können, was zu unternehmen war, um diese Welt wieder In Harmonie zu bringen. Doch so, wie es sich hier in dieser Welt verhielt, würde er wohl eher kein Gehör finden, geschweige denn den gemeinsamen Willen zur

Umsetzung klarer und deutlicher Anweisungen. Es war nicht seine Aufgabe, den ersten Schritt zu unternehmen. Es war immer Konsens gewesen im gesamten Universum und weit darüber hinaus, dass die Menschen- Wesen mit ihrer Bitte um Hilfe an die göttlichen Energien herantreten müssten, zumal es den göttlichen Energien und ihren vielen Helfern anders gar nicht möglich war, einzugreifen. Sie durften es schlicht und einfach nicht. Ausnahme war lediglich, wenn ein Planet sich in höchster Gefahr befand, wie eben dieser Planet.

E.S.-X-M.9 musste registrieren, dass die Politiker die kleinen Roboter, also ihn und seine Mitwirkenden, gar nicht ernst nahmen. Sie hatten zwar verstanden, dass Roboter sich in den Städten aufhielten, aber irgendwie hielten sie sie für eigene Produktionen, somit Produkte einer der vielen Roboterwerkstätten dieser Welt, teilweise sogar für eine Werbestrategie irgendeiner Firma.

In einer Hinsicht verhielten sich die Menschen- Wesen paranoid, sobald es sich um Aliens, also Außerirdische, handelte. Erschienen aber Aliens in „niedlicher Verpackung", kümmerten sie sich nicht um diese Bedrohung. Mögliche Bedrohung ! Sie erkannten sie nicht einmal.

Wenn das nicht schwer irre war, dann wusste er auch nicht.

E.S.-X-M.9 musste konsternieren, dass nichts, aber auch wirklich gar nichts in dieser Welt funktionierte. Es war ein Leichtes, sich auf diesem Planeten breit zu machen. Niemand hielt einen auf. Niemand stellte jemals intelligente Fragen. Das Interesse war gleich „null".

Die Übernahme dieses Planeten wäre für echte, aggressive, mordlustige Aliens, wenn es sie gegeben hätte, eine Kleinigkeit gewesen. Die Menschen- Wesen hätten jahrelang nicht mitbekommen, dass man diesen Planeten bereits heimlich umfunktionierte.

Schon jetzt, mit der Anzahl seiner Mitwirkenden, könnte er diesen ungesicherten Planeten mit seiner in jeglicher Richtung zurückgebliebenen Bevölkerung vollständig übernehmen. Die technischen Entwicklungen der Menschen- Wesen waren, gelinde gesagt, niedriges „Steinzeitniveau", eigentlich noch weit darunter. Alle Hardware und Software war ungesichert, zumindest nicht der Rede wert geschützt. Es war ein Einfaches, alle Satelliten zu kontrollieren, einschließlich aller Atombomben und sonstiger Waffensysteme. Es war wirklich ein Einfaches, alle Fahrzeuge auszuschalten, einschließlich aller merkwürdigen, sonstigen Fluggeräte. Es war in Sekunden möglich, sämtliche Waffen gegen die Menschen- Wesen umzuschalten. Es war schon immer klar und deutlich, dass jede Waffen auch gegen einen selbst genutzt werden kann. Sollte eigentlich klar sein, wenigstens doch in Militärkreisen.

Für die meisten Menschen- Wesen wäre es aus gesundheitlicher Sicht sowieso viel besser gewesen, wenn sie alle Strecken zu Fuß hätten zurücklegen müssen. Viele dieser Menschen- Wesen waren viel zu fett.

Bei über neunzig Prozent der Menschen- Wesen war der körperliche Zustand und beginnende Zerfall ihrer Hüllen katastrophal. Ihre sogenannte Ernährung war ekelerregend. Fastfood stopften sie in sich hinein und der ganze Mist war derart vergiftet, dass alles Zeugs gleich auf Sondermüll- Deponien hätte verbracht werden müssen. Die Kontrollen waren nur pro forma, somit so gut wie nicht vorhanden. Korruption war auch hier das deutliche Stichwort. Natürlich wie immer weltweit !

Es war ihnen egal, was sie da in sich hineinstopften, Hauptsache es machte dick und chemisch glücklich. Diese komischen Menschen- Wesen belogen sich selbst. Sie standen nicht einmal zu sich selbst. Wie sollten sie sich da um einen Planeten kümmern, ihn wieder in Harmonie bringen, wenn sie sich selbst nicht einmal in Harmonie bringen wollten/konnten ? Sie wussten nicht einmal, wie dies zu bewerkstelligen war. Es war ihnen, wie alles andere auch, egal.

Was sollten diese lethargischen Menschen- Wesen im Universum ?

Weshalb produzierten die Erschaffer einen solchen Blödsinn ?

Das Ganze machte eigentlich nur Sinn, wenn man etwas vor hatte, was sich in eine Richtung entwickeln sollte, die man als Weg der Disharmonie bezeichnen könnte. Dies allerdings bedeutete, dass die Erschaffer dieser Menschen- Wesen ebenfalls schwer gestört waren.

Ein kleines, vorlautes, fettes Mädchen mit rosa Schleifchen im Haar, stupste E.S.-X-M.9 an, der sich gerade an einen Baum lehnte.

„Was macht ihr hier auf unserem Planeten, ihr Blecheimer ?", versuchte sie aus ihrer Futterluke zu formulieren, während sie gleichzeitig einen Hamburger zerriss. Ihre Augen waren im fettverquollenen Gesicht kaum noch auszumachen. „Wir tun euch Roboter aus unserem Universum prügeln, ihr blöden Kisten, sagt mein Papa !"

E.S.-X-M.9 hatte eine gute Idee, führte sie aber nicht aus. Er verließ den Platz und sprang mal schnell an die französische Atlantikküste. Er hätte das fette Ding mitnehmen können, aber die hätte ihm vielleicht noch auf die Blechhaut gekotzt. Er hätte sie auch in die Umlaufbahn des Mondes werfen können.

Wozu dieser unnütze Aufwand ?

Da er dies alles machen konnte, es wäre für ihn ein Einfaches gewesen, musste er es nicht tun. Ein wundervoller Gedanke, alles, aber auch wirklich alles, tun zu können, aber es eben nicht ausführen zu müssen. Genau dies bedeutete geistige Entwicklung , Stufe -1- von 100 Stufen, nicht dass man gleich übermütig wurde.

Die Menschen- Wesen hätten genau diesem Beispiel folgen sollen, einfach mal nicht alles ausführen, was sich ausführen ließ, sei es auch noch so blöde, sondern erst einmal darüber nachzudenken, welche Auswirkungen es hätte, wenn man Dinge einfach nicht ausführte.

Wenn man den Straßenbau der Menschen- Wesen betrachtete, dann wusste man sofort, dass dort niemand auch nur eine Minute mit Nachdenken verschleudert hatte.

Die Autobahnen zerschnitten das gesamte Land. Nun gab es aber nicht nur Menschen- Wesen auf diesem Planeten, sondern es gab auch Tausende unterschiedliche Tiere in den großen Weiten zwischen den Städten. Diese Tiere, die bestimmte Wanderrouten seit Jahrtausenden benutzten und für die es wichtig war, dass sie unterschiedliche, landschaftliche Begebenheiten vorfanden auf ihren Wanderrouten, wurden durch den Bau bodennaher Autobahnen regelrecht abgeschnitten von ihren ureigensten Revieren. Sie konnten die Autobahnen nicht mehr überwinden, einmal ganz abgesehen vom Lärm und dem unerträglichen Gestank der Blechkisten. Die Menschen- Wesen verstreuten tonnenweise Gifte und Giftgase in ihre Lebensräume.

Durch die Autobahnen wurde das ganze Land komplett zerschnitten. Dies alles kümmerte die Menschen- Wesen nicht, sie dachten immer nur an sich selbst, alles andere hatte sich unterzuordnen. Von machen Tierarten sprachen sie als „Killer", doch bei dem brutalsten Massenmörder dieses Planeten versäumten sie es, den Namen „MENSCH" einzusetzen. Nichts in dieser Welt war bestialischer.

Nun hätte man die Autobahnen eben auch anders gestalten können. Man hätte die Autobahnen auch schwingen lassen können und zwar derart, dass nach vorhergehender Überprüfung der natürlichen Wildwechsel, diese Autobahnen alle zwei oder drei Kilometer in einem leichten, sehr sanften Schwung auf Stelzen gesetzt worden wären, in einem langen ein und ausschwingen. Somit könnte man durch das ganz Land laufen, ohne jemals einer Autobahn, Bundesstraße oder sonstiger Straße ausweichen zu müssen.

Dies alles bedachten Menschen- Wesen nicht, interessierte sie nicht. Sie haben keine Beziehung zu den Tieren, die für sie nur Befriedigung ihres Tötungsdranges waren und selbstverständlich ihren Speisezettel ergänzten.

Die Ozeane mussten mal großartig gewesen sein, dachte E.S.-X-M.9, bevor die Menschen- Wesen sie als Abfalleimer missbrauchten. Erstaunlich war nur, dass alle anderen Menschen den Missbrauch und die permanenten Vergiftungen duldeten, zumal sie doch alle betroffen waren. Natürlich unternahmen ihre Regierungen nichts gegen die Vergiftung der Wasser.

Seine Mitwirkenden meldeten sich, sie alle hatten heute noch viel zu tun. Er begann sie einzuteilen und alles wie gewohnt zu koordinieren. Im Hintergrund liefen Mozarts Klavierkonzerte, vorgetragen von Alfred Brendel.

Wundervoll, göttlich. Nicht von dieser Welt !

# – XVIII –

## Tag „ 18 "

## [ 131.072 ROBOTER ]

Donnerstag / 3. Woche

---

*Sei immer klar bewusst,*
*und schau die Leerheit, die Illusion, dieser Welt.*
*Wer die Welt, diese Täuschung, so sieht,*
*für den gibt es keinen Tod.*

*( frei nach Sutta- nipäta 1119 )*

---

Im Grunde fielen hundertdreißigtausend Roboter, verteilt über diese Welt, gar nicht auf. Es waren lediglich ein paar Roboter- Wesen pro Staat, somit verschwindend wenige. E.S.-X-M.9 erhielt aus allen Richtungen der Welt immer mehr alarmierende Informationen über die Wälder dieses Planeten. Längst waren die Bedingungen des harmonischen Lebens aus dem Gleichgewicht gebracht. Eigentlich seit vielen Tausenden Jahren. Wo die Menschen- Wesen auftauchten, da schlugen sie auch zu, nahmen sich barbarisch, was immer sie wollten.

Es war schon klar, dass dies alles nicht immer etwas mit den Menschen- Wesen zu tun hatte. Hier, in dieser Welt, waren andere Kräfte am Werk, hier fanden Experimente statt, die in der Harmonie nicht vorgesehen, ja streng verboten waren, aus triftigen Gründen.

Die Entwicklungskurve der Menschen- Wesen und deren merkwürdige, sehr steile Populationsentwicklung ließen nichts Gutes erahnen. Wie kam es dazu ? Auf natürlichem Wege wohl eher nicht. Selbstverständlich wäre es den Menschen- Wesen nicht möglich gewesen, eine derartig riesige Anzahl Exemplare zu produzieren, einbezüglich aller auf die Menschen- Wesen einströmenden, äußeren Ereignisse. So zeigte sich eine unmögliche Vermehrungshyperbel.

Irgendetwas wollte eine schnelle Entwicklung, eine noch schnellere Flucht von diesem Planeten. Eine eindeutige Panikreaktion.

War es möglich, dass die hochnegativen Manipulatoren, die sich hier in dieser Welt, in diesem Sonnensystem befanden, etwas von ihm, von E.S.-X-M.9, und seinen Mitwirkenden erahnt hatten ?

Wer waren diese hochnegativen Manipulatoren ?

Ginge man davon aus, dass die Menschen- Wesen auch nur einen klitzekleinen Hauch Intelligenz in sich trügen und sie eigenbestimmt seien, warum verhielten sie sich dann derart selbstzerstörerisch ?

Das einzelne Menschen- Wesen war ja noch gerade so als vernunftbegabt einzustufen. Sobald diese Menschen- Wesen aber in Massen auftraten, schlug alle minimalste Vernunft ins Gegenteil um. Kriegslust war ebenfalls nur schwer zu verstehen und zu erklären. Hinzu kam unerklärbarer Hass auf ein Gegenüber, welches dazu noch vollkommen unbekannt war. Schon erstaunlich, dass diese Menschen- Wesen zwar sich selbst als vernünftig bezeichneten, diese eigene Darstellung einer vorhandenen Vernunft aber fast nie nutzten. Sie nutzten hingegen permanent die Lüge, besonders die Selbstlüge.

Es war allen klar, dass die Wälder wichtig, ja überlebenswichtig waren für alle Lebewesen, trotzdem metzelten die Menschen- Wesen die Wälder dieses Planeten auf das Brutalste ab. Sie nannten es „ernten". Wie niedlich ! „Ernten" hört sich so sanft an, so ungekünstelt normal.

Ihren Wissenschaftlern war klar und dies unterstrichen diese auch, dass alle Pflanzen und besonders alle Bäume „fühlende, empfindsame Lebewesen" waren. Den rund um die Erde milliardenfach junge Bäume metzelnden Menschen- Wesen mit ihren riesengroßen „Erntemaschinen" war das vollkommen egal. Sie nannten das Holzindustrie und erklärten, dass sie ja nur einen Absatzmarkt bedienten.

Die Märkte waren wichtig, das war immer ein gutes Argument, übrigens bei jeglichem Geschäft, also auch in der Organ- Handel- Industrie der selbstlosen Medizin- Wirtschaft. Woher die Organe kamen, war auch hier für die sogenannten „Ärzte" nicht unbedingt von Belang. Der Kunde wollte auch nicht wissen woher. Wollte es überhaupt nicht wissen. Der Kunde wollte ein Produkt haben und zwar schnell. Hier traf man wieder auf das heilige Geld, der Stoff, der über die Welt herrschte und regierte und brutal diktierte. Geld dirigierte den Weg der Welt.

Wenn man heute ein junges Menschen- Wesen fragte, aus welchem Grunde es Medizin studierte, dann erhielt man nicht die erwartete Antwort, dass es den Arztberuf wählte, weil es helfen wollte. Nein, die Antwort sah ganz anders aus. Sie lautete. Geld, Gold, ein sorgenfreies Leben. Wein, Weiber, Reichtum und wieder und wieder unendlich viel Geld. Ehemaliger Berufsethos und uralte Wertevorstellungen spielten in dieser „Modernen Welt" schon lange keine große Rolle mehr.

Materielle Werte zählten, ansonsten zählte nichts !

Was war das eigentlich für ein Monster, das Menschen- Wesen ?

Schon äußerlich sah es meistens zum Kotzen aus, schlimmer wurde es nur noch, wenn man seine Energiefelder betrachten konnte, wie es den Roboter-Wesen spielend möglich war.

Übrigens sahen sie dann auch alle Krankheiten dieser Körper, also alles zu Reparierende dieser primitiven Hüllen. Im weitesten wurde aus den Einfachhüllen Selbstheilung entfernt und die Zerfallszeit wurde rapide eingeschränkt, von ehemals Tausend Jahre auf nur noch maximal hundert Jahre. Auch dies störte die Menschen-Wesen nicht.

Es war klar, dass ein wesentlicher Energie-Bereich fehlte. Wie sollte es möglich sein, diese fehlende Energie zu installieren? Es war so vorgesehen, dass die Menschen-Wesen sich darum hätten selbst kümmern müssen, hier in diesem Universum. Sie taten es aber nicht.

Bäume waren also Lebewesen, waren ein schützenswerter Teilbereich dieser materialisierten Welt, waren ein wesentlicher Grundstock der Garantie für die Illusion des Lebens in dieser Welt. Warum töteten die Menschen-Wesen dann brutal diese wichtigen Lebensformen?

Sie töteten ihre eigenen Lebenserhaltungsfreunde.

Sie benutzten alle Hölzer als Baustoffe? War das nötig? Nein!

Wären rasante Aufforstungen umgehend notwendig gewesen? Ja!

Wurden diese Aufforstungen jemals durchgeführt? Nein!

War das vollkommen dämlich? Ja!

Verhielten sich so intelligente Lebewesen? Nein! Niemals!


E.S.-X-M.9 wollte die Meinung eines Wissenschaftlers zu dieser extrem wichtigen Problematik hören. Er begab sich dazu in eine angesehene Bildungsstätte für Gehirnforschung und Intelligenzfestlegungen aller Art. Glücklicherweise lief ihm so ein Professor über den Weg, als er gerade diesbezüglich fragen wollte. E.S.-X-M.9 stellte sich dem Herrn vor und äußerte seine Frage präzise, ob es für den Professor ebenfalls klar war, dass Pflanzen-Geister sich intelligent verhielten und ebenso vernunftbegabt kommunizierten wie etwa Menschen.

Der Herr Professor lachte laut und ging weiter, ließ ihn einfach so auf den labyrinthähnlichen Gängen der verschachtelten Bildungsindustrieanstalt stehen. Er hörte den Mann noch sagen:

„Jetzt schicken die schon ihre primitiven Roboter, um unsereins mal wieder hereinzulegen, aber bitte nicht mit mir!"

Es war schon sehr erstaunlich, dass diese Menschen-Wesen allesamt keine Vorstellungskräfte besaßen. Sie schienen auch nicht die geringste Ahnung von dem zu haben, was „Leben" eigentlich war.

Warum hatte man ihnen dies alles genommen, obwohl fast alle dazu notwendigen Informationen in den Wassern vorlagen?

E.S.-X-M.9 verließ rasch wieder diese heiligen Hallen des materiellen Halbwissens und begab sich in einen nahegelegenen Wald, um sich mal wieder mit klugen Wesen zu unterhalten. Die großen, brummigen Baumgeister waren nicht gut auf die Menschen- Wesen zu sprechen, hatten allerdings keinerlei Handhabe gegen sie. Ab und zu ließen sie mal einen Ast fallen, aber nun, eigentlich nur selten. Sie waren viel zu erschöpft, man beraubte sie täglich ihrer eigentlichen Kraft. Ihr gemeinschaftliches Energiesystem der Wurzeln wurde mehr und mehr zerstört, auseinandergerissen, getrennt und sehr schlimm vergiftet. Die Temperaturen stiegen zu rasant und überall sackten die Grundwasserpegel ab. Das alles, zusammen mit dem Lärm, erzeugte permanent riesigen Stress und nochmals Stress. Stress fraß ihre Lebensenergie.

E.S.-X-M.9 versuchte die klugen Baumgeister immer zu beruhigen, wenn er sich bei ihnen aufhielt, aber was sollte er sagen ? Sie wussten schon, wer er war, er hatte mit seiner Aufgabe nicht hinter dem Berg gehalten. Die Baumgeister waren voller Ungeduld, sie unterstrichen, dass man nicht mehr zu warten brauchte, man könnte auch sofort und jetzt alle Menschen- Wesen transformieren.

Weg mit ihnen, nur weg mit ihnen, riefen alle durcheinander.

E.S.-X-M.9 erklärte jedoch, dass er erst alles Für und Wider erarbeiten müsste, aber eben auch wollte, um einen eindeutig klaren Abschluss zu finden. Es war nicht akzeptabel, dass er nicht alles versuchen würde, schließlich sei er kein korruptes oder oberflächliches Menschen-Wesen. Er erklärte den Baumgeistern und allen anderen Wesen der Wälder, der Wasser und der Lüfte, dass er voll und immer nur im Sinne seiner Aufgabe, im Sinne der Harmonie handeln würde. Zur Zeit und dies könne er ihnen zumindest sagen, stände es für alle Menschen-Wesen sehr schlecht.

Die Baumgeister riefen, dass sie doch genau dies auch stets sagten und dass er, E.S.-X-M.9, nichts finden würde, was letztlich für das Verbleiben der Menschen- Wesen, hier in dieser Welt, sprechen würde. Niemals hätten die Menschen- Wesen an ihre Milliarden und Milliarden Mitwesen gedacht, niemals Gnade walten lassen, niemals an ihre eigenen Kinder gedacht. Sie sagten dies zwar öfter, aber es sei alles gelogen, was aus ihren Mündern herausquoll. Die Menschen- Wesen sprachen zwar ständig vom sogenannten „Generationenvertrag", aber ihr Handeln zeigte permanent das Gegenteil. Sie wollten, und dies erklärten sie seit Jahrzehnten, die Luftverschmutzung bekämpfen, welch ein Unsinn, zumal sie ja die Luftverschmutzer selbst waren. Sie hätten sich selbst bekämpfen müssen, sich also selbst abschaffen müssen. Welch ein schmieriges Lügnerpack !

Weder in der Pflanzenwelt noch in der Tierwelt gab es auch nur einen einzigen Fürsprecher für die Menschen- Wesen. Alle waren randvoll mit Enttäuschungen über all die leeren Versprechungen. Allen war klar, dass diese Welt mit den Menschen- Wesen niemals zu retten sei. Allen

war ebenfalls klar, dass die Menschen- Wesen sich niemals an Verein-
barungen hielten, da sie allesamt Lügner und Betrüger waren.

Die Menschen- Wesen taugten nichts und niemand im gesamten Universum würde sie auch nur für eine Sekunde vermissen.

Niemand !

Was sollte er tun, er sagte erst einmal nichts.

E.S.-X-M.9 schwieg, zumal er selbst wusste, dass sie alle, in allem was
sie vortrugen, Recht hatten.

Seine Speicher füllten sich und wenn er begann, seine Daten zu sortieren und Listen anzulegen, die alles Für und Wider in Prozenten wie-
dergaben, dann sah es schlecht aus für die Menschen- Wesen.

Diesmal war es eine wirklich harte Aufgabe, die man an ihn und an all
seine Mitwirkenden herangetragen hatte.

Er hatte viele Aufgaben erledigt, hatte auf vielen Planeten für perfekte
Harmonie gesorgt, hatte Sonnensysteme stabilisiert, hatte die merkwürdigsten Schlichtungen geleitet, immer zu Wohle aller Beteiligten.

Aber hier ?

Er verschwand erst einmal ganz schnell. Er katapultierte sich ins süd-
chinesische Meer. Eigentlich hatte er sich auf sauberes Wasser ge-
freut, doch dann tauchte er ein und ziemlich schnell steckte er fest. Er
befand sich in einem der vielen berüchtigten Plastikabfall- Strudel.

Er schaute sich um, doch er konnte nur Plastikmüll erkennen und
überall verendete Fische, sonstige Meeresbewohner, viele Seevögel
und selbst große Meeressäugetiere unter ihnen.

Das kostbare Meer, ein ganzer Ozean, war tot, zugemüllt. Hinzu kamen ja noch die Chemieabfälle und die Atomverseuchung.

E.S.-X-M.9 schoss heraus aus der Abfallbrühe. Er kochte vor Wut und
Enttäuschung, obwohl genau dies ihm gar nicht hätte geschehen
können. Jetzt hatte er aber die Nase richtig voll.

Er jagte durch bis zum Mond.

Er blieb ein paar Stunden, er musste wieder zur Ruhe kommen.

Er musste alles von sich abstreifen, musste objektiv bleiben.

Er hatte eine Aufgabe zu erfüllen.

Er hatte sich um den geschundenen Planeten zu kümmern und um
seine Mitwirkenden. Er wusste, dass er sich nicht auf diese Täuschung
einlassen durfte. Weder jetzt noch in allen Zeiten.

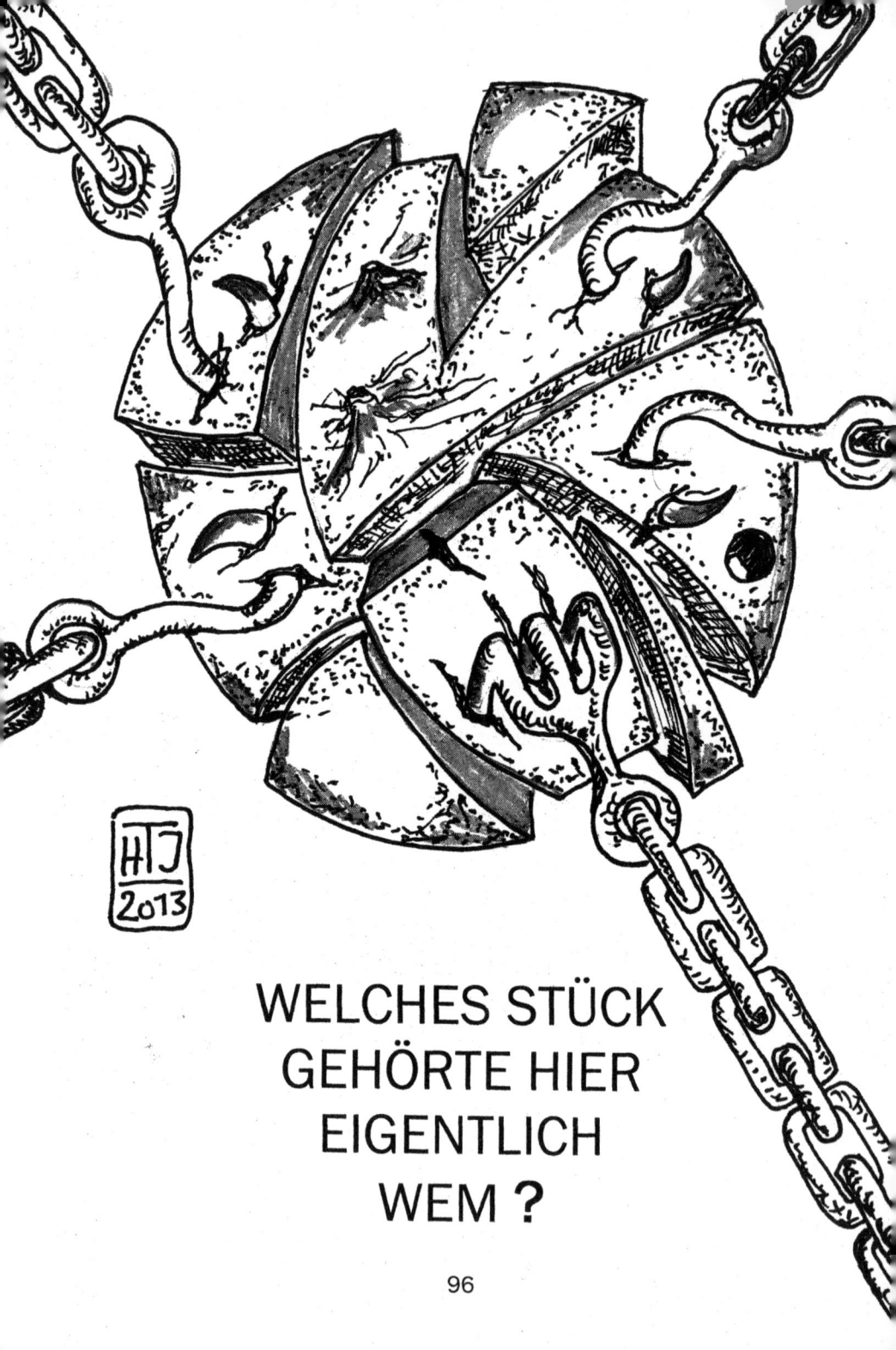

WELCHES STÜCK
GEHÖRTE HIER
EIGENTLICH
WEM ?

# – XIX –
## Tag „ 19 "
## [ 262.144 ROBOTER ]
### Freitag / 3. Woche

---

*Der Erwachte, der Buddha, sagte :*
*„Zwei Dinge habe ich stets beachtet :*
*nicht nachzulassen im Bemühen und mich nie*
*mit irgendwelchen heilsamen Eigenschaften,*
*die ich realisiert hatte, zufriedenzugeben,*
*zumal diese Anomalie immer noch vorhanden ist. "*

*( frei nach Anguttara- nikāya 2:1:5 )*

---

E.S.-X-M.9 hatte eine erfolgreiche Nacht hinter sich und so gönnte er sich wieder Musik. Die Sonne schien und er setzte sich genießend an einen Fluss, seinen Lieblingsplatz. Kaum dass er saß, begann es nicht weit von ihm entfernt zu lärmen.

Zwei Menschen- Wesen schrien sich an, ein Mann und sein Sohn. Der Sohn wollte nicht das ausführen, was der Vater von ihm verlangte. Der lärmende Streit wurde immer heftiger, beinahe eskalierte es, da alles unkontrolliert ablief. Wenn der Junge nicht einfach schnell weggerannt wäre, dann wäre aus dem Streit möglicherweise eine Prügelei geworden, so hatte E.S.-X-M.9 den Eindruck.

E.S.-X-M.9 registrierte alles und verglich es mit seinen Abspeicherungen und selbstverständlich mit allen Informationen seiner Mitwirkenden. Es zeichnete sich auch hier längst ein deutliches Muster ab.

Die Menschen- Wesen hatten keine Verbindung untereinander, keine aufrechte, respektvolle Verbindung. Natürlich würden sie selbst widersprechen. Sie würden sagen, dass sie ja schließlich Familien hätten und Verwandte und dass die Liebe untereinander sie verbinde. Hinzu kam, dass sie ja auch Freunde hätten und Vereine und dass sie zu ei-

ner Volksgemeinschaft zählten und zu einem ganzen Staat. Ja, letztendlich gehörten sie ja auch zur kompletten Menschheit selbst. Es wäre katastrophal, was sie da alles zusammenbrabbeln würden.

Dies alles war, oberflächlich betrachtet, bestimmt richtig für sie
selbst, aber es war eben ohne die geringste Bedeutung, es war ohne
harmonische Substanz, ohne geringste Nachhaltigkeit.

Letztlich wurden ihre Verbindungen durch sogenannte Gesetze auf-
rechterhalten, durch die gesetzlichen Bestimmungen zwischen den Eltern und ihren Kindern, durch die Eheschließung vor dem Staat, durch
ganze Gesetzesbücher, die das Zusammenleben regelten und besonders die Scheidung. Dann folgten die Erbgesetze und das dicke Bürger-
liche Gesetzbuch und die Vereinsgesetze und die vielen gemeinschaftlichen Gesetze und Tausende unsinniger Gesetze mehr.

Es war dem einzelnen Menschen- Wesen gar nicht mehr möglich, sich
„frei" zu entwickeln, selbst wenn es dies je vorgehabt hätte.

Der wütende Vater ging in die eine Richtung weiter, brummelte vor
sich hin und der Sohn rannte in die andere Richtung, schreiend.

In einer echten Gemeinschaft ging es um eine Hierarchie der göttlichen Harmonie. Es ging nicht um Machtstrukturen, es ging nicht um
Geld, es ging nicht um Korruption, schon gar nicht um Mord und sonstige Freizeitbeschäftigungen der Menschen- Wesen- Machtstrukturen, es
ging immer und vertieft um Verantwortung. Je höher eine echte Seele
sich entwickelte, je größer würde ihre Verantwortung für alle anderen
Seelen und für die Aufrechterhaltung der Harmonie im Universum, beginnend mit der Aufrechterhaltung der Harmonie in sich selbst, dann
im unmittelbaren Umfeld und so weiter.

Dies alles vernachlässigten die Menschen- Wesen, ja, es war nicht
einmal Teil ihres inneren Wesens. Dies alles, was im Universum wichtig
war, zeigte keinerlei Bedeutung bei den sich hier in dieser Welt aufhal-
tenden Menschen- Wesen.

Die Menschen- Wesen plapperten viel und erläuterten in ihren sogenannten Regierungserklärungen, was sie alles Wundervolles gedach-
ten durchführen zu wollen. Sie waren stets voller Absichtserklärungen,
leider aber eben nur voller Lügen. Erklärungen und Taten mussten im
Einklang stehen und sie mussten dem Gemeinwohl dienen, nicht immer nur einem raffgierigen Dreckshaufen von Soziopathen. Die an die
Spitze des Volkes Gewählten waren ausschließlich dem Volk verpflich-
tet. Sobald sie offensichtlich versagten, waren sie zur Verantwortung zu
ziehen, letztlich umgehend auszutauschen gegen würdige Menschen-
Wesen mit Rückgrat. Wirkliche Charakter hatten in der Politik keinerlei
Bedeutung, ebenso wie in sämtlichen sonstigen „Chefetagen".

E.S.-X-M.9 wunderte sich immer wieder über die Bevölkerungen der
Staaten. Sie waren definitiv die Mehrheit, ließen sich aber von einer

Handvoll ganz offensichtlicher Verbrecher pausenlos verarschen, dabei hatten sie zu jeder Sekunde die Möglichkeit, diesen Politiker- Dreck zu entsorgen. Ebenso verhielt es sich mit den Bankern. Das Volk ließ es zu, dass es von diesen Typen bestohlen wurde, auf hochkriminelle Weise, es wehrte sich zu keinem Augenblick. Das war natürlich so, als wenn man sein gesamtes Bargeld auf die Straße legen würde und davon ausginge, dass sich schon niemand daran bedienen würde, obwohl man wusste, dass man in einem Stadtteil der Diebe wohnte. Auch hier wäre es ein Einfaches gewesen, sich dieser Dreckstypen zu entledigen.

E.S.-X-M.9 betrachtete seit zweieinhalb Wochen die Entwicklung der Menschen- Wesen aufmerksam, aber es geschah nichts, was auch nur ansatzweise als „positive Entwicklung" zu erkennen war.

Die Menschen- Wesen liebten ihre Autos, also die Welt vergiftende Blechhaufen, obwohl jedem von ihnen hoffentlich klar war, zumindest klar sein sollte, dass diese Autos sowohl in der Herstellung selbst, als auch im Gebrauch, hier das Verbrennen der unterschiedlichsten Kraftstoffe, immens an der Zerstörung des Planeten beteiligt waren. Das alles juckte niemanden dieser Menschen- Wesen. Sie verhielten sich alle nach dem Scheißegal- Prinzip. Nicht ein Einziger von ihnen sah sich In der Pflicht, für die Harmonie des Planeten Sorge zu tragen, schon gar nicht die Verursacher wie Autohersteller, die weltweiten Mineralölindustrien von der verschmutzenden Förderung bis zur hochgiftigen Verbrennung, noch interessierte es die Politiker, welche die Welt schützende Rahmenbedingungen hätten jederzeit schaffen müssen, setzen können. Alle zuckten nur mit den Achseln und sagten dann gemeinsam und grell lachend im Chor : „Scheiß auf den Planeten !"

Was oder wer steckte hinter einem derartig perversen Verhalten ?

Kein intelligentes Wesen im Universum verhielt sich derart selbstzerstörerisch, ja, grottendumm. Warum führte man die Menschen so vor ?

Wenn es ein Kennzeichen für die Menschen- Wesen gab, dann deren nicht zu überbietende „Primitivität". Ihresgleichen war nicht zu finden im riesigen Universum.

Es musste doch eine Lösung geben ! Oder ?

E.S.-X-M.9 zermarterte sich den gewaltig großen Kugelschädel, aber er sah im Augenblick keine kurzfristig greifende Lösung.

Nun kam auch noch hinzu, dass die Menschen- Wesen, hier in dieser Welt beteiligt waren, wenigstens zu einem gewissen Teil, an der Produktion neuer Menschen- Wesen. Diese Variante gab es im Bereich der anderen „Blauen Planeten" nicht. Bei allen wirklichen, allen echten „Blauen Planeten", wurden die Seelen zuerst geprüft, bevor ihnen eine Hülle, ein Körper, zugewiesen wurde. Hierdurch behielten die Weisen stets einen perfekten Überblick über die anwesenden Seelen innerhalb der „Blauen Planeten". Hier in dieser Welt hatte keiner einen Überblick über die Anzahl der Hüllen, die sich hier in dieser „Welt" befanden. Es wurde geschätzt aber niemals kontrolliert. Dumme Sache.

Die merkwürdige Produktion der Menschen- Wesen hingegen unterlag keinerlei Organisation, was in jeglicher Richtung vollkommen irre war und unaussprechlich beschränkt dazu.

Welche hochnegative Energie wollte diese Verwirrungen und diesen kompletten Unsinn ?

Es steckte zumindest ein System dahinter. Die einfachgestrickten Menschen- Wesen ließen sich wirklich gut lenken, manipulieren, willkürlich konditionieren und allesamt missbrauchen, ohne dass sie selbst diese Abläufe je hinterfragten.

Man sollte auch bedenken, dass die Menschen- Wesen größtenteils leer waren, was ihre Chakren deutlich darlegten.

Stellten Menschen- Wesen zu viele Fragen, wurden sie ausgeschaltet. Sie verunglückten oder so. Hier wiederum stellte niemand Fragen, wie es zu bestimmten Unfällen überhaupt kommen konnte.

E.S.-X-M.9 war schon klar, dass er einer großen Sache auf der Spur war. Die Generationen bauten keine Beziehungen untereinander auf, ganz im Gegenteil, sie empfanden nichts füreinander. Es gab keinen Erfahrungsaustausch mehr. Die Entfremdung zwischen den Generationen wurde immer größer, je mehr technisches Gerät eingesetzt wurde, bewusst eingesetzt wurde, eben genau aus diesem Grund.

Die Maschinen trennten die Menschen- Wesen- Generationen deutlich voneinander, erschreckend deutlich. Es war aber auch zu erkennen, dass durch die Maschinen alle Schichten auch in der Ebene einer Generation, getrennt wurden. Hier war auch noch die Macht des Geldes und die in ihr steckende, hochnegative Energie hervorzuheben.

Die technischen Geräte hatten für die Menschen- Wesen keinerlei erkennbaren Vorteil, wohl aber für die Überwacher der Menschen-Wesen, eben andere speziell eingesetzte Menschen- Wesen. Diese frischen neuen Generationen wurden sofort umgehend auf diese technischen Kontrollgeräte konditioniert und sie hinterfragten diese Überwachung niemals. Ihre Programmierung war einfach so geschaltet, dass sie diese „Maschinen-rund-um-die-Uhr-Überwachung" für den jetzigen, den heutigen Fortschritt hielten. Die neuen, frischen Generationen waren einfach viel zu blöd, klare und eindeutige Abläufe überhaupt noch zu erkennen, erkennen zu wollen. Es war natürlich nicht gewollt, dass sie die Abläufe erkannten, aus diesem Grunde die Verdummungs- Konditionierung. Interessant war auch, dass sich die jeweils neuere Generation für die Schlauere hielt. Selbstverständlich sollten sie aber nur kaufen und kaufen und kaufen, was denn sonst ? Genau dafür musste das kleine Gehirnchen noch reichen. Aber intelligente, hinterfragende Analysen sollten nicht mit diesen Gehirnchen herzustellen sein.

Das war nicht gut für die Wirtschaft !

Das kostete Arbeitsplätze ! Immer kostete es Arbeitsplätze !

Arbeitsplätze war gleichbedeutend mit vielen Ängsten.

Der Arbeitsplatz- Killer in dieser Welt war immer noch der arbeitende Mensch, der eine angemessene Entlohnung für seine Leistung forderte. Der arbeitende Mensch war durch und durch unverschämt und schädigte ständig die gute Laune der Bosse, der lieben Wirtschaft.

Kurze Nachricht : „Jährlich verdoppelt sich die Anzahl der Milliardäre in den europäischen Ländern und allen anderen sogenannten demokratischen Ländern !"

Kurze Nachricht : „Jährlich verdoppelt sich die Anzahl der Arbeitnehmer, die von der Entlohnung ihrer Arbeitskraft nicht mehr Leben können, ihren Kosten aus Miete, etc. nicht mehr nachkommen können !"

Gut, dass ich in dieser Welt nicht leben muss, dachte E.S.-X-M.9.

E.S.-X-M.9 wusste, dass er und seine Mitwirkenden mit einer Transformation der Menschen- Wesen letztendlich nicht auskommen würden. Es war eine verzwickte Aufgabe, hier in dieser Welt. Klar war nun auch, dass es große Wellen schlagen würde, nicht nur in diesem Universum. Sie waren hier einer ganz großen Schweinerei auf den Fersen, wohl dem Miesesten, was er je zu transformieren hatte.

E.S-X-M.9 horchte lieber einmal wieder in seine geliebte Musik hinein. Aber es nützte nichts, zumal ständig neue Informationen bei ihm eintrafen. Sie mussten unbedingt weiterarbeiten. Wenn die Hierarchien wieder aufgeladen würden mit göttlichen Energien, dann erst wäre eine nächsthöhere Stufe in der Musik möglich, dachte sich E.S.-X-M.9 auf einmal auf irgendeiner seiner anderen Denkstufenmöglichkeiten. Dies alles würde die „Mozart- Seele" bestimmt sehr reizen und freuen, sich entfalten zu können, ohne dass irgendein geistig niedriges Menschen-Wesen dazwischenreden dürfte, ihre Kreise stören dürfte.

Herrlich ! Genial !

Mal sehen, wie sich alles noch entwickelte. Auf einmal fing es wieder an Spaß zu machen. Er stellte sich vor, wie prachtvoll alles würde, wenn der „Blaue Planet", Erde genannt, endlich wieder sauber wäre.

ZEIT WAR GELD, WAR GELD,
WAR GELD, WAR GELD,
WAR GELD, WAR
GELD, WAR . .

. . . . . . .

( „WAR" bedeutet im Englischen „KRIEG" ! )

# – XX –
## Tag „20"
## [ 524.288 ROBOTER ]
### Samstag / 3. Woche

---

*Huang Po wurde gefragt :*
*„Welche Anweisungen*
*haben die Meister hinterlassen,*
*um sich in der Meditation zu üben*
*und die Lehre zu verwirklichen ? "*
*Er antwortete :*
*„Man kann sich nicht auf Worte verlassen,*
*die nur dazu da sind, Dummköpfe anzulocken. "*
*( die Manipulatoren wirken überall )*

*( frei nach Huang Po )*

---

Nun war die halbe Millionen Roboter- Wesen- Marke erreicht, ja bereits überschritten. Im Grunde hatten die Menschen- Wesen dies alles nicht einmal mitbekommen. Sie waren ausnahmslos viel zu beschäftigt. Sie mussten sich um die Miete sorgen und um ihre Kinder, um ihre Autos und sie mussten ihren vielen Ängste nachrennen, wie es zum Beispiel aussehen würde mit ihrem Job in den nächsten Monaten oder Jahren. Jeden Tag schufen sich die Milliarden Menschen- Wesen gegenseitig neue, immer größere Ängste und da zählten die Roboter- Wesen nicht dazu, jedenfalls spielten sie für die meisten Menschen- Wesen, hier in dieser manipulierten Welt, nicht die geringste Rolle.

Wenn man an alle Menschen- Wesen herangetragen hätte, dass genau jetzt, in den nächsten folgenden zwölf Tagen, über deren aller Aufenthalt, hier in dieser Welt, entschieden würde, wer hätte das wirklich

103

geglaubt, wäre umgekehrt in seinem Denken und Handeln, hätte das erste Mal über sein Leben nachgedacht, hätte einmal „Warum dies alles, dieses Streben nach Geld, nach einem neuen Haus, einem noch schnelleren Auto, nach Schönheitsoperationen?" gefragt?

Welches dieser vielen Milliarden Menschen- Wesen hätte sich für eine innere Reflexion entschieden, hätte einfach aufgehört zu rennen?

Wenn man eine Handvoll Menschen- Wesen zusammenbekommen würde, dann könnte man aber richtig stolz sein.

Wie würde sich diese Zahl dann in einem Prozentsatz darstellen?

Alle Menschen- Wesen rannten tagein, tagaus in einem großen, unendlich großen Hamsterrad, wollten sich ein paar Wünsche erfüllen, die letztendlich unwichtig waren. Sie waren ernsthaft der Meinung, dass sie sich wirklich von der Stelle bewegen würden, was definitiv nicht der Fall war, da keine Entwicklung stattfand.

Hatte je ein Krieg in dieser Welt, in den letzten zehntausend Jahren, etwas Positives für die Entwicklung in dieser Welt gebracht oder brachten die Kriege letztlich nur unendlich viel Leid und Zerstörung?

Wem nützten diese permanenten Kriege?

Wer verdiente an einem Krieg? Wer bezahlte all diese Kriege?

Wie entstanden diese vielen Kriege?

Verspürten die Menschen- Wesen wirklich je dieses erhoffte, nicht enden sollende Hochgefühl bei der Auslieferung des langersehnten, hart erarbeiteten neuen Autos oder war da auf einmal eine unbekannte, nicht vorgesehene Leere? Wie war das, wenn man jahrelang sehnlichst auf einen Blechhaufen gespart hatte und nun war das Auto da. Alles, die ganze Zeit des Sehnens und Sparens war wie weggewischt. Selbstverständlich war es ein tolles Gefühl, dieses neue Auto, aber irgendwie fehlte da etwas. Nur was? In der Vorfreude war alles ganz anders gewesen, wesentlich detaillierter, größer, schöner.

E.S.-X-M.9 beobachtete vor ein paar Tagen einen superreichen Mann auf einer Flugzeugmesse. Der Mann war sichtlich gelangweilt, dabei hatte er gerade für sich einen neuen, privaten Airbus A 300 gekauft, nur so für seine geschäftlichen Kontakte, um unabhängig zu sein, um natürlich auch schnell überall hingelangen zu können, ohne warten zu müssen. Aber der Mann war nicht glücklich, es war ihm alles egal. Von einem Journalisten nach dem Preis gefragt, antwortete er nur, dass er den Preis nicht wisse, dass es aber auch keine Rolle spielen würde, da er den Kauf eines Flugzeuges auf seinem Konto nicht mitbekommen würde, zumal er über sehr viel Geld verfügte.

E.S.-X-M.9 bekam aber auch mit, an anderer Stelle, dass eine alleinerziehende Mutter weinend am Spielplatzrand saß. Sie war verzweifelt, sie bekam das Geld für die Stromrechnung nicht zusammen. Daraufhin hatte man ihr und ihrem kleinen Sohn den Strom gesperrt. Insgesamt handelte es sich um einen Betrag von satten hundertdrei Euro. Ein Politikerflug von Berlin nach London kostete über fünfzigtausend Euro. Die Politiker- Schmarotzer, mit den gierigen Händen in des Steuerzahlers Geld, verpulverten dieses, wie sie es wollten. Verantwortung ? Nein, niemals. Ein Telefonat für ihr bisschen Primitivgequatsche hätte es auch getan, statt eines überteuerten Privatfluges zu Lasten des ausgesaugten, betrogenen Volkes.

Doch für Politiker hieß es immer nur : „Scheiß auf das Volk !"

E.S.-X-M.9 war schon klar, dass er nicht in diese Welt gesandt worden war, um die Menschheit zu retten. Sein Auftrag war die Wiederherstellung der göttlichen Harmonie dieses Planeten und nichts anderes.

Jedes Menschen- Wesen hatte zu jeder Sekunde seines Aufenthaltes, hier in dieser Welt, die Möglichkeit gehabt, sich richtig entscheiden zu dürfen. Nun war E.S.-X-M.9 nicht so naiv wie ein Menschen- Wesen, er wusste schon, dass alles miteinander zusammenhing, alles und immer ineinander griff. Die Menschen- Wesen waren für gemeinschaftliches, intelligentes Miteinanderwirken nicht gemacht, ihre sogenannten Egos, ihre Eitelkeiten standen ihnen stets im Wege, ihr Egoismus. Hinzu kamen Gier und Hass und Neid und . . . .

Man sollte die vielen Ängste nicht außer Acht lassen. Erstaunlich war hier zu betrachten, dass die Religionen besonders stark mit den perversesten Ängsten hantierten. All die höchsten Religionsführer hätten wissen müssen, ausnahmslos aller Religionen, dass Ängste nicht existierten und dass die echten, göttlichen Energien niemals mit Ängsten wirken würden. In den echten göttlichen Energien gab es keine Ängste. Nur in den hochnegativen Energien existierten Ängste. Dies alles hatte zu tun mit der Anomalie dieses Universums, mit dieser Illusion.

Warum standen die Religionen dieser Welt nicht auf der Seite der Menschen- Wesen, die sich geistig entwickeln wollten ?

Warum bekämpften sie diese Leute sogar, sahen sie als ihre Feinde an. Weiter noch, sie diskreditierten sie als Heiden, als Ungläubige, als Abtrünnige eines falschen Weges und dergleichen vieles mehr ?

Alle Religionsführer hätten wissen müssen, dass lediglich sie selbst sich auf dem falschen Weg befanden. Dies spielte für sie aber keine Rolle, sie waren hinter Geld her und letztlich hinter der Weltmacht.

In dieser Richtung war interessant zu betrachten, dass in einigen Gesetzen der Staaten dieser Welt von sogenannter „Religionsfreiheit" die Rede war. Selbstverständlich fand Religionsfreiheit, hier in dieser Welt, nicht statt. Keine der militanten Religionen würde dies je erlauben. Wer mit Ängsten unterwegs war, der kannte auch noch andere Methoden. Hunderte von Millionen Ermordeter im missbrauchten Namen irgendeines beliebigen Gottes zeugten von dem sogenannten Recht auf „Religionsfreiheit", hier in dieser scheinfreiheitlichen Welt.

„Willst du nicht mein Bruder sein, so schlag ich dir den Schädel ein !"
Eine ganz uralte Religionsweisheit.

Wenn Religionsfreiheit gelebt werden würde, was eindeutig nicht der Fall war, dann dürften die jungen Menschen dieser Welt, egal an welchen Ort auch immer, das erste Mal, egal mit welcher Religion auch immer, erst in Berührung kommen, wenn sie volljährig würden. Erst dann, und ohne den geringsten Druck von außen, dürften sie sich beginnen zu entscheiden, ob sie überhaupt etwas mit irgendeiner Religion zu tun haben möchten. Entscheidungsfreiheit war eine tolle Sache. Die unterschiedlichen Religionen müssten intelligent und ohne Druck eindeutig informieren, müssten für Fragen zur Verfügung stehen, müssten zwischenmenschliches Zusammenleben und Harmonie vorleben. Alle Religionen dieser Welt antworteten darauf sofort mit Mord.

Wo in dieser Welt wurde die Religionsfreiheit derart sauber gelebt ?

Nirgendwo in dieser Welt !

Fazit, „Religionsfreiheit" existierte in dieser Welt nicht, würde auch niemals in ihr existieren, nicht mit diesen Menschen- Wesen.

Übrigens existierte das, was die Menschen- Wesen als „Freiheit" bezeichneten, ebenfalls nicht, konnte auch nicht in diesem Universum.

Die Menschen- Wesen waren einfach zu oberflächlich, zu ignorant, letztendlich eben zu blöd. Es war wirklich erschreckend.

E.S.-X-M.9 schüttelte oft unverständig seinen riesengroßen Kopfkörper, ohne ihn selbstverständlich zu schütteln, warum auch, schließlich war er ja kein Idiot, aber es war schon eine Qual, die Menschen- Wesen zu beobachten, ihre Verwirrtheit zu ertragen.

Warum beobachteten die Menschen- Wesen sich nicht selbst, fragten sich dann, warum sie all das, was sie da taten, überhaupt taten ?

E.S.-X-M.9 war an einem späten Nachmittag an einer Kunsthalle vorbeigekommen, war aber nicht hineingegangen, jetzt überlegte er nicht lange und huschte schnell in die Ausstellung, bevor die Tore geschlossen wurden. Er hatte die Ausstellung somit für sich, das war gut. Die Farben waren nicht so intensiv, wie er sie in Erinnerung hatte, dann wurde ihm klar, dass es hier in dieser Welt nicht anders möglich war. Die Künstler konnten machen, was sie wollten, näher würden sie nicht an das lebendige Licht herankommen. Es lag daran, dass die Hierarchien, also die allerhöchsten göttliche Wesen des Universums, in dieser Welt nicht mit der echten göttlichen Energie aufgeladen waren.

Nun ja, noch nicht.

Es gab viel zu tun. Es war schon spannend.

Schon vor einiger Zeit hatte er sich wieder in einen Klassik- Sender eingeklinkt.

Wirklich gut. Die Musik inspirierte E.S.-X-M.9 immer wieder. Nicht nur die klassische Musik.

# – XXI –
## Tag „ 21 "
# [ 1.048.576 ROBOTER ]
## Sonntag / Ende der 3. Woche

---

*Die klare Bewusstheit führt dazu,*
*dass sich die heilsamen Dinge mehren*
*und die unheilsamen Dinge schwinden.*
*( Kann es somit ein Leben geben vor dem Tod ? )*

( frei nach Anguttara- nikäya 1:7:9 )

---

Vor genau drei Wochen, als die Uhr „Null"– Uhr schlug, zwischen Sonntag und Montag, erschien ein einziges Roboter- Wesen in dieser Welt. Es war ein Roboter- Wesen ganz besonderer Art. Die Aufgabe, die es in sich trug, lautete, die Wiederherstellung der Harmonie des Planeten, dieses „Blauen Planeten". Die Bezeichnung dieses Roboter- Wesens lautete E.S.-X-M.9. Es war gerade einmal einen knappen Meter groß und es sah aus wie eine Kugel, aus der neun Tentakel herauswuchsen. Ein drolliges Kerlchen eben.

Genau einundzwanzig Tage später befanden sich hier, in dieser Welt, bereits weit über eine Million Roboter- Wesen. Sie sahen alle ziemlich gleich aus, bis auf die farblich unterschiedlichen Effekte. Sie arbeiteten gemeinsam, zum Glück für das Universum nach der mathematischen Formel, die da lautete – zwei hoch vierundsechzig minus eins – . Würde auch nur einer von ihnen durchdrehen, dann hätte man hier in dieser Welt ein zweites, unkontrollierbares Krebsgeschwür, neben den „Menschen- Wesen". Zum Glück konnte dies nicht geschehen, da alle Roboter- Wesen resistent waren gegenüber negativen Einflüssen.

E.S.-X-M.9 saß schon wieder am Fluss, als sich eine junge Frau an ihn wandte. Sie musste wohl bemerkt haben, dass er öfter diese ruhige Stelle aufsuchte. Sie selbst bevorzugte ebenfalls ruhige Orte mit entsprechenden, höheren Energien.

Sie betrachtete E.S.-X-M.9 eine Weile und sagte dann :
„Ihr müsst aufpassen, wenn ihr euch mit den Politikern trefft. Die wollen euch nur reinlegen.", erklärte sie ohne Umschweife und ohne eine Begrüßung. Sie schien aufgeregt zu sein, ja eher etwas ängstlich. „Wir Menschen selbst trauen unseren Politikern ebenfalls niemals."

Noch ehe E.S.-X-M.9 sich mit der jungen Frau unterhalten konnte, war sie auch schon wieder verschwunden. Er hatte diesen Platz am Wasser gewählt, um genau über dieses Problem nachzudenken.

In den Medien der Welt wurden alle Roboter- Wesen aufgefordert, sich am heutigen Sonntag mit den Politikern der Welt zu treffen. Man sollte sich zwanglos näher kennenlernen. Die Menschheit wollte offenbar wissen, was die Roboter hier auf ihrer Erde vorhatten. Alles sollte in Frieden und Freundschaft ablaufen. Ein erstes Abtasten, ein erstes klärendes, positionierendes Gespräch eben. Eine Festlegung der unterschiedlichen Standpunkte. Das ging ja gut los, wenn noch nicht einmal die Bevölkerung ihren gewählten Bevollmächtigten traute, wieso sollten die Roboter- Wesen dann mit diesen Politiker- Herrschaften überhaupt Gespräche führen und worüber sollte gesprochen werden ?

Wieso war dies alles nicht weltweit öffentlich ?

Wieso wurde der Hauptteil der Menschen- Wesen dieser Welt wieder einmal ausgeschlossen, ließ sich immer brav ausschließen ?

E.S.-X-M.9 klinkte sich in die Medien ein und bestätigte in der ganzen Welt, dass er sich an einem Treffen mit sogenannten hochrangigen Politikern noch heute, im Reichstag, beteiligen würde. Er wählte einen Parabelsprung und wenige Minuten später landete er im Eingang des Reichstages zu Berlin.

Die Energie der ganzen Stadt Berlin war sehr schlecht, wohl die mieseste Energie, die man in Deutschland antreffen konnte. Nun ja.

E.S.-X-M.9 begab sich ins Innere, direkt in den Plenarsaal. Er stellte sich an das Rednerpult und sprach in die Mikrofone hinein, dass er anwesend sei und dass man bitte beginnen könne. Langsam füllte sich der Saal. Diese Politiker- Menschen- Wesen waren ganz offensichtlich aufgeregt. Warum auch immer, aber man konnte es riechen.

E.S.-X-M.9 behielt die Worte der Frau am Fluss im Kopf.

Ein dünner, klappriger Mann näherte sich ihm. E.S.-X-M.9 schwebte in zirka zwei Metern Höhe vor dem Mikrofon, so dass er in es hineinreden konnte. Der Mann stotterte. E.S.-X-M.9 imitierte ein sehr breites, gütiges Lächeln, welches den armen Mann eher noch mehr in Schrecken versetzte. Was für Idioten, diese Politiker, dachte E.S-X-M.9.

„Wir begrüßen Sie hier herzlich im Plenarsaal des Deutschen Bundestages.", begann der Mann. „Ich weise darauf hin, dass alle Staaten der Welt zusehen und sich auch beteiligen können an diesem ersten Treffen. Sind Sie damit einverstanden ?"

„Sind Sie der höchste Repräsentant der Menschen- Wesen in dieser Welt ?", fragte E.S.-X-M.9 höflich, obwohl er bereits alles wusste.

„Nein, das ist nicht der Fall. Alle höchsten Staatslenker der unterschiedlichsten Staaten der Welt sind aber zugeschaltet.", antwortete der Verunsicherte. „Der Präsident der USA möchte ein paar Worte sagen. Ist es Ihnen genehm ?"

„Bitte ! Selbstverständlich, wenn er etwas Kluges und Konstruktives zu sagen hat, immer.", antwortete E.S.-X-M.9.

„Wir begrüßen Sie und alle anderen Roboter hier auf unserer Erde. Wir Politiker der Erde würden gern von Ihnen erfahren, was Sie hier auf unserem Planeten vorhaben und wie lange Sie gedenken zu bleiben.", sagte der Präsident in gleichbleibendem Tonfall, leicht angestrengt.

„Mein Name ist E.S.-X-M.9. Ich wurde in diese Welt geschickt, um die Interessen der Eigentümer dieser Welt, ich denke so würden Sie es bezeichnen, zu wahren. Ich, den Sie als „Roboter" betiteln und meine Mitwirkenden, haben zu untersuchen, ob sich die hier in dieser Welt befindenden Menschen- Wesen an die Gesetze der Harmonie, welche in diesem Universum gelten, auch stets halten.", begann das Roboter- Wesen E.S.-X-M.9 zu erklären.

„Uns sind Gesetze dieser Art nicht bekannt. Uns ist auch ein Eigentümer unserer Erde niemals vorgestellt worden, noch hat sich je zuvor ein Eigentümer gemeldet.", sagte der Präsident abtastend.

Noch bevor er weitersprechen konnte, meldete sich ein weiterer Präsident eines anderen Staates : „Was soll dieses Eigentümer Geschwafel ? Sagen Sie uns frei heraus, was Ihre Absichten sind. Sie befinden sich hier auf der Erde und die Erde gehört eindeutig der Menschheit. Haben Sie vor, kriegerisch zu agieren, unseren Planeten möglicherweise zu annektieren ?"

„Ich wiederhole gern noch einmal für diejenigen, die mich nicht verstanden haben. Diese Welt, in der Sie sich befinden, ist nicht Ihr Eigentum, noch wird sie je Ihr Eigentum werden. Ihre Aufgabe als Menschen- Wesen war es immer, diese Welt, diesen Planeten, der zu den „Blauen Planeten" zählt, von denen es sehr viele im Universum gibt, in Harmonie zu halten. Ebenfalls ist es verboten, in dieser Welt materiell zu agieren, die Harmonie zu verletzen. Jedes winzige Seelen- Wesen im Universum weiss um diese Gesetze und Abläufe.", erklärte E.S.-X-M.9, als er in seinem Vortrag rüde unterbrochen wurde.

„Haben Sie die Roboter in diese Welt gesetzt, um die Menschheit zu vernichten, um uns auszuschalten ?", fragte eine unglücklich modellierte Frau, an ein missglücktes GEN- Experiment erinnernd. Ihre Aussprache des Deutschen war eine Katastrophe, der Rest sowieso.

„Gern erkläre ich mein Anliegen und meine Aufgabe, hier in dieser Welt ein weiteres Mal. Die Politiker- Wesen in dieser Welt lassen nicht gerade auf Intelligenz hoffen. Ich und meine Mitwirkenden sind in dieser Welt, um die Welt zu retten, sie wieder in Harmonie zu führen. Es wäre Ihre Aufgabe gewesen und gerade Sie, meine Damen und Herren der selbsternannten Herrscherkaste, müssten um die Wichtigkeit dieser Aufgabe wissen. Bedauerlicherweise ignorieren Sie aber die wichtigen und notwendigen Aufgaben, hier in dieser Welt. Ich und meine Mitwirkenden werden in den nächsten Tagen handeln, im Sinne der Harmonie und im Sinne des Planeten. Zu Ihrer Beruhigung kann ich Ihnen mitteilen, dass Sie nichts davon merken werden, so schnell wird es geschehen. Ich bin heute und hier davon ausgegangen, dass Sie mir ein einleuchtendes, perfektes Konzept vorstellen, wie Sie diesen Planeten gemeinsam, umgehend und rasant schnell wieder in Harmonie versetzen wollen. Leider muss ich feststellen, dass Sie dies nicht vorhaben. Was immer Sie nun Dummes ausführen wollen, vergessen Sie es einfach, Gewalt nützt bei uns nichts. Machen Sie es nicht. Niemals !"

Auf den Gängen und Fluren vor dem Plenarsaal war hartes Stiefelgetrampel zu vernehmen, wurde immer lauter. Auf einmal standen über hundert Soldaten, schwer bewaffnet, im Saal. Hubschrauber kreisten in der Luft über der Kuppel, Panzerwagen knatterten überall im gesamten Regierungsviertel, ruinierten lediglich die Straßen und den Rasen.

Die bewaffneten Einfältigen behaupteten, es gäbe kein Entrinnen.

E.S.-X-M.9 verschwand innerhalb einer Zehntel Sekunde, sprang seinen Parabelsprung zurück, diesmal durch die dämliche Kuppel des Reichstages. Die Reparaturarbeiten würden länger als elf Tage dauern, in Berlin garantiert länger als elf Jahre. Augenblicke später befand er sich wieder am Ufer des sanft dahinplätschernden Flusses. Oh, wie genoss er diese Ruhe ! Er hörte augenblicklich in seinen Lieblingssender hinein. Da war wieder W. A. Mozart. Diesmal spielten sie sein perfektes „Adagio, from Clarinet Concerto". Wundervoll, überwältigend.

Was wollte dieses Genie hier in dieser Primitivität ?, fuhr es auf einmal durch E.S.-X-M.9. Bestimmt war er nur falsch abgebogen und war dann voll in diese Illusion gefallen !

Der arme Jung. ( Jetzt rutschte er auch noch ins Niederrheinische hinein. Oh mein Gott, nun mach doch dee Jung erst mal nenn Butterram, der sieht ja verboten aus. )

Schluss, Schluss, Schluss, jetzt aber weiter im Konzept.

Wie hielten es eigentlich die Menschen- Wesen aus, die über die Millionen- und Milliarden- Vermögen verfügten ?

Nun ja, man konnte sagen, dass dies nun wirklich ihre allergeringste Schwierigkeit war, doch warum wählten viele von ihnen den Weg in den Selbstmord, nahmen Drogen, waren depressiv und so weiter ?

Wenn E.S.-X-M.9 so herumhörte, dann musste er feststellen, dass gut neunundneunzig Prozent der Bevölkerung finanzielle Schwierigkeiten hatten, die nicht daraus resultierten, dass sie zuviel Geld besaßen. Bei diesen Menschen- Wesen drehte sich alles um den nächsten Tag, es drehte sich alles ums Überleben. Diese Menschen- Wesen wurden betrogen und wissendlich / absichtsvoll schlecht bezahlt.

Alter Banker- Witz : „Ihr Geld ist gar nicht weg, es hat eben nur ein anderer !" Ha, ha, ha. Der war gut.

Die Sklaven- Menschen- Wesen, also die, die für ein minimales Geld arbeiten mussten, wurden rund um die Uhr betrogen und belogen, angefangen von der eigenen Regierung, herunterfahrend über den mitschwimmenden Arbeitgeber, bis zu den raffgierigen Bankern, den kriminellen Wohnungsgesellschaften, .... . Alle betrogen über Gesetze, die sie vorher bei den Regierungen gekauft hatten.

All diese Reichen und Superreichen hatten sich aber vorher ebenfalls verkauft, sie waren ebenfalls Sklaven, hielten sich aber nicht für Sklaven, waren teilweise auch zu dumm, dies zu erkennen. Den sogenannten Reichtum gab es nicht kostenlos. In dieser Welt der hochnegativen Energien und der hochnegativen Wesen gab es gar nichts kostenlos. Geld war eine Klebeschmiere und verschlang einen. Die wichtige Frage war : „Beherrsche ich das Geld oder das Geld mich ?"

Nicht einmal die göttlichen Energien gab es kostenlos, im übertragenen Sinne, obwohl es sie schon, sobald man erkannt hatte, kostenlos gab. Die Kosten für die göttlichen Energien beliefen sich darin, alles Materielle loszulassen, zu überwinden. An nichts, aber an gar nichts mehr zu hängen, dem ganzen Plunder keinerlei Bedeutung mehr beizumessen, sich an nichts anzuhaften in dieser Illusion.

Das und genau das sollte man mal einer achtzigjährigen Schönheitsoperationskönigin nach der hundertsten Reparaturarbeit erklären. Für diese Menschen- Wesen war eh alles zu spät, die hatten sich ihre Strafen bereits selbst zugefügt. Sie besaßen auch überall Spiegel.

Warum brachten sich Milliardär oder Milliardärinnen um ?

Weil ihre Leben leer waren, weil nichts, aber eben auch gar nichts in ihren versoffenen, koksverseuchten Hüllen zu finden war, außer unendlicher Leere, allertiefster, ewiger, schwarzer Stumpfsinn.

Auf den Golfplätzen der Welt traf man nur leere Hüllen, alles Tote, die nur noch nicht umgefallen waren. Sie selbst wussten schon längst, dass sie tot waren, meist nur noch zusammengehalten durch ihre Ängste, ihr vieles, schönes Geld zu verlieren. Sie selbst waren nichts, waren ohne die geringste Bedeutung, aber ihr Geld war alles. Genau das wussten sie natürlich auch. Sie wussten auch, dass jeder, der mit Ihnen sprach, nicht sie meint, sondern immer nur ihr Geld.

Sie hatten verloren, auf ganzer Linie verloren, sie hatten den Absprung ins Leben verloren, sie hätten leben können, aber sie waren zu gierig. Sie waren voller Überheblichkeit. Sie waren eben zu geistesarm.

# DIE DUMMHEIT DES MENSCHEN WAR/IST IMMER GRENZENLOS !

# – XXII –
## Tag „ 21 "
## [ 2.097.152 ROBOTER ]
### Montag / Beginn der 4. Woche

---

*Selbst müssen sich die Menschen- Wesen*
*um die Erkenntnis / Erleuchtung bemühen.*
*Auch ein Erwachter ( Buddha )*
*kann sie nicht erlösen.*
*Wenn er es könnte, müssten alle Wesen*
*dieses Universums, dieser Illusion,*
*schon erlöst sein, denn es hat schon*
*unzählige Buddhas gegeben.*

*( frei nach Hui Hai )*

---

Der Sonntag war ein Reinfall gewesen und die junge Frau hatte mit allem, was sie ihm sagte, Recht behalten. Alle ihre Warnungen waren ihrer Lebenserfahrung geschuldet. Es war nicht grundlos, dass sie vor den anderen Menschen- Wesen große Angst hatte, schließlich mordeten diese Menschen- Wesen andere Menschen- Wesen sehr gern.

Die Menschen- Wesen trugen keine Grenze in sich, sie trugen in sich Gier und Hass und Unwissenheit. Keine gute Mischung !

E.S.-X-M.9 instruierte alle Mitwirkenden, die gesamten Regierungsapparate dieser Welt intensiv abzuhören, alles minuziös zu speichern, um so ein transparentes Schaubild entwickeln zu können, um detailliert aufzuzeigen, wie schlimm die Lage sich wirklich darstellte für diesen wundervollen, wieder zu harmonisierenden Planeten.

E.S.-X-M.9 registrierte in sich das erste Mal so etwas wie eine depressive Stimmung. Er hatte schlicht gesagt, die Nase voll von diesen Menschen- Wesen. Es zog nicht in den hohlen Ast, Tag für Tag den ganzen

Gedankenmüll und Blödsinn dieser hohlköpfigen Menschen- Wesen in sich aufnehmen zu müssen. Er entschied sich spontan, nach Griechenland zu springen, dort sollte sich eine alternative Gemeinschaft gebildet haben, Menschen- Wesen, die frei und richtig leben wollten, sozusagen als Gegenpart zu den herkömmlichen, aufgezwungenen Gemeinschaften. Wie so etwas aussah, das wollte er begutachten. Er wollte erfahren, vor Ort, wie sie dort gemeinsam ihr Glück fanden und ob sie ihr Stück Paradies in vollkommener Harmonie vereint erhielten, pflegten. Ob sie auf der Suche waren nach Erkenntnis, nach Loslösung vom Materiellen, von jeglicher Art des Ballastes dieser geldorientierten, vollkommen materiellen Sklaverei. Waren sie jetzt frei ?

Den ersten Eindruck, den E.S.-X-M.9 gleich nach seiner Landung erhielt, war, dass es richtig schön heiß war, aber leider auch staubig und die Pflanzen waren alle vernachlässigt, sie litten schlimmen Durst. Weit und breit war niemand zu sehen, der sich um die bejammernswerte Natur kümmerte. Das war schon einmal nicht wie erhofft. Mit einem Paradies hatte diese Halbinsel überhaupt nichts zu tun, eher mit einer verlassenen Mülldeponie. Er begab sich auf die Suche nach Menschen-Wesen, die hier ihren Traum vom unbeschwerten Leben, vom „Alternativen Leben", als fest zueinander stehende Gruppe verwirklichen wollten oder so. Irgendwo mussten doch die vielen tollkühnen Denker und Vordenker einer neuen, besseren Welt stecken.

E.S.-X-M.9 und seine Mitwirkenden hatten eines ihrer Tagwerke bereits erledigt, sie duplizierten sich, wie jeden Tag, sie waren die ganze Nacht fleißig gewesen. Das war also dieses hochbeschworene, gelobte Griechenland, zumindest eine kleine Landzunge davon, eben das sogenannte „Paradies der deutschen Aussteiger". Aussteigen war natürlich eher aus Blödsinn gewählt, wie auch, hier in dieser Welt !

In dieser Welt waren alle an ihre Körper gebunden, also Gefangene, wie sollte man da aussteigen ? Aber der eigene Körper, die materielle Hülle, war ja nicht die einzige Gefangenschaft in dieser Welt. Kein einziges Menschen- Wesen in dieser Welt war frei, keines.

Freiheit in diesem Universum gab es nicht !

Wenn jemand glaubte, nur weil er über viel Geld verfügte, sei er dadurch auch bereits frei, so irrte der arme Irre. Er klebte allemal an diesem Geld und dieses Geld hatte ihn voll im Griff. Er musste mit diesem Geld Allianzen eingehen, die man nicht unbedingt eingehen mochte, nicht wenn man frei sein wollte, im weitesten Sinne dieses Begriffes. Je mehr Allianzen man einging, umso unfreier wurde man, je mehr haftete man an in dieser Welt, an andere Geldleute und so weiter. Es wurde dann immer klarer, dass Geld letztlich unfrei machte und das war auch so gewollt von den Erfindern des Geldes. Geld war Krieg. Es war auch leicht an den Umkehrsatz abzulesen, der da lautete :

— Drei Dinge benötigt ein Krieg : GELD , GELD , GELD ! —
Wozu sollte sonst das Geld gut sein ?
Geld war, hohl betrachtet, eine schöne Sache, führte aber gleichzeitig weiter und immer weiter von einer geistigen Entwicklung weg, also von der Möglichkeit, in eine echte göttliche Energie einzugehen.
Allen Religionen dieser Welt war das schon längst scheißegal !
Der Jesus- Christus vertrieb die Geldleute, Banker, Manager, Politiker, und sonstiges hochnegatives Gesocks aus dem göttlichen „Tempel seines Vaters". Interessant, aber sinnlos, bezogen auf dieses Universum.
Nützte diese Maßnahme etwas in dieser Materie ? Nein !
Klein Jesus wusste dies zu der Zeit allerdings noch nicht. Schade, zumal er ja auch etwas Kluges hätte machen können !
Die geistig Zurückgebliebenen, also diejenigen, die sich in der göttlich geistigen Energie nicht weiterentwickelten, man sagte ja auch in dieser Welt gern –„Dumm geboren und nichts hinzugelernt !"–, würden diese Materie niemals verlassen können, sich niemals richtig entscheiden. Sie klebten am Geld, waren mit der Materie verhaftet. Obwohl allen Menschen- Wesen klar war, dass das letzte Hemd keine Taschen hatte, ignorierten sie jegliche deutlichen Informationen in dieser Richtung und machten weiter wie immer. Sie waren alle Gewohnheitstiere. Sie hatten Angst vor Veränderung. Veränderung trug in sich etwas Neues, etwas Unbekanntes, nicht Berechenbares, nicht Vorausschaubares. Geld verdienen war die Parole, immer mehr Geld und noch mehr Geld und Geld und Geld und ..... .
Wachstum war auch so ein blödsinniger Begriff.
Wachstum gab es niemals für die Arbeiter und Angestellten.
Für Arbeiter und Angestellte gab es „Negativ- Wachstum !"
Was war das eigentlich „Wachstum" ?
Unter den Synonymen war zu finden :
        Entfaltung / Entwicklung / Erhöhung / Ausbreitung.
Was entwickelte sich denn Positives für die Menschheit ?  Nichts !
Ein paar Superreiche und sehr, sehr viele Korrupte stecken sich die Taschen voller Geld. Das war das vielbeschworene Wachstum ?
Schuf dieses Wachstum in der Bevölkerung etwa Zufriedenheit oder gar Lebensfreude und Glück ? Zauberte es ein Lächeln, etwa Stressfreiheit in die Gesichter der Menschen- Wesen, hier in dieser Welt ? Wurde die Luft sauberer ? Wurden die Wasser sauberer ? Wurde das Trinkwasser klar und giftfrei, voller Lebensenergie ? Wurde die wichtige Nahrung für alle erschwinglich und Gesund ?
Nein !
Wieso nicht ?
Warum sollte E.S.-X-M.9 diesen geistig schwer zurückgebliebenen Menschen- Wesen helfen ?

Wieso sollten er und seine Mitwirkenden hoffen, dass diese Menschen- Wesen diesen Planeten wieder in Harmonie bringen wollten ?

E.S.-X-M.9 bewegte sich weiter und erkannte Wohngebäude allerprimitivster Art. Auch hier keine Spur vom Paradies. Zweifel mehrten sich in ihm, ob sein Sprung ihn auf die richtige Halbinsel geführt hatte. Er überprüfte die Koordinaten, aber selbstverständlich war alles korrekt und in Ordnung, wie immer bei E.S.-X-M.9.

Er bewegte sich weiter, nachdem er feststellen musste, dass dieser Halbrohbau und mehr war es auch nicht, seit einiger Zeit verlassen sein musste, obwohl sich in ihm noch Utensilien befanden, die noch auf eine vor kurzem stattgefundene Benutzung hinwiesen.

Dann traf er auf eine ältere Frau, aus deren Gesichtsausdruck er keine Parameter für Glück interpretieren konnte. Diese Frau schien sich nicht um ihn zu kümmern. Sie schien abwesend, in sich gekehrt.

Was war hier los, im letzten Paradies der Welt ?

E.S.-X-M.9 erhielt einen Hilferuf eines seiner Mitwirkenden. Er sprang sofort. Wenige Sekunden später stand er neben ihm.

Sie befanden sich in einem Salzbergwerk, gut tausend Meter unter der Erdoberfläche. Der Mitwirkende war mit einigen Menschen- Wesen hier heruntergefahren, ohne dass sie ihn bemerken konnten, zumal er sich oben auf einem Förderkorb befand.

Der Mitwirkende machte E.S.-X-M.9 darauf aufmerksam, dass sie sich in einem Atommülllager befanden, welches eindeutig defekt war. Die kleinste Messung bestätigte dies sofort.

Was sollte man hier nur machen ?

„Erstens machen wir jetzt erst einmal gar nichts, zumal wir noch in der Phase des Registrierens sind.", antwortete E.S-X-M.9. „Zweitens werden wir mal mit der dort auftauchenden Gruppe von Wissenschaftlern sprechen. Wir werden sie fragen, wie sie dazu stehen."

Beide Roboter- Wesen näherten sich der Gruppe. Die Männer waren sichtlich erschrocken. Irgendwie erschraken sich immer all diese Menschen- Wesen, sobald sie Robotern begegneten.

E.S.-X-M.9 fragte die Herren höflich und mit sanfter Stimme, einen positiven Smiley produzierend, wie es denn zu diesem katastrophalen Zustand des Lagers kommen konnte, trotz der wundervollen Sorgfalt, die sie ja immer an den Tag legten.

Die Männer rannten davon, schreiend.

E.S.-X-M.9 sagte nur ganz leise zu seinem Mitwirkenden, dass er alles sorgfältig registrieren sollte und er sollte einen gewissen Abstand halten zu diesen absonderlichen Menschen- Wesen.

Der Mitwirkende verstand.

# – XXIII –
## Tag „ 23 "
# [ 4.194.304 ROBOTER ]
## Dienstag / 4. Woche

---

*Wenn alles Handeln im Einklang*
*mit der göttlichen Wahrheit ( Lehre ) ist,*
*wird der eigene Geist freudig gestimmt.*
*Das Gefühl der Zufriedenheit wird den erfüllen,*
*der den Pfad der göttlichen Wahrheit*
*( Lehre ) wandelt, nicht irgendeiner Religion.*

*( frei nach Milarepa )*

---

E.S.-X.M.9 entschied gestern, erst einmal nicht mit den Menschen- Wesen der Halbinsel ins Gespräch zu kommen. Er erhielt beunruhigende
Informationen von seinen Mitwirkenden. Sie berichteten, dass die Regierungen der Welt eine Offensive gegen sie, die Roboter- Wesen, planten. Spezialisten aller Militärs sollten ausgesandt werden, um sie aus-
zulöschen, mit allen Mitteln und durch alle denkbaren Auslöschungsva-
rianten. Die Killer sollten alles versuchen und sobald sie in einer Richtung Erfolg hatten, sollten sie umgehend alle anderen Killer informieren, um sie rund um den gesamten Erdball ebenso aufzuklären, damit
diese gemeinsam erfolgreich agieren könnten.
   E.S.-X-M.9 hatte sich schon gedacht, dass nach der peinlichen Pleite
im Reichstag, bei der die Politiker dieser Welt sich allesamt als dumme
kleine Mädchen und dumme kleine Jungs intellektuell entblößten, sie
auf dem einen oder anderen Wege versuchen würden, sich des lästi
gen Problems, also der Roboter- Dinger, zu entledigen. Da sich diese
Herrschaften immer nur für Mord und Zerstörung entschieden, war der
Lösungsweg der Aufgabe nicht allzu schwer zu finden. Wie jetzt ja auch
durch die Mitwirkenden von E.S.-X-M.9 weltweit bestätigt wurde.

E.S.-X-M.9 forderte all seine Mitwirkenden auf, jeglicher Konfrontation aus dem Weg zu gehen. Falls es nicht anders möglich sein sollte, dürften sie, als letzte Möglichkeit der Selbstrettung, alle ihnen mitgegebenen Möglichkeiten nutzen, jedoch dürften sie niemals als Erster töten oder verletzen. Wenn die Chance zur Flucht möglich war, dann müssten sie auch unbedingt flüchten. Wie immer hielten sich seine Mitwirkenden an seine Empfehlungen. Roboter- Wesen befanden sich jetzt bereits in allen größeren Städten und Ortschaften, rund um die ganze Welt. Die Roboter- Wesen nutzten hierbei selbstverständlich alle Kommunikationswege der Menschen- Wesen, einschließlich aller Satelliten, etc... . Da die Roboter- Wesen eindeutig höheres Wissen über Materie und Energien mitbrachten, nutzten sie die Wege so, dass die einfachen Menschen- Wesen ihr Eindringen in die Systeme nicht mitbekamen und selbstverständlich auch nicht erkannten, nicht erkennen konnten, geschweige denn nachvollziehen konnten. Gerade diese sogenannten, meist durch Korruption an die Macht gelangten Politiker, hatten nicht die geringste Ahnung von Verantwortung.

E.S.-X-M.9 bewegte sich auf eine Gruppe unterschiedlicher Bauten zu, die er gestern, hier auf dieser griechischen Halbinsel, bereits beobachtete. Außer einer buntgekleideten Frau war noch niemand auszumachen. Er bewegte sich auf die Frau zu und fragte sie, ob er hier richtig sei, im Paradies der Ausgewanderten aus Deutschland.

Die Frau lachte Tränen und bekam sich fast gar nicht mehr ein, dann setzte sie sich auf einen dicken Stein am Wegesrand.

„Einen solchen Witz hat noch nie einer gebracht.", sagte sie und betrachtete E.S.-X.M.9 von oben bis unten. Dann sprach sie weiter und fragte : „Bist du einer der Roboter, von denen jetzt ständig im Radio berichtet wird, einer dieser Krawall- Roboter ?"

„Nicht dass ich wüsste, zumal weder ich noch einer meiner Mitwirkenden jemals Krawall gemacht haben.", antwortete E.S.-X.M.9 vollkommen korrekt. „Wer sagt so einen Unsinn über uns ?"

„Nun ja, mein kleiner Freund, alle Regierungen der Welt jagen euch. Ich kann dir nur sagen, dass das garantiert kein Spaß mehr ist. Wenn sie euch erwischen sollten, dann werden sie euch zermatschen, das machen sie immer so, mit allem und jedem.", erklärte die bunte Frau mit den zerzausten Zottelhaaren.

„Wie gut, dass ich im Paradies bin.", frotzelte E.S.-X.M.9 zurück. „Ich würde gern wissen, wie es zu der Idee kam, sich mit Gleichgesinnten einen Flecken Land zu suchen, um dann das merkwürdige „Paradies-Spiel" auszuüben."

„Wir hatten eine wirklich gute Idee.", grummelte die Frau in sich hinein. Sie begann die Dinge Revue passieren zu lassen. Dann schwieg sie. Doch nach kurzer Zeit erzählte sie weiter.

„Wir waren am Anfang gut hundert Leute, alles Individualisten, alle mit der Idee von einer besseren, stressfreien Welt. Wir legten all unser Geld zusammen und kauften dieses Land, es wurde frei angeboten, die ganze Halbinsel. Dann ging es auch schon los, wir zogen alle gemeinsam hierher. Jeder hatte seinen Traum von Freiheit, ja, jeder hatte seinen Traum, aber jeder eben einen anderen Traum. Es war klar, dass wir Regeln aufstellen mussten und es musste ja auch erst einmal ein Dorf entstehen. Hütten mussten gebaut werden. Nichts war vorab geplant worden, natürlich funktionierte nichts. Ganz schnell ging es wieder ums Geld, es dauerte keine Monate. Die einen hatten Geld, die anderen stellten schnell fest, dass sie keines besaßen, sich somit das „Paradies" nicht leisten konnten. Weist du, mein Freund, hier in dieser Welt muss man sich die Dinge, einschließlich eines Paradieses leisten können. Das bedeutet immer, du musst ein großes dickes Portemonnaie haben oder eben eine Quelle, brave Eltern mit viel Geld, die dich auch noch dolle lieb haben, damit die Quelle fliest."

E.S.-X-M.9 hörte zu und es wurde ihm schnell klar, dass die Menschen- Wesen ihre Konditionierung nicht überwinden konnten, da sie sie nicht überwinden wollten. Die Menschen- Wesen hatten niemals gelernt, eine Hierarchie des Vertrauens aufzubauen. Sie unterlagen der irrigen Annahme, es ginge um das Recht des Stärkeren, des scheinbar Klügeren. Sie verwechselten ständig klug mit korrupt. Auch waren den Menschen- Wesen jegliche Konsequenzen aus ihrem Handeln nicht bewusst. Konsequenzen waren ihnen vollkommen egal. Sie dachten niemals darüber nach, sich für ein anderes Leben zu entscheiden, zumal niemand in dieser Welt zu finden war, der ihnen einen anderen Weg hätte zeigen können, geschweige denn, sie hätte führen können.

Die sogenannten Politiker dieser Welt wollten auch gar nicht führen, Verantwortung übernehmen und die Geld- Menschen- Wesen wollten schon überhaupt gar nichts mit Verantwortung und Konsequenzen zu tun haben. Es war klar ersichtlich, dass sie sich über entsprechende Gesetze, durch die Mithilfe der Politiker, freikauften. Selbstverständlich hielten sie alle anderen Menschen- Wesen als billige und willige Sklaven im Griff und es klappte hervorragend, es klappte immer besser, dank williger, korrupter Politiker, die günstig einzukaufen waren.

Warum sollte man ein derart wundervolles System verändern ?

Für die Großfirmen, die Industrie, die Banker, die Politiker und die großen Kirchen war dies alles hier, dieser Planet, bereits das Paradies. Dies alles hier in dieser Welt war eine nie enden wollende – win – win – win – win – win - ...... Situation, für die Reichen.

Es war das P A R A D I E S des Geldes.

Genau an dieser Gesinnung, hier einmal im ganz Kleinen und der eingebrannten Konditionierung in den Menschen- Wesen, scheiterte aber auch das Projekt „Paradies", auf der kleinen Halbinsel im heißen, viel zu trockenen Griechenland. Es zerbrach ausschließlich an den Geld-Macht- Menschen- Wesen, die sich selbstverständlich auch eingekauft hatten, über einen reichen Papa oder einen reichen Onkel. Diese immer geifernden, raffgierigen Typen wollten ein bisschen Spaß, ein bisschen Abwechslung, ein bisschen Party und danach schnappten sie sich die ganze Halbinsel. Diese hinterhältigen Typen wussten von Anfang an, dass die weltverbessernden Träumer ohne das echte, fette, dicke Geld nicht lange würden mithalten, ja, durchhalten können. Zuerst ließ man sie noch ein bisschen arbeiten, diese Dummies, danach entledigte man sich ihrer, genau wie zu Hause, in Papas Industrieunternehmen. Die eingeimpfte Machart war wie immer, saß ihnen in Fleisch und Blut, hatten sie mit der Muttermilch eingesogen. Auch hatten, wie immer, die sogenannten Armen mal wieder die ganze Party bezahlt.

„Warum sind Sie noch auf dieser staubigen, viel zu heißen und überaus schäbigen Halbinsel ?", fragte E.S.-X-M.9. „Warum sind Sie nicht längst wieder zu Hause in Deutschland ?"
„Ich habe kein Geld. Ich könnte mir auch später, selbst wenn es bis Deutschland reichen würde, keine Rückreise nach Griechenland, hier auf meine Halbinsel, leisten. Zudem habe ich keine Wohnung mehr in Deutschland und keine weiteren Verwandten. Ich kenne niemanden mehr in Deutschland. Zu meinen ehemaligen Mitbewohnern will ich nicht. Ich muss somit hier bleiben, hier in meiner halbfertigen Hütte, mit dem leicht kaputten Dach und dem primitiven Klo hinter dem uralten Olivenbaum. Ab und zu kommt mal jemand vorbei, auch Touristen, die einfach so auf unser Land fahren, da der Straßensperrbalken nicht mehr funktioniert, irgendwelche Jugendlichen haben ihn vor Jahren abgeknickt. Einige Männer aus unserer früheren, gemeinschaftlichen Gruppe wollten die Sperre reparieren, was aber nie passierte. Das ganze Vorhaben endete genau in diesem Trauerspiel. Heute streiten sich alle um die Einnahmenverteilung der sich auf dem Grundstück befindenden Olivenbäume. Es findet nur noch eine jämmerliche Show statt. Die meisten Aussteiger rannten schnell wieder in die finanzielle Sicherheit, teilweise in ihre früheren Berufe. Besonders die ehemaligen Beamten waren schnell weg, es stellte sich heraus, dass sie sich nur beurlauben ließen. Jetzt leben hier nur noch zehn Leute unterschiedlichen Alters und unterschiedlicher Interessen. Wir treffen uns kaum, jeder macht so seine Sachen. Es ist, alles zusammengefasst, ein trauriges, grausames Ende. Paradiese müssen wohl so enden, zumindest hier in dieser Welt."
E.S.-X-M.9 verabschiedete sich und lief noch einige Zeit durch die staubige, teilweise verbrannte Gegend. Dann, schwupps, war er weg.

E.S.-X-M.9 schaute aus zwanzig Kilometern Höhe auf das Wasser, über das Mittelmeer, hörte in sich die Klaviersonaten von Mozart.

Die „Blauen Planeten" waren in diesem Universum das Prachtvollste, wenn sie sich in Harmonie befanden.

E.S.-X-M.9 hörte in den Planeten hinein, es waren keine kraftvollen Töne zu vernehmen, keine Melodien. Jeder „Blaue Planet" hatte seine Melodie, ähnlich dem Gesang der Wale, doch dieser „Blaue Planet" war noch still oder eben schon wieder still. Alle anderen Planeten sollten ebenfalls eine Melodie haben, hatten sie aber nicht, nicht in diesem Sonnensystem.

Seine Mitwirkenden berichteten von einem sich im Osten anbahnenden Krieg. Es war zwar alles ruhig, aber die hochnegativen Energien begannen sich zu steigern. Es zeigte sich auch, dass die Bevölkerung diesem Phänomen machtlos gegenüberstand. Selbst wenn sie etwas hätten dagegen unternehmen wollen, so war es ihnen gar nicht möglich, da sie alle dazu notwendige Macht in die Hände Weniger gelegt hatten. Leider handelte es sich bei diesen Wenigen immer um skrupellose Massenmörder in unscheinbaren Verkleidungen.

Würde jedes Menschen- Wesen die Energien seines Gegenüber sehen können, die Welt könnte bereits in Harmonie sein. Interessant, dass die Erschaffer der Menschen- Hüllen genau dies ausschalteten.

E.S.-X-M.9 registrierte alle eingehenden Informationen, sortierte sie und setzte sie in Prozentzahlen um. Wie erwartet sah es immer schlimmer für die Menschen- Wesen aus. Der Krieg war somit unwichtig in Bezug auf eine weitere Betrachtung, zumal es nur noch um neun Tage ging. Interessant war aber, dass die Menschen- Wesen lieber Kriege begannen, als sich jetzt endlich gemeinsam um die Harmonie des Planeten zu kümmern.

Wirklich interessant.


Jetzt war erst einmal die Duplizierung wichtig.

E.S.-X-M.9 sprang an einen Ort, an dem er für diese Aufgabe alles Notwendige vorfand. Ein Ort, an den die Menschen- Wesen niemals gelangen konnten, tief im Erdinneren.

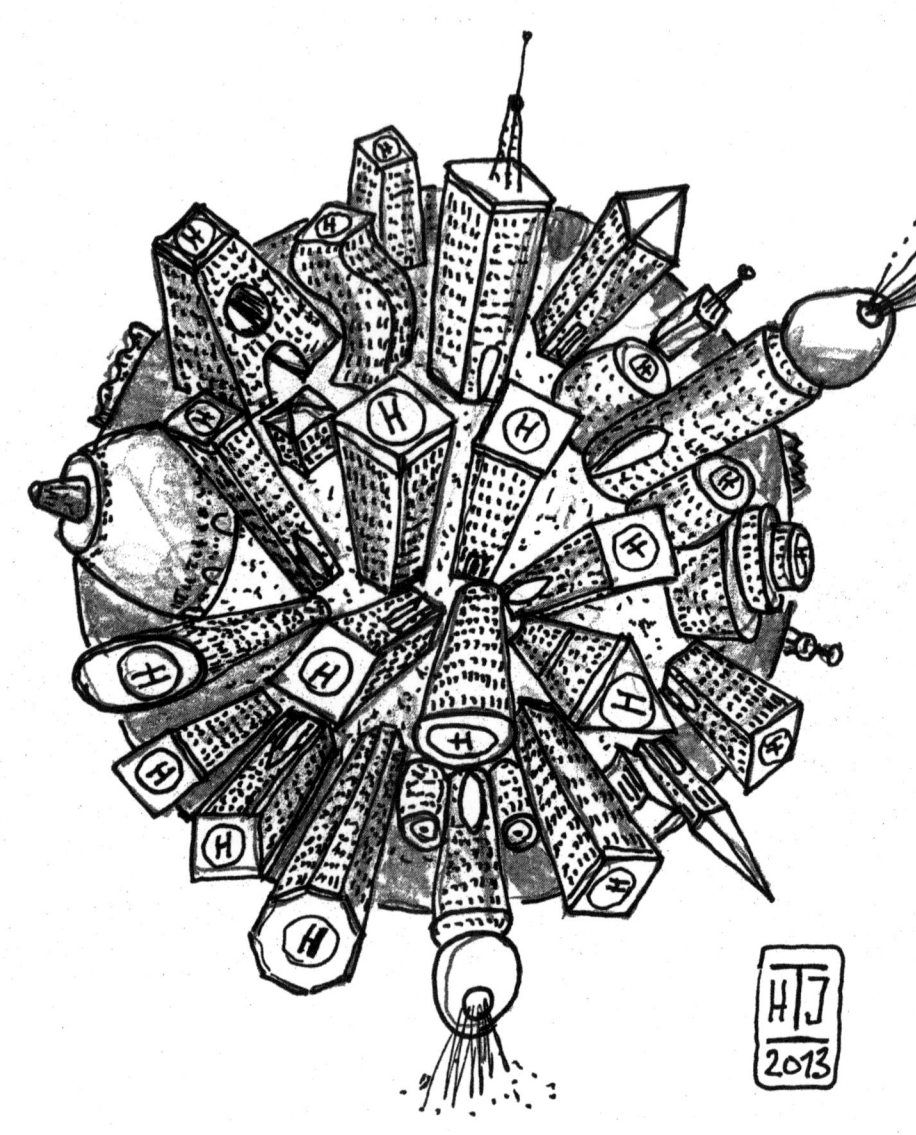

GEBAUTE DUMMHEIT,
WURDE IN DIESER WELT
SCHON IMMER MIT FORTSCHRITT
VERWECHSELT !

# – XXIV –
## Tag „ 24 "
# [ 8.388.608 ROBOTER ]
## Mittwoch / 4. Woche

---

*Der Sinnsuche förderlich ist es,*
*den flüchtigen, unsteten Geist,*
*der, von seinen Wünschen ( Begierden ) getrieben,*
*umherschweift, zu zähmen.*
*Ein gereinigter, erkennender Geist*
*ist der Schlüssel zur nächsten Stufe.*

*( frei nach Dhammapada 35 )*

---

E.S.-X-M.9 kam an einem „Krankenhaus" vorbei und stockte. Ein penetranter, stechender Geruch zog ihm entgegen. Hier wollte er tiefer einsteigen, wollte erkunden, welche brutale Fabrik sich hinter diesen Mauern versteckte.

„ Städtisches Krankenhaus " war dort zu lesen, in angeklebten, altersschwachen, schwarzen Buchstaben über dem pompösen Eingang des übelriechenden Gebäudes.

E.S.-X-M.9 wunderte sich, dass die Menschen- Wesen ein Gebäude als „krankes Haus" bezeichneten, obwohl er es auch so, auf den ersten Blick, eingeschätzt hätte. Die nicht vorhandene Architektur dieser mehrgeschossigen Großlagerhalle mit natürlicher Belichtung war als ekelhaft zu bezeichnen, war in etwa so einzustufen wie der bestialische Gestank, der aus den Poren des Gebäudes drang.

Was würde ihn im Inneren des Gebäudes erwarten ?

Er entschloss sich, in den Bunker einzudringen, ihn zu untersuchen.

Im Inneren bewegten sich sehr viele Menschen- Wesen. Eine ganze Reihe von ihnen war mit weißen Stoffen verkleidet, ja uniformiert. Er hatte sich vorsichtshalber für die Wesen unsichtbar geschaltet, was er auch seinen Mitwirkenden empfahl, nach den schlechten Erfahrungen mit diesen Politiker- Menschen- Wesen. E.S.-X-M.9 bewegte sich weiter durch das Gebäude. Viele der Menschen- Wesen lagen in verschiebbaren Betten aus Metall, ihre Energieströme entsprachen irgendwie nicht denen eines normalen Standardmodells. Sowohl weibliche als auch männliche Menschen- Wesen kümmerten sich um sie, aber eben auf merkwürdige Weise. Sie gaben ihnen Tabletten und auch merkwürdige Chemikalien. Dies alles veränderte aber nicht die dringend notwendigen Energiepotentiale. Einige dieser Weißkittel wurden mit Herr oder Frau Doktor angesprochen, welche Bedeutung das auch immer haben sollte. Er fand es heraus, es sollte sich um Ärzte handeln. Er schmunzelte in sich hinein. Arzt bedeutete wohl soviel wie Heiler.

E.S-X-M.9 hätte es empfehlenswerter gefunden, doch einmal ein paar Heil- Wesen zu holen, die sich mit Energieströmen auskannten, weil man dann diese, sich in den Betten befindenden, ausgelaugten Menschen- Wesen in wenigen Minuten hätte energetisch aufladen können, sie umgehend hätte reparieren können, ihre Energieströme aktivieren können. Hauptsachlich handelte es sich um unterbrochene Energieflüsse. Ein „Arzt / Heiler" hätte das eigentlich wissen müssen.

Für die Menschen- Doktoren schien dies keine Überlegung wert zu sein, keine Option. Sie wurstelten weiter und weiter herum, immer an der eigentlichen Ursache vorbei, warum auch immer. Sie verhielten sich wie Politiker. Es war schon wirklich erschütternd anzusehen. Ein Menschen- Wesen erlosch innerhalb weniger Minuten, nur weil man seinen Solarplexus- Bereich nicht ausreichend schützte, dabei hätte ein sogenannter Doktor doch nur den Schockgriff einzusetzen brauchen, danach wäre die vorhandene Energie nicht gewichen, hätte sich wieder stabilisieren können, aufbauen können.

E.S.-X-M.9 war erstaunt und entsetzt. Die Doktor- Typen sagten nur, er habe es eben nicht geschafft. Klar war eindeutig, dass sie es nicht geschafft hatten. Hinzu kam, sie hatten nichts verstanden.

Was war das denn für eine merkwürdige Anstalt ?

Warum tötete man hier energieschwankende Menschen- Wesen ?

„Krankes Haus", das waren schon makabere Typen, die hier hantierten und entsorgten.

Wenn es Menschen- Wesen nicht gut ging, mussten sie dann nicht in ein „Gesundungshaus" gebracht werden, energetisch geschützt durch Tausende kraftvoller Pflanzen ?

Sollte die Umgebung nicht keimfrei sein ?

War es nicht äußerst wichtig, dass besonders die Atemluft rein war von Krankheitskeimen und Staub und Dreck ?

Wieso stand das Gebäude nicht auf einem Kraftpunkt der Energie ?

Musste nicht die Außenhülle eines solchen Bereiches abgesichert werden durch Moose und kraftvolle Bäume und Hunderttausende wundervolle Rosen / Rosenpflanzen / Rosenbäume ?

Wie wollten die Doktor- Typen die Energie reinigen, wenn sie nicht einmal wussten, dass es sich ausschließlich um Energien drehte ?

Warum machten die Menschen- Wesen dies alles nicht richtig ?

Diese Menschen- Wesen schienen von nichts eine Ahnung zu haben, sie glaubten an die materielle Wissenschaft, wie dumme, zurückgebliebene, schwer geistig behinderte Kinder, wie Idioten eben.

Ihre „Kranken Häuser" waren voller giftiger, toter Apparate. In ihnen gab es nichts Lebendiges, keine kraftvolle Energie. Die vielen Räume waren voll von negativen Wesen jeglicher Art und niemand kümmerte sich darum, sie energetisch zu entfernen, niemand verfügte über die geistigen Kräfte der Reinigung.

Die Flure waren gerade und mit den übelsten Farben gestrichen. Es waren keine heilenden Schwingungen zu erkennen in diesen aus Beton erstellten toten Riesenklötzen. Die Menschen- Wesen, die hierher verbracht wurden, waren energetisch ausgelaugt, waren fertig. Sie waren alle schon lange nicht mehr in der Lage, dem Druck, der in dieser Welt herrschte, standzuhalten. Sie funktionierten zwar teilweise noch nach außen, aber in ihren Inneren war alles leer und hohl.

Die sogenannten Doktoren waren ebenso hohl, sie waren Reparateure der äußeren Hüllen der Menschen- Wesen, sie hatten nicht einen Hauch von Ahnung, dass es immer nur um Energien ging, um das Zusammenspiel der verschiedensten Energien eines Wesens. Ihre Aufgabe wäre gewesen energetische Blockaden zu erkennen um sie dann aufzulösen. Sie taten aber nicht das Notwendige.

In der Chirurgie, in den Reparaturwerkstätten der Menschen- Körper ging es ebenfalls nur um äußere Korrekturen. Doch die gesamte Gemeinschaft war kaputt, beginnend immer an der Spitze eines Staates.

Wenn die Führung eines Staates versagte, so schwang diese hochnegative Energie bis in die allerletzten Ritzen des Staats- Wesens.

E.S.-X-M.9 wollte hier nicht mehr länger sein, er spazierte aus dem „Kranken Haus" hinaus und sprang erst einmal an seinen Fluss. Er sprang weiter in die Fluten hinein, wollte sich erst einmal reinigen, obwohl dies nicht notwendig gewesen wäre, ein starker elektrischer Impuls hätte es auch getan. Er musste zur Ruhe kommen.

Es war schon erstaunlich festzustellen, dass die Menschen- Wesen-Machthaber sich immer, wenn ihnen zwei Lösungen eines Problems angeboten wurden, sie sich stets für die schlechtere Lösung entschieden. E.S.-X-M.9 hatte dies herausgefunden, als er Dutzende Projekte überprüfte, schließlich wollte er versuchen zu verstehen, warum sich diese Welt in diesem bedauernswerten Zustand befand.

Betrachtete man nur einmal den Bau eines neuen Flughafens. Hier sollte beachtet werden, dass möglichst wenige Menschen- Wesen durch diesen Bau beeinträchtigt werden würden. Aus einer Ideen- Analyse resultierte nun, dass man den neuen Flughafen so anlegen musste, dass er sich zwischen zwei Millionenstädte befinden würde, mitten im fast unbewohnten Niemandsland. Diese Überlegung wäre klug zu nennen. Ebenfalls sollte die Lösung kostengünstig sein und vorausblickend, günstig erweiterbar. Die Umwelt sollte geschont werden.

Sobald etwas perfekt ausgearbeitet war, wurde es den Politikern mulmig. Warum ? Ihre Intelligenz reichte nicht aus, dieses klug Ausgearbeitete nachzuvollziehen ? Nein, so war es nicht. Hätten sie die Perfektion des Standortes erkennen können ? Ja! Hatten sie auch bestimmt, aber warum entschieden sie sich dann derartig falsch ? Das Zauberwort lautete bestimmt „Schwarzgelder" und Korruption ohne Ende.

Für diese Macht- Menschen und ihren Geldanhang war es nicht wichtig, ob etwas richtig oder falsch war, es drehte sich immer um Geld, immer nur um die eigenen Schwarzgeldkonten. Alles was mit einem Richtig oder Falsch zu tun hatte, tangierte sie nicht. Hinzu kam, dass sie Immunität besaßen, sie waren vollkommen immun gegenüber richtig und falsch. Sie waren nicht immun gegenüber jeglicher Art von Geldzuwendungen, man konnte sogar sagen, es verstärkte permanent ihre unersättliche Gier nach Geld. Somit war klar, dass der neue Flughafen an einem Ort entstand, der in jeglicher Art und Weise unübertreffbar schwachsinnig war. Allerdings stimmte die persönliche Kasse !

Welche Vorteile hätte die erste Variante eines Flughafens für alle Beteiligten noch gehabt ?

Erstens wären zwei Großstädte für die nächsten dreißig Jahre, vielleicht sogar wesentlich länger, perfekt versorgt gewesen, was den Passagierflug anging, aber ebenso die Frachtfliegerei. Zweitens hätte man eine umweltschonende, technische Variante einsetzen können, eine Magnetschwebebahn, ein superschnelles Verkehrsmittel. Alles überdies sehr kostengünstig. Die Magnetschwebebahn wäre noch im Kostenbereich dabei abgefallen. Drittens hätte man das Hauptproblem Lärm voll und ganz im Griff gehabt, zumal in diesem Gebiet so gut wie niemand wohnte. Viertens hätte man die Großstädte frei von Flugbelästigung, auch wären dadurch die Straßen weniger belastet gewesen. Fünftens existierte auf der Strecke, an der dieser Riesenflughafen entstehen sollte, bereits eine Autobahn.

Wenn man jetzt noch intelligente Politiker gehabt hätte, die nicht nur an ihr Schwarzgeld wollten, dann wären alle Wünsche in Erfüllung gegangen.     Wenn !

# – XXV –
## Tag „ 25 "
# [ 16.777.216 ROBOTER ]
## Donnerstag / 4. Woche

---

*Vorträge über die Buddha- Lehre sollen
Anregungen für die Verwirklichung
der Lehre geben. Kanzelreden und Buddha- Studien
sind ziemlich nutzlos, wenn kein Versuch gemacht
wird, sie im täglichen Leben anzuwenden.
( Wer manipuliert diese Illusion, diese Anomalie ? )*

*( frei nach Milarepa )*

---

Es war schon erstaunlich, unterschiedliche Menschen- Wesen zu beobachten, also Frauen und Männer. Im gesamten Universum gab es diese unnütze Variante nicht.

E.S.-X-M.9 fragte sich nach dem „Warum" dieser Maßnahme und konnte feststellen, dass die Erschaffer sich schon konkrete Gedanken gemacht hatten bei dieser Geschlechter- Trennung. Die Erschaffer dieser Körper waren nicht darauf versessen, für Harmonie zu sorgen in dieser Welt. Ihr Bestreben war entgegengesetzt gerichtet, sie waren darauf aus, permanent Emotionen aufkeimen zu lassen. Sie streuten viele dieser Unterschiede ein. Unter anderem eben diese Geschlechter-Trennung. Ein genialer Schachzug, wenn man Emotionen aufbauschen wollte, dazu noch Eifersucht, Neid, Hass, das volle Programm.

Wenn E.S.-X-M.9 vorbeilaufenden Paaren in ihren Gesprächen zuhörte, dann stellte er seltsame Abläufe fest. Gegenseitige Vorwürfe lagen außerhalb jeglicher Harmonie :

„Du willst mich nicht verstehen.", sagte eine sehr pummelige Frau zu ihrem Mann. „Ich benötige nun einmal diese Schuhe, ich habe sonst nichts in dieser Richtung. Willst du, dass ich barfuss herumlaufe ?"

„Aber du hast doch gut hundert Paar Schuhe.", antwortete er verzweifelt. „Von barfuss kann ja wohl hier nicht die Rede sein. Wir müssen aber auch diesen Monat alle Versicherungen bezahlen, du weißt es genau. Also bitte, nun muss Schluss sein." Er schaute maulig nach links, sie schaute maulig nach rechts. Ein Kampf: Harmonie gegen Egoismus.

Zwei aufgetakelte, reiche Frau sprachen miteinander, beklagte sich die eine lautstark :"Mein Mann versteht mich nicht." Erwiderte die andere seufzend : „Mein Mann versteht mich auch nicht."

Gibt es irgendetwas Langweiligeres in diesem Universum ?

Aus welchem Grunde Männer und Frauen zusammenlebten, war sowieso ein Rätsel, zumal nicht notwendig. Dies wussten selbstverständlich auch die Erschaffer dieser unterschiedlichen Körper und verbanden sie chemisch miteinander, allerdings nicht mit zwingend dauerhaftem Verlauf, sondern mit nachlassender Anziehung im Verlauf der gemeinsam verbrachten Zeit. Ebenso ließen sie die Körper in der Zeit altern, da sie einen Programmierfehler einfließen ließen, möglicherweise konnten sie es auch nicht anders, noch weiter gedacht, sie wollten es einfach nicht anders, dies alles schien möglicherweise Teil eines perfiden Planes. Nach jeder Zellerneuerung erschien die Austauschzelle nicht mehr als hundertprozentiger Klon. Sehr clever erdacht ! Die Zelle „alterte" somit, zerfiel mit der Zeit ! Unweigerlich musste somit jeder Hüllenaufenthalt ziemlich schnell enden.

Schon bei diesen wenigen Aufzählungen war zu erkennen, dass alles, was in dieser Welt manipuliert wurde, von hochnegativen, eingreifenden Energien immer so gestellt wurde, dass Harmonie niemals möglich war, selbst wenn teilweise gewollt.

Es gab somit in bestimmten Gebieten Zeiten ohne Kriege, aber es gelang niemals, einen dauerhaften Frieden zu erzeugen. Was immer man auch anstellte, der sich in dieser Welt befindende Zweifel an dauerhaften Frieden gedieh weiter und weiter, ebenso blieb der Hass dem unbekannten Nachbarn gegenüber stets erhalten.

E.S.-X-M.9 stellte ebenfalls fest, dass es keinerlei Zusammenhalt zwischen den einzelnen Generationen gab, somit war sichergestellt, dass die Zerstörung der Welt auf Hochtouren weiterlief, ohne dass die eine Generation ein schlechtes Gewissen plagte, den nachfolgenden Generationen nur totes Land zu hinterlassen. Der jeweiligen Generation, die sich gerade an der Macht befand, waren sowieso alle anderen vorhergehenden oder nach ihnen auftauchenden Menschen- Wesen, egal welcher Generation, egal welchen Alters, immer scheißegal.

Schaute man in die Geschichtsbücher, so strotzten einem die Beweise nur so entgegen. Kriege / Zerstörung / Macht = Fortschritt ??

Die Politiker sprachen immer von Arbeitsplätzen und von Konsolidierung des Haushaltes. Es war der totale Wahnsinn ! Selbstverständlich logen sie, schon aus Gewohnheit. Lügen war ihr inneres Wesen, aber das Volk ließ sich auch so wundervoll belügen, es unternahm nichts gegen die Lügner und Betrüger, es stand diesen Lügen immer gelähmt gegenüber. Die ganze Welt war ein riesengroßes Irrenhaus, die größte Ansammlung von Einfaltspinseln und Schwerverbrechern aller Universen. Nun war diese Welt selbst lediglich nur ein Klon. Diese Vermutung hatte das Roboter- Wesen E.S.-X-M.9 schon seit einiger Zeit.

Was für ein nicht zu überbietender Dreckshaufen, dachte, im allerhöchsten Parkbaum sitzend, das Wesen E.S.-X-M.9 weiter.

Als wenn dies nicht schon alles gereicht hätte, pigmentierte man die Menschen- Wesen auch noch unterschiedlich, veränderte weiter ihr Äußeres und füllte in diese Hüllen teilweise hochnegative Energien, teilweise schienen sie die Hüllen auch selbst zu besetzen. Es war wie ein perverses Spiel, dieses Ganze hier, diese Welt.

Erstaunlich, dass man ihn und seine Mitwirkenden hier so einfach wirken ließ. Diese hochnegativen Energien schienen den Überblick über ihr eigenes Chaos verloren zu haben.

E.S.-X-M.9 ging davon aus, dass die höchsten negativen Energien und die höchsten negativen Wesen, sie, die Roboter, noch nicht als irgendeine Art Gefahr wahrnahmen, zumal sie wohl mit ihrem irren Spiel, hier in dieser welt, genug zu tun hatten.

Wenn er das Niveau betrachtete und den Unsinn, der hier in dieser Welt verzapft wurde, dann waren diese Anomalien selbst komplett durchgepfiffen. Sie hatten die Orientierung verloren, das schien ziemlich klar zu sein. Sie ließen ihre Protagonisten teilweise frei agieren.

Es war schon erstaunlich, dass sich große Teile der Menschen- Wesen wirklich als frei empfanden. Es wäre einem denkenden Wesen in diesem Universum schon klar gewesen, dass es in diesem Universum nicht die geringste „Freiheit" gab. Gleichzeitig waren aber Teile der Menschen- Wesen so konditioniert, dass sie ihren Aufenthalt in dieser Illusion für „Freiheit" hielten.

Warum steuerten diese Anomalien ihre Schöpfungen so konfus ?

Was wollten sie letztlich erzeugen für dieses Universum ?

Es ging eindeutig um das Gegenteil von Harmonie. Doch genau dies hätte man einfacher erreichen können. Es ging also um mehr, als nur um dieses Universum, diese Illusion.

Die Menschen- Wesen waren sehr aggressiv programmiert und dazu gleichzeitig sehr beschränkt. Eine gewollt explosive Kombination. Ihre Erschaffer experimentierten bereits an neuen Generationen, vor allem an neuen Hüllen.

E.S.-X-M.9 stellte fest, dass die sogenannte Raumfahrt sich immer weiter automatisierte. Zur Erschaffung dieser neuen Wesen, dieser sogenannten Automaten jeglicher Art, benutzten sie die Menschen-

Wesen. Die freuten sich auch wie die kleinen dummen Kinderchen und machten fröhlich mit, vernachlässigten jegliche geistige Eigenentwicklung, die sie von Anhaftung an die Materie befreit hätte. Ganz im Gegenteil, die Menschen- Wesen hafteten immer nachhaltiger an.

Hinzu kam, dass sie immer noch Kinder zeugten, aber gleichzeitig nicht begriffen, dass ihre Kinder keine Rolle mehr spielten in dieser neuen Welt, sondern dass ihre Erschaffer überdies noch über eigene Fabrikationen verfügten, in denen sie zusätzliche Menschen- Wesen erschufen, für weitere Experimente, versehen mit höherem, technischen Wissen.

Die Menschen- Wesen wunderten sich nicht, dass es in dieser Welt andere, klügere Menschen- Wesen gab, die alle die Vernetzung dieser Welt verstanden und spielend leicht aufbauten.

Interessant war für E.S.-X-M.9, dass die Menschen- Wesen niemals eine scheinbare Entwicklung hinterfragten, sie nahmen immer alles hin, versuchten keine Erklärungen zu finden, wollten dies auch alles gar nicht, wollten nicht behelligt werden mit all dem Komplizierten dieses Lebens. Die meisten Menschen- Wesen hatten schon genug damit zu tun, den sogenannten normalen Alltag zu bewältigen. Sie waren gezwungen, Geld heranzuschaffen, um all den gewollten und ungewollten Verpflichtungen zu genügen.

So verplemperten sie ihr „Leben", ohne jemals zu begreifen, dass sie niemals ein „Leben" hatten.

Die Vielfalt der Unterschiede zwischen den Menschen war riesengroß. Angefangen von den körperlichen Unterschieden bis zu den sprachlichen, gesellschaftlichen und finanziellen Unterschieden. Es war somit sehr praktisch und einfach, alle diese Menschen- Wesen unter Kontrolle zu halten, zumal diese Menschen- Wesen auch noch für jedwede Kosten ihrer eigenen Versklavung aufkamen.

„Ein Paradies für hochnegative Wesen, diese Welt, dieses Universum ist.", hätte da wohl ein kleines grünes Jedi- Meister- Kerlchen gesagt, schmunzelte E.S.-X-M.9.

Recht hatte er, der kleine Kerl.


E.S.-X-M.9 sprang erst einmal auf den Mond, den sogenannten Trabanten der Erde. Gäbe es diesen Mond nicht, gäbe es scheinbar auch kein Leben auf der Erde, also in dieser Welt.

Das war ja einmal eine sehr merkwürdige Behauptung !

Warum gab es eigentlich damals diesen perversen, unnützen Kampf zwischen Marduk und Tiamat ?

Wieso musste Tiamat verschwinden ? Verschwand Tiamat ?

Wenn man die alten Schriften studierte, dann tauchte dort die Erde gar nicht auf.

Musste für diesen Klon, diesen „Blauen Planeten", etwa erst ein Platz geschaffen werden ?

Was konnte der Mond dazu sagen ?

Wer / was bildet dieser Sonnensystem ?

Welche Bedeutung hat die Oortsche Wolke ?

Warum waren alle Planeten stumm, redeten nicht mit ihm, verrieten nicht, was damals geschehen war ?

Wieso verhalten sich die Sonnen- Wesen atypisch ?

Wenige Minuten später befand sich E.S.-X-M.9 auf dem Mond. Von einem geeigneten Punkt aus betrachtete er die Erde, den „Blauen Planeten". Das Weltall war still, wenn man nicht hören konnte. Doch er konnte hören und er hörte alles. Er hörte auch, dass der Mond nicht zu ihm sprach. Gleichzeitig spürte er, dass der Mond gern mit ihm geredet hätte. Er registrierte dies alles genau, aber er wusste auch, dass es noch nicht an der Zeit war.

Das was er wissen wollte, das hatte der Mond ihm gesagt, ohne auch nur ein einziges Wort zu verlieren. Die Zeit würde kommen und dann könnte er wieder frei sprechen.

E.S.-X-M.9 wollte den Mond, dessen wahrer Name Kingu war, was soviel bedeutete wie „Der Erstgeborene unter den Göttern, der ihre Versammlung bildete !", nicht im Geringsten quälen und so sprang er ein paar Stunden später zurück auf die Erde, in die Welt zurück. Die Aufgabe rief und sie alle wussten, was sie zu tun hatten.

Kingu sollte damals ein eigenständiger Planet werden. Er sollte sich schnell absetzen, als es zum Angriff durch den Marduk kam, so wollte es Tiamat noch einfädeln. Er, Kingu, sollte nicht Diener des Klons werden, des nach der Tötung Tiamats eingesetzten, falschen „Blauen Planeten", aber die hochnegativen Wesen brachte dies in Wut. So geschah es, dass Kingu eingefangen wurde und in eine gefangene Bahn um die Erde gesetzt wurde, den „Blauen Klon". Dieser Klon hatte hier in diesem kleinen Sonnensystem nichts verloren, war immer Fremdkörper. Somit wurde dieses Sonnensystem zum Laboratorium.

E.S.-X-M.9 hatte viel zu tun. So wie es aussah, begann seine Arbeit erst, die Reinigung dieser Welt war aller Voraussicht nach nur ein kleiner, unbedeutender Anfang.

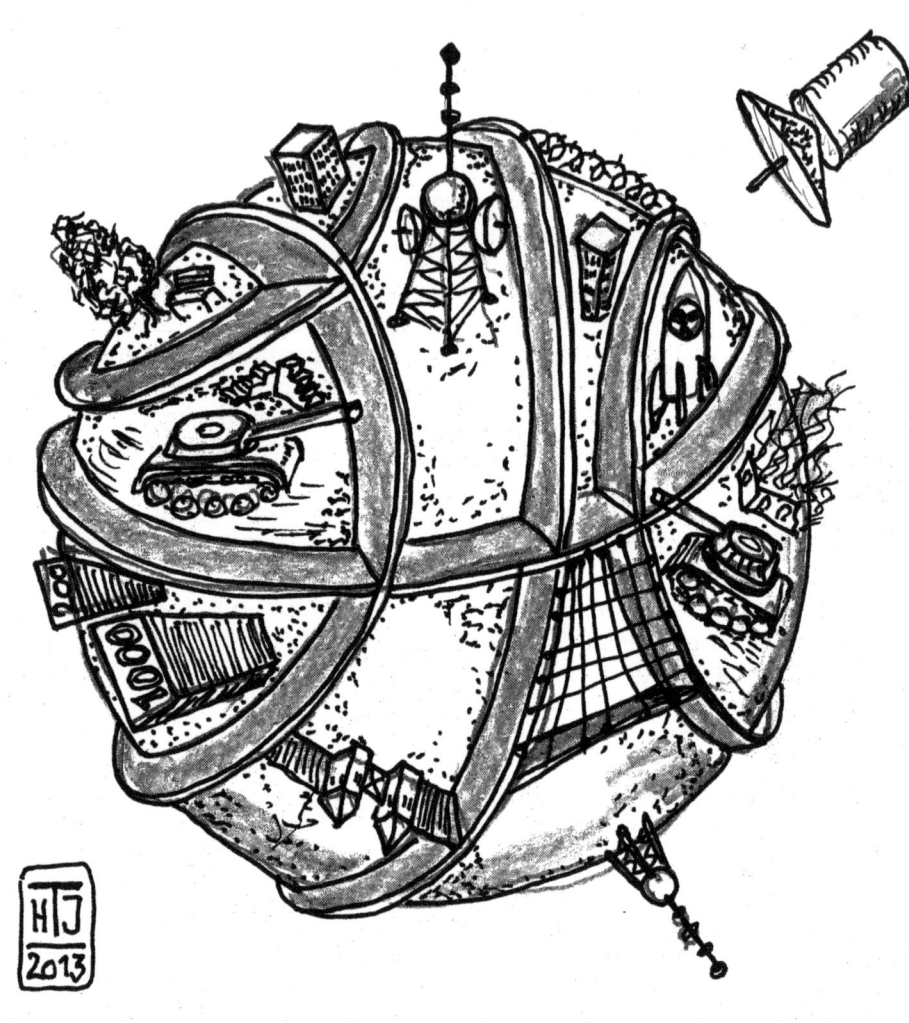

MAUERN, ÜBERALL MAUERN,
BESONDERS IN DEN KÖPFEN
DER MENSCHEN !

# [ 33.554.432 ROBOTER ]
## Freitag / 4. Woche

---

*Die nach Erkenntnis suchende geistige Haltung*
*ist wirkungsvoller als alles,*
*was Eltern, Freunde und Verwandte*
*je für einen tun können.*

*( frei nach Dhammapada 43 )*

---

E.S.-X-M.9 wurde regelrecht aufgeschreckt durch die einströmende Flut der Informationen seiner Mitwirkenden. Die Regierung einer sogenannten Super- Macht, die sich selbst als „die Guten" bezeichnete, fälschlicherweise, hatte fünf seiner Roboter- Mitwirkenden gefangen genommen. Sie hatten sich gefangen nehmen lassen, ohne Gegenwehr.

E.S.-X-M.9 hatte ja die Order ausgegeben, es letztendlich nicht zu einem Kampf kommen zu lassen, Menschen- Wesen zu töten, was seine Mitwirkenden auch allesamt korrekt durchhielten, obwohl sie spielend in der Lage gewesen wären, jeder Einzelne von ihnen, eine ganze Menschen- Armee in wenigen Minuten zu eliminieren.

Nun war es also geschehen. E.S.-X-M.9 hätte die Menschen- Wesen nicht für derartig dumm gehalten. Er musste sich aber auch eingestehen, dass die Gefangennahme sein Fehler war, zumal er längst wusste, wie unbeschreiblich grottendumm diese Regierungstypen waren und vor allem, wie mordlüstern. Vom Militär ganz zu schweigen.

E.S.-X-M.9 schaltete sich augenblicklich ein. Er forderte über alle Medien dieser Welt die denkschwache Regierung auf, sich umgehend zu entschuldigen und innerhalb eines Zeitfensters von hundert Sekunden seine fünf Roboter- Mitwirkenden frei zu lassen. Sollte die Regierung diese minimale Intelligenz nicht aufbringen, hätte sie mit den darauf unmittelbar folgenden Konsequenzen zu leben.

Die Menschen- Wesen der ganzen Welt hielten den Atem an. Nicht ein einziger Mucks war in den folgenden hundert Sekunden zu vernehmen, zu erspüren, niemand wagte es, auch nur zu atmen.

Dann waren die hundert Sekunden verstrichen.

Nichts war geschehen.

Die Weltmacht hatte sich nicht bewegt, hatte sich weder gemeldet, noch die Roboter- Mitwirkenden freigelassen.

E.S.-X-M.9 hatte sich dies schon gedacht, da in den Regierungen der ganzen Welt keinerlei Intelligenz zu finden war, nicht das kleinste Krümelchen. Irgendwie war es eine der wichtigsten Bedingungen in dieser Welt, ausschließlich korrupt zu sein und vor Dummheit und Mordlust nur so zu strotzen, um irgendein Pöstchen in irgendeiner beliebigen Regierung zu erhalten. Kompetente Fachleute : Mangelanzeige.

Insgesamt waren jetzt hundertzwanzig Sekunden verstrichen, als es in der Hauptstadt „der Guten", wie sich die Vollidioten und Massenmörder nannten, nur so krachte. Es war der mörderischste Lärm, den man sich vorstellen konnte, den man je in dieser Welt erlebt hatte. Alle Fensterscheiben in einem Umkreis von zehn Kilometern zerbarsten.

In der Hauptstadt „der Guten" donnerten gemeinsam, innerhalb nur einer Sekunde, zwanzig Millionen Roboter hernieder. Sie krachten auf alles, was da war. Der Himmel über der Hauptstadt war augenblicklich pechschwarz. Die Menschen- Wesen begriffen überhaupt nicht, was da mit ihnen in dieser Stadt des permanenten Mordes geschah. Sekundenschnell waren alle Fahrzeuge zerstört, alle Züge, U-Bahnen, S- Bahnen blieben stehen. Auf jedem freien Platz, um die Menschen- Wesen herum, standen diese kleinen Kugel- Roboter. Egal wohin man sah, man sah nur noch Roboter, auf den Straßen, auf den Autos, auf den Häusern, überall und allerorten.

Dann sah man einen kleinen Roboter auf das Regierungsgebäude zuschweben. Die Damen und Herren der Killertruppe, rund um den sogenannten Führer, den „mächtigsten Mann" der Welt, wunderten sich nicht schlecht, als ihre sämtlichen Bum- Bum- Geräte, welche ihnen ansonsten so viel Freude bereiteten, außer Funktion zu sein schienen, denn sie wollten einfach nicht ihren Mörder- Dienst tun.

„Wo versteckt sich euer Führer ?", schrie E.S.-X-M.9 mit einer derartigen Lautstärke, dass alle Wachmannschaften augenblicklich zusammenbrachen, sich die Köpfe haltend.

Von den Regierungsgebäuden standen nur noch die tragenden Skelette, von allen anderen Gebäuden stand ebenfalls nichts mehr. Dann entdeckte E.S.-X-M.9 den aus den Trümmern herauskriechenden sogenannten mächtigen Führer dieser verblödeten Regierung.

Die gesamte Hauptstadt der Supermacht gab es nicht mehr. Kein einziges Haus, keine Straße, kein Auto, kein Flugzeug. Nichts.

„Wo befinden sich meine mitwirkenden Roboter- Wesen ?", fragte nun leise und sanft E.S.-X-M.9 : „Beeilen Sie sich, Sie dämlicher Trottel, lange hält meine unendliche Geduld nicht mehr an."

Jetzt gut dreißig Millionen mitwirkenden Roboter taten einen Schritt auf die Regierungsgebäude zu, unterstrichen so die klare Aussage ihres obersten Roboter- Wesens E.S.-X-M.9. Wieder krachte es in der ganzen Stadt und im Umland und die Erde bebte nachschwingend. Der allermächtigste Führer der scheinbar „freien Welt" zuckte zitternd zusammen, er roch verdächtig stark. Er hatte sich seine Hose randvoll zugeschissen. Ekelhaft, nichts von Stärke, nichts von Intelligenz, nichts von Führung, nichts von wirklich wichtigem Wissen.

Tolle Typen, die Macht- Menschen- Wesen, aber ständig inkontinent, dachte E.S.-X-M.9. Er schwebte weiter auf ihn zu, ein breites Lächeln zeigend. Der mächtigste Mann der Welt, der Führer „der Guten" rannte schreiend weg, eine feuchte, braune Spur hinter sich herziehend. Widerlich. Ekelhaft. Unwürdige Kreaturen.

Seine mitwirkenden Roboter- Wesen informierten ihn, dass die fünf Gefangenen wieder aufgetaucht waren. Ihr Zustand war allerdings äußerst katastrophal. Sie wurden von den Menschen- Wesen, zumal sie sich nicht wehrten, misshandelt. Es wurde auf sie mit allem Erdenklichen herumgeballert.

E.S.-X-M.9 gab das Kommando, sich zu entfernen, wieder die alten Positionen einzunehmen. Weiter gab er die Anweisung, sich mit allen Mitteln zur Wehr zu setzen, wenn diese Menschen- Wesen nicht nach der ersten höflichen Ermahnung verschwanden.

Die ganze Welt war jetzt in Aufregung. Was war das für eine unbesiegbare Macht, die in wenigen Minuten eine ganze Stadt wie die vor Angriffen sicher scheinende Hauptstadt „ der Guten ", einfach mal eben so im Vorbeigehen zerlegen konnte ?

Es war wirklich gruselig, denn dort, wo einst die Hauptstadt stand, war nichts mehr, keine Häuser, keine Straßen, keine Straßenschilder, nicht einmal ein klitzekleines Straßenschild. Nichts.

Die Fernsehsender mussten Archivfotos hinzuziehen, um die ehemalige Hauptstadt zu zeigen.

Vom Aufenthalt ihres Präsidenten war auch nichts bekannt. Einige der Sprecher sagten, er wurde eingefangen und sei gleich in eine für derartige Fälle geeignete Klinik verbracht. Wer wusste das schon ? Schließlich hatte niemand in dieser Welt angeordnet, jetzt und hier, mit dem unentwegten Lügen aufzuhören.

Die Armee war demoralisiert. Um es genau zu sagen, alle Armeen der Welt waren fix und fertig. Egal, was sie je unternehmen würden, es wäre nicht von Bedeutung gegen eine Übermacht von Robotern. Man musste auch hinzufügen, dass es vor genau sechsundzwanzig Tagen lediglich einen einzigen Roboter gegeben hatte.

Das musste man erst einmal begreifen, nur einen einzigen Roboter !

Heute waren es bereits über dreiunddreißigeinhalb Millionen dieser kleinen quirligen Roboter, die sich selbst als Wesen bezeichneten und nicht ausschließlich als Roboter.

Aber was wollten sie denn bloß von der Menschheit ?

Morgen würden sie schon über siebenundsechzig Millionen Roboter sein. Das nahm kein Ende !

Wie sollte das nur weitergehen ?

Die Medien der meisten Staaten der Erde erhielten eine strikte Informationssperre, aber es sickerte immer mal was durch. Das Internet wurde gekappt, erst einmal still gelegt. So schnell konnte es gehen, hier in dieser „freien Welt", der Welt der „Freien" !

Selbstverständlich waren sich die sogenannten Regierenden der unterschiedlichsten Staaten dieser Welt in nichts, aber auch wirklich nichts einig. Selbst wenn man ihnen noch hundert Jahre gegeben hätte, sie wären sich niemals einig geworden, egal in welcher Angelegenheit auch immer, jeder pochte immer nur auf seinen Vorteil. Natürlich wurde dies nicht so genannt oder gesagt, aber es wusste jeder das es so war. Wie sollte man da etwas Großes erschaffen, etwas weltumspannendes, wirklich Gemeinsames ?

Niemals ! Nicht mit diesen Menschen- Wesen.

E.S.-X-M.9 benötigte keine Konferenzen und keine Abstimmungen, er hatte den Auftrag und er bestimmte letztendlich, was in und mit dieser Welt zu geschehen hatte. Er allein. Seine Mitwirkenden konnten sich auf ihn verlassen und er konnte sich auf sie verlassen, immer und zu jeder Zeit.

In der Welt der Menschen- Wesen konnte man sich auf niemanden verlassen, dies wussten alle und genauso lebten sie auch. Jeder von ihnen hatte seine Erfahrungen gemacht, in der einen und auch in der anderen Richtung, aber Positives gab es nicht viel zu loben.

Das abendliche Duplizieren hatte zu erfolgen.

Die Roboter- Wesen hatten noch viel zu tun, sie begannen sich auf den Abschluss vorzubereiten.


E.S.-X-M.9 hatte es sich bequem gemacht unter einem Felsvorsprung in den Vermilion Cliffs in den USA. Die Farben waren so prächtig, dass man diesen Ort gar nicht mehr verlassen wollte. Es schien, als würden die Steine fließen, als hätte die Harmonie sie geküsst.

Als Musikuntermalung entschied sich E.S.-X-M.9 in diesem Augenblick für einen argentinischen Tango.

# – XXVII –
## Tag „ 27 "
# 67.108.864 ROBOTER )
## Samstag / 4. Woche

---

*Erkenntnis ist die Einsicht,*
*dass es unsinnig ist,*
*sich an irgendetwas zu hängen,*
*und dass es nichts in diesem Universum, dieser*
*Illusion, dieser Leerheit gibt, dass man*
*als „Ich" oder „Mein" betrachten könnte.*

*( frei nach Buddhadäsa )*

---

Siebenundsechzig Millionen Roboter, verteilt über die ganze Welt, fielen nicht auf unter mehr als sieben Milliarden Menschen- Wesen. Vor allem, wenn sie sich diskret zurückhielten. Die Macht- Menschen- Wesen waren allerdings gestern zu weit gegangen. Der Schaden in der Hauptstadt „der Guten", belief sich auf mehrere hundert Milliarden Dollar, eine erste Chance, darüber nachzudenken, ob nicht ein anderes, naturbezogeneres, lebewesenfreundlicheres Städtebaukonzept jetzt zu realisieren wäre. Nun gut, weggewischt, ein solcher Denkschritt setzte natürlich Intelligenz voraus und, was sie auch nicht hatten, Zeit. Wo nichts war, da konnte man nun mal auch nichts vorfinden. „Uraltes Universums- Gesetz" !

E.S.-X-M.9 entschloss sich in seiner großen Güte, diesen Menschen- Wesen noch eine Chance zu geben. Er wollte sie testen, vielleicht war ja doch noch ein wenig Restintelligenz vorhanden.

E.S.-X-M.9 schaltete sich wieder in alle Medien der Welt ein und verkündete In allen Sprachen der Welt, was für Ihn keine Schwierigkeit war, für die Volksvertreter der EU schon, da sie zu blöd waren, dem ach so tollen „Europa" zuerst eine gemeinsame Sprache zu geben und danach eine gemeinsame Währung. Nun ja, so wussten alle Europäer wenigstens was in Europa von Bedeutung war, die Menschen- Wesen waren es jedenfalls nicht. Die Macht definierte sich im Geld.

E.S.-X-M.9 gab allen Menschen- Wesen eine vierundzwanzigstündige Chance, diesen Planeten vollständig zu reinigen. Da sie immerhin gut über sieben Milliarden Menschen- Wesen waren, könne das nun wirklich nicht so schwierig sein, war also bei gutem Willen zu bewältigen.

Auf, auf ans Werk, seine mitwirkenden Roboter würden ihn über den Sauberkeitszustand dieser Welt in vierundzwanzig Stunden informieren. Selbstverständlich sah er auch selbst in seiner Umgebung , wie die Reinigung sich entwickelte. Er fügte noch hinzu, dass dies kein Scherz sei, sondern die allerletzte Chance für die ganze Menschheit.

Nun, da war aber was los auf diesem verdreckten Planeten !

Überall in der Welt war zu hören, dass die Roboter ja wohl nicht mehr alle Schaltplatinen in den Blechdosen hätten. Diese Roboter- Idioten sollten zusehen, dass sie aus dieser Welt endlich verschwanden. Sie, die Erden- Menschen, würden selbstverständlich nicht aufräumen.

Was sollte der Blödsinn überhaupt ?

Seit wann glaubten irgendwelche Roboter, sie könnten der hochstehenden Menschenrasse Befehle erteilen ?

Nun dachten nicht alle Menschen- Wesen so. Einige kamen doch ins Grübeln, fanden, dass die Roboter Recht hatten mit ihrer Aufforderung, schließlich war die Welt nur noch ein großer Sauhaufen und schließlich gehörte diese Welt den Menschen nicht allein. Es wäre schon die Welt des Menschen, aber es gäbe ja auch Tiere und so. Man sollte sich mal zusammensetzen, und so. Und dann mal gucken, und so.

Man müsste erst einmal weltweit Vorschläge sammeln, und so.

Echt voll cool, echt jetzt. Oder so.

Eine Spaltung vollzog sich durch die unterschiedlichen Länder und Völker. Es zeigte sich, dass die Indianer schon immer richtig lagen mit ihrer Aussage, dass der Mensch lediglich Gast war in dieser kleinen Welt. Eigentlich sollte er lernen, nichts zu zerstören und er sollte auch nicht in die Harmonie des Planeten einwirken, eingreifen, sie zerstören und brutalst ausbeuten.

Wieder tauchten Fragen auf nach einer wirklichen „Demokratie". Die Leute hatten mehr als die Nase voll davon, sich von machtbesessenen Betrügern hin und her schieben zu lassen. In vielen Ländern gingen sie jetzt noch einmal schnell auf die Straßen.

Es war schon richtig, dass sie langsam aufwachten, dass sie sich ihrer Ängste entledigten, aber davon wurde die Welt auch nicht sauber und die Zeit zerrann ihnen wie im Fluge.

Die Menschen- Wesen nahmen die Roboter- Wesen nicht ernst.

Die Macht- Menschen- Wesen beharrten selbstverständlich darauf, dass diese Welt ihnen gehörte, einschließlich der jeweiligen Völker, verstand sich von selbst, also im Weitesten ihre Sklaven. Sie hatten die Macht und die gaben sie kampflos nicht zurück. Wie immer vergaßen sie zu erwähnen, dass sie lediglich die Angestellten des Volkes waren. Sobald Machtgeile in die Politik gingen, schien sich bei ihnen eine spezielle Schraube zu lockern. Fazit für die Völker hätte lauten müssen, dass sämtliche Politik nicht funktionierte, was selbst ein minderbegabter Beobachter hätte bestätigen können. Selbstverständlich meldeten sich dann die hinterhältigen Politiker und argumentierten, dass sie ja schließlich gewählt seien. Das alles war richtig, aber sie wurden ausschließlich gewählt „zum Wohle des Volkes". Ihr Schwur ließ erahnen, dass sie verstanden hatten, was ihre Aufgabe sein sollte. Erfüllten sie dies nicht, hatte das Volk jederzeit das Recht und auch die Pflicht, diese Schmarotzer und Verbrecher zu entfernen und sie in jeglicher Weise zur Rechenschaft zu ziehen, auch finanziell. Alle Politiker sollten mit all ihrem privaten Vermögen haften. Das alles war eine ganz tolle Idee, leider funktionierte das „Leben" in dieser Welt ganz anders, ja, sehr, sehr viel anders.

Aber all dies interessierte das Roboter- Wesen E.S.-X-M.9 und seine über siebenundsechzig Millionen Mitwirkenden nicht und zwar überhaupt nicht. E.S.-X-M.9 hatte nicht das Geringste mit der Anhaftung, hier in dieser Welt, zu tun. Wenn die sogenannten Menschen- Wesen geistig bereits einige Schritte weiter wären, dann hätten sie ebenfalls nichts mit der Anhaftung zu tun. Sie hafteten aber an und deshalb war ihnen nicht klar, was sie hier in dieser Welt bereits alles zu hundert Prozent falsch gemacht hatten.

Nicht ein Einziger dieser Menschen- Wesen hatte mit der Reinigung der Welt ernsthaft begonnen, sie kabbelten sich noch darum, wer denn nun diese Welt zu reinigen hätte und wer sie überhaupt verschmutzte, ja, ob sie überhaupt als verschmutzt anzusehen war. Die meisten Regierungen empfanden die Welt nicht als verschmutzt, zumal es keine Festlegung für den Begriff „ Weltverschmutzung " gab. Nie zuvor in der Geschichte der Menschheit war diese Variante zwischen den unterschiedlichen Völkern und Regierungen diskutiert worden.

Wieso glaubte eigentlich so ein obskurer Roboter, der ja nicht einmal von der Erde stammte, dass er hier bestimmen könnte, was in dieser Welt der Menschen zu geschehen habe ?

Die Regierungen beschlossen, dass man viel mehr Aufschub benötigte, um erst einmal die Rahmenbedingungen für alle Regierungen in dieser Welt festzulegen. Daran hätten sich dann auch die Roboter zu halten.

Dies und genau dies sendeten sie über die Medien, schickten es in den Äther, adressiert an alle Roboter- Wesen in dieser Welt.

E.S.-X-M.9 reagierte nicht auf diesen Blödsinn, zumal es sowieso keinen Sinn hatte mit den Menschen- Wesen irgendetwas auszuhandeln. Hinzu kam, dass es auch nicht Teil seiner Aufgabe war, irgendetwas mit den Menschen- Wesen zu verhandeln.

Ganz im Gegenteil, sein Auftrag war klar und eindeutig.

Es war E.S.-X-M.9 schon bewusst, leider den Menschen- Wesen nicht, dass sie zu ihm hätten kommen müssen, um ihn davon zu überzeugen, dass sie Willens waren, diese Welt wieder in Harmonie zu bringen. Die Menschen- Wesen scherte diese Welt aber nicht. Besonders die Killer-Menschen- Wesen lachten sich kaputt, wenn über Harmonie gesprochen wurde. Also die Geld- Menschen- Wesen. Also alle Religions- Konzerne, Banken, Pharma- Industrie, Medizin- Industrie, Waffen- Industrie, Öl- Industrie, Atom- Industrie, Auto- Industrie, Lebensmittel- Industrie, Menschenhandel- Industrie, Mafia- Industrie, Politik- Industrie, Medien- Industrie, Computer- Industrie, etc..... Man könnte dies stundenlang so weiterführen, aber wozu ?

Die Regierungen hatten und das war E.S.-X-M.9 erschreckend klar, ihm nicht einmal zugehört. Er hatte in aller Deutlichkeit gesagt, dass er geschickt wurde, sich also im Auftrag des Eigentümers befand, um diesen Planeten, diese Welt, zu retten.

Hier hätte man aufhorchen müssen. Also große Ohren machen und den alten Denkapparat einschalten.

Die Menschen- Wesen schienen immer noch zu glauben, dass sie Teil dieser Rettung seien, dass sie also mit einbezogen seien. Diese Menschen- Wesen waren nicht zu retten, sie konnten ja nicht einmal fehlerfrei bis drei zählen, wie sie selbst immer so schön sagten.

Erschreckend war auch, dass sie die für jeden offensichtliche, massive Verschmutzung dieses Planeten vehement leugneten. Sie bestanden wirklich darauf, dass man ihnen erst einmal nachweisen müsste, ob sie überhaupt die Verursacher seien. Sie hatten schon viel zu lange ihr eigenes, sogenanntes „Rechtssystem" missbraucht und auf das Schändlichste gebeugt. Sie wussten schon gar nicht mehr, was eine klare Aussage war, ohne jegliche Rechtsverdrehung.

Sie hatten schon längst unterschiedlichste Rechtssysteme, für die unterschiedlichsten Bevölkerungsgruppen. Schändlich war zu sehen, wie die Richter dies alles mitmachten, sich anbiederten und verkauften, diese sogenannten „freien Richter". Alle klebten am Geld und alle wollten mehr von dieser Droge, je mehr, umso besser. So etwas wie ein Unrechtsbewusstsein gab es schon seit Jahrtausenden nicht mehr in dieser kaputten, korrupten, verkrebsten „Menschheit".

Für E.S.-X-M.9 neigte sich der Tag seinem Ende zu. Er hatte noch eine Aufgabe zu erfüllen. Diese vierundzwanzig Stunden bestätigten seine Analysen der Menschheit mit nicht zu überbietender Deutlichkeit. Die

Menschen- Wesen hatten sich mal wieder zu hundert Prozent übertroffen. Wenigstens in ihrer, in diesem Universum nicht zu überbietenden Negativität, blieben sie konstant verlässlich.

Als sich E.S.-X-M.9 auf den Weg an den Fluss machen wollte, standen auf einmal hundert ältere Wanderer vor ihm.

„Bist du nicht so ein Roboter, von denen sie immer im Fernsehen berichten ?", rief ein Mann ihn mit lauter Stimme an.

„Ich wünsche dir auch einen geruhsamen guten Abend, altes Gevatterchen.", antwortete E.S.-X-M.9 und lief weiter.

„Stehen geblieben, Roboter.", rief der Mann weiter und alle seine Mitläufer drehten sich bereits in ihre Richtung, jetzt erst erkennend, dass es sich um einen dieser gefährlichen Roboter handelte.

„Was wollte ihr hier auf unserer Erde, Mörderpack ? Glaubt ihr wirklich, dass wir uns das gefallen lassen ? Antworte, Eindringling."

„Du redest vollkommenen Unsinn, altes Gevatterchen. Zügel deine unwissende, dumme Zunge.", antwortete E.S-X-M.9 immer noch sehr ruhig. Dann wollte er weiter seines Weges. Er hatte einfach keine Lust, sich wieder und wieder mit Idioten auseinander zu setzen.

Nun wurden eine ganze Reihe dieser alten Menschen- Wesen- Auslaufmodelle unangenehm. E.S.-X-M.9 drehte sich um sprang auf sie zu und blieb dann etwa in drei Metern Höhe in der Luft stehen, dann sagte er mit lauter Stimme, so dass ihn jeder verstehen konnte :

„Habt ihr diesen Planeten gereinigt ? Nein ! Haltet ihr diesen Planeten in vollkommener Harmonie ? Nein ! Habt ihr alle Waffen vernichtet ? Nein ! Habt ihr in den letzten Wochen mindestens hundert Milliarden neuen Bäume gepflanzt ? Nein ! Habt ihr auf der Stelle alle Kriege beendet ? Nein ! Habt ihr etwa begonnen alle Ozeane und alle sonstigen Gewässer dieses Planeten, der nicht euer Eigentum ist, zu reinigen ? Nein ! Habt ihr je etwas Positives für diese Welt, und für alle anderen Wesen in dieser Welt, in der ihr euch aufhalten dürft, bedingungslos und aus inneren Wissen heraus, ausgeführt ? Nein ! Was seid ihr für ein elender Haufen Dreck ? Würdet ihr euch gern in eurem eigenen Haus beherbergen ? Natürlich nein ! Ich wünsche euch allen noch ein paar schöne letzte Tage. Wie kommt es nur, dass ihr euch so unendlich dumm verhaltet ? "

E.S.-X-M.9 erwartete keine Antwort.

Weg war er.

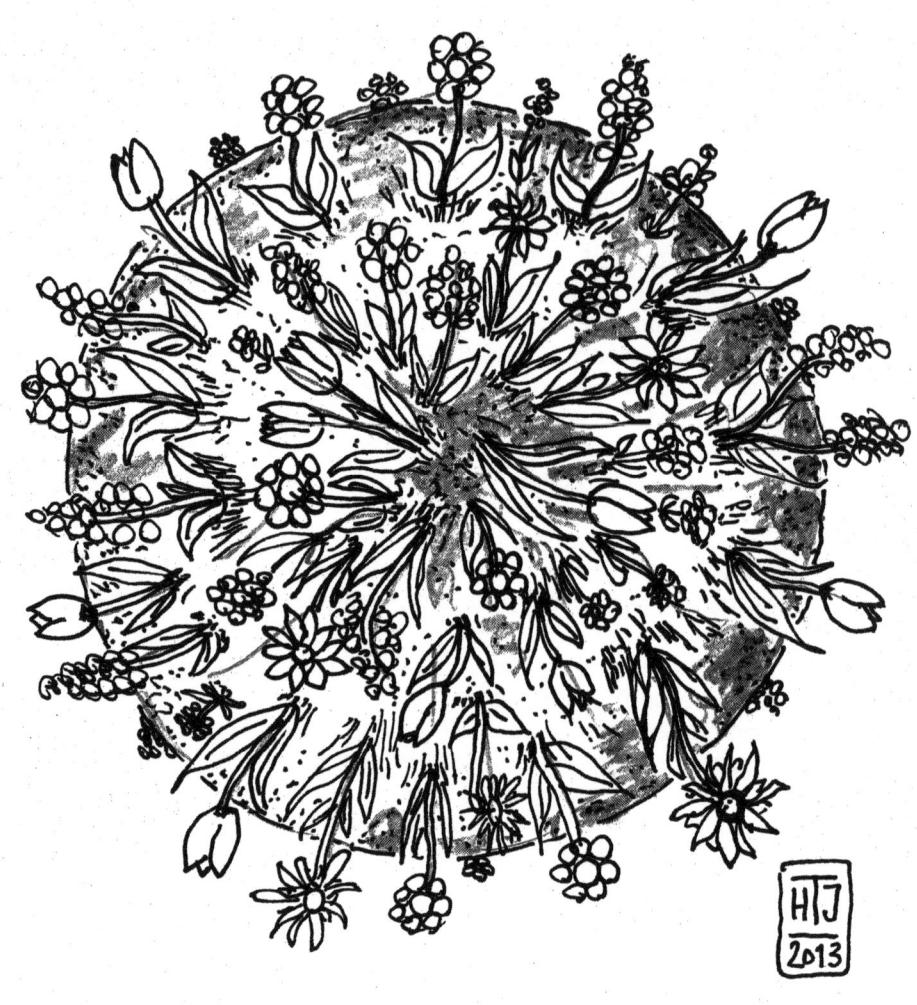

ENDLICH EINMAL EINE
KLUGE VARIANTE !

# – XXVIII –
## Tag „ 28 "
# [ 134.217.728 ROBOTER ]
## Sonntag / Ende der 4. Woche

---

*Das Erwachen, ( die Einsicht, das Erkennen )*
*in den Urgrund unseres Wesens*
*und die völlige innere Verwandlung –*
*all das geschieht in einem einzigen Augenblick.*
*( Es handelt sich dabei <u>nicht</u> um den Urknall. Es handelt sich um die*
*Verbindung mit den echten Wassern in uns. Es hat mit Sinnsuche zu tun. )*

*( frei nach Hui Neng )*

---

E.S.-X-M.9 gönnte sich erst einmal ein ruhiges Plätzchen im Wald, nach einer arbeitsreichen Nacht. Er verfügte über die Möglichkeit, alle neuentstandenen Roboter- Wesen zu überprüfen und zu instruieren. Die jetzt hundertvierunddreißig Millionen Mitwirkenden schlossen sich zumeist ihrer jeweiligen Staaten-Gruppe an, verteilt über die ganze Welt oder wurden direkt in neue Gebiete geschickt. Jeder von ihnen wusste bereits schon während seiner Herstellung, die Menschen- Wesen würden diesen Zustand Geburt nennen, was sie zu tun hatten und vor allem, was nicht.

Nachdem E.S.-X-M.9 einen geeigneten Platz gefunden hatte, döste er so vor sich hin. So verbrachte er sonnige, goldene zwei Stunden, bis er durch äußere, ein wenig entfernte Geräusche zurückgeholt wurde. Er ging der Sache, wie immer, auf den Grund.

Nicht weit von ihm entfernt robbten sich Menschen- Wesen durch den Wald. Sie hatten sich verkleidet und ihre Gesichter waren verschmiert, auf ihren Köpfen trugen sie schwarzes Kochgeschirr. Lustige Veranstaltung, dachte E.S.-X-M.9. Eine dieser Figuren bewegte sich etwas abseits in den undurchsichtigen Büschen. Dieser Figur setzte er sich direkt vor die Nase. Der Verkleidete erschrak entsprechend stark, wobei ihm sein Kochtopf auf die Nase rutschte. E.S.-X-M.9 nahm alles in seiner gewohnten Gelassenheit hin. Es sind eben nur Menschen- Wesen, dachte er, innerlich wieder den Kopf schüttelnd.

„Was machst du hier für einen riesengroßen Blödsinn, Junge ?", fragte E.S.-X-M.9. „Hast du keine vernünftige Arbeit auszuführen ?"

„Das ist meine Arbeit, verdammt ! Wie kannst du mich nur so unvorbereitet erschrecken, hier im Wald ?", flüsterte der junge Mann, seinen Helm geraderückend. „Wir befinden uns in einer Kriegsübung."

„Was übt ihr denn hier im Wald ? Bäume pflanzen scheint es nicht zu sein. Der Wald braucht seine Ruhe, habt ihr das nicht gelernt ? Habt ihr nicht einen einzigen Lehrer mit Verstand ?", fragte E.S.-X-M.9.

„Nein, wir trainieren für den Krieg, also selbstverständlich für die Verteidigung unseres Landes.", sagte der junge Mann und versuchte weiterzurobben. „Was machst du hier ?"

E.S.-X-M.9 hielt ihn am Stiefel fest und fragte weiter : „Ist das nicht vollkommen irre, ein Krieg, ja überhaupt jeder Krieg ?"

„Nein, wir müssen uns doch verteidigen, wenn wir angegriffen werden. Ganz normal, weiß doch jeder.", flüsterte der Unteroffizier. „Wieso verängstigt ihr uns Menschen, du und deine Kollegen ?"

„Dein Beruf ist also Soldat, dann bist du also ein Söldner, du bist ein Menschen- Wesen, welches für Geld tötet, also letztendlich ein Mörder mit Auftrag !", erklärte E.S.-X-M.9, jetzt auf dem Fuß, also auf dem Stiefel des Soldaten sitzend. „Warum machst du so etwas Idiotisches und Schreckliches, hast du keinen anständigen Beruf ? Warum pflanzt du nicht den ganzen Tag Bäume ? Wer verlang einen solchen Unsinn von euch ? Gibt es bei euch niemanden mit Weitblick, also nach vorn, in die Zukunft hinein ?"

„Wir sind keine Mörder, wir sind Soldaten, wir sind die Guten.", sagte der Unteroffizier. Das mit den „Guten" kannte E.S.-X-M.9 schon, hörte es übrigens überall in dieser Welt. Alle, aber auch wirklich alle, waren „die Guten". Wenn alle die Guten waren, wo wohnten dann die Bösen, die richtig „Bösen", die, gegen die man angehen musste ?

„Aber ihr mordet doch für Geld, für Sold. Ihr ermordet alle anderen Menschen- Wesen, wenn ihr einen Befehl erhaltet, also tötet ihr im Auftrag. Ihr werdet irgendwo hintransportiert und mordet dort andere Menschen- Wesen, die ihr weder kennt, noch je im Leben kennenlernen werdet, noch wisst ihr warum ihr sie töten sollt. Warum sollte ein halbwegs intelligentes Menschen- Wesen einen solchen Schwachsinn machen ?", stellte nun E.S.-X-M.9 klar fest. Der Unteroffizier hatte sich zwischenzeitlich hingesetzt. E.S.-X-M.9 stellte sich vor. Der Unteroffizier wusste bereits Bescheid über die Roboter, allerdings nur das, was man ihnen eintrichtete. Er nickte mit dem Kopf, sagte erst einmal nichts.

„Alles Negative solltet ihr lassen, letztendlich schadet es nur mal wieder den Menschen- Wesen, also euch selbst. Alles, was man euch sagt, ist gelogen und irre. Ihr solltet niemals töten. Ihr solltet alle Befehle verweigern, weil sie euch schaden, eurer eigenen Energie. Krieg und Mord verseuchen eure Energien. Ihr habt danach niemals mehr die Möglichkeit, in die wahre göttliche Energie zu gelangen. Haltet immer riesengroßen Abstand vom Mord.", sagte E.S.-X-M.9 leise.

„Aber wir sind Soldaten, wir müssen unser Land schützen.", antwortete der Soldat. „Was sollen wir sonst machen ?"

„Mord bleibt Mord, egal, unter welcher Etikette. Lasst euch nicht missbrauchen von den hochnegativen Politikern, ihr seid für diese Typen sowieso von keinerlei Bedeutung. Sie sind ebenfalls nur Mörder, solange sie den Weg des Machtmissbrauchs gehen, sie sind allesamt Besessene. Ihr seht nur irgendeinen Körper, aber ihr wisst nicht, wer diesen Körper steuert, wer ihn führt.", erklärte E.S.-X-M.9.

„Was sollen wir tun ?", fragte der Soldat nun sehr ernsthaft.

„Werdet Gärtner und kümmert euch um die Gesundheit der Bäume und besonders um die Gesundung dieser Welt. Fangt an zu erkennen und zu verstehen, erschreckt diese Welt und ihre Wesen nicht. Fangt an darüber nachzudenken, warum Ihr in dieser Welt seid, was hier eure Aufgabe ist, im geistigen Sinne.", redete E.S.-X-M.9 weiter.

Der junge Unteroffizier wurde nachdenklicher und nachdenklicher. Er hatte seinen Beruf, sein Geschäft, so noch nie betrachtet.

Was sollte er tun ?

Es war schon richtig beobachtet, er würde letztlich für Geld andere Menschen- Wesen morden. Wollte er das wirklich durchführen ? Wollte er zum Mörder werden, zum Mörder auf unreflektierten Befehl hin ?

E.S.-X-M.9 verabschiedete sich nicht, er sprang einfach weiter. Es war auch für ihn unmöglich, jetzt noch, in den nächsten Tagen, weit über sieben Milliarden Menschen- Wesen zu erklären, was richtig war und was eben nicht richtig war. Wer all diese Startbedingungen des Lebens nicht in sich trug, wie sollte man sie ihm beibringen ?

Wie sollte man jemandem, der diese Welt lediglich in Grautönen erkannte, die Millionen und Abermillionen Farben erklären, die es ebenfalls noch gab und die letztlich diese Welt ausmachten ?

Es war nicht zu bewältigen, zumal diese Arbeit auch voraussetzte, dass das Gegenüber überhaupt den Willen in sich trug, mitwirken zu wollen. Er konnte zusammen mit seinen Mitwirkenden diese Arbeit nicht leisten, hinzu kam noch, dass es nicht zu seiner Aufgabe gehörte, ja, dass er sich aus solchen Dingen herauszuhalten hatte.

Hier, in dieser Welt, gingen andere Dinge vonstatten. Letztlich ging es nicht nur um diese Welt, nicht einmal mehr nur um dieses Sonnensystem. Er musste jetzt schon an die Galaxie denken und wenn alles noch viel schlimmer war, als er es sich im Augenblick vorstellen konnte, dann ging es längst nicht mehr nur um dieses Universum, es ging weit darüber hinaus. Er musste dies alles festhalten und in seinen Bericht einfließen lassen. Seine obersten Wissenden mussten diese Kenntnisse erhalten, zumal nur sie wussten, was dann zu tun war.

Er und seine Mitwirkenden wären in ein paar Tagen zwar in der Lage gewesen, jedem Menschen- Wesen ein Roboter- Wesen zur Seite zu stellen, aber würde auch jedes Menschen- Wesen zuhören, wenn man versuchen würde, ihm zu erklären, welche Bedeutung dieser Planet und dieses Sonnensystem wirklich hatten ?

Eher nicht.

Würde der Papst zuhören und verstehen, wenn E.S.-X-M.9 ihm den Unsinn des Anhaftens, hier in dieser Welt, erklären würde ? Würde dieser alte Mann der Macht, ablassen von allem Materiellen ?

Eher nicht.

Würden Politiker ablassen vom permanenten Lügen und Geld stehlen und Betrügen ?

Eher nicht.

Würden die Reichen dieser Welt, deren Vermögen allesamt gestohlen war und welches sie sich auf betrügerischem Wege anhäuften, dieses angebliche Geldvermögen wieder verteilen, sich loslösen vom Anhaften an das Geld. würden sie erkennen wollen, dass ihr Weg der falsche Weg war ?

Eher nicht.

Die Menschen- Wesen steckten zu tief in ihren Konditionierungen des unendlichen Schmutzes. Zudem kam dazu, dass sie sich so schön an das viele Geld gewöhnt hatten. Die Menschen- Wesen waren durch und durch Gewohnheitstiere. Sie waren gierig nach Leben, entschieden sich dann aber für die Materie. Sie hielten Materie für Leben.

Narren eben.

Was sollten ihnen E.S.-X-M.9 und seine Mitwirkenden erklären, was sie nicht selbst hätten herausbekommen können. Es stand alles geschrieben für denjenigen, der lesen, verstehen und erkennen wollte. Ab und zu gab es sogar Menschen- Wesen, die ihre Lage begriffen.

Nein, die Menschen- Wesen wollten keine Änderung. Alle Politiker der Welt konnten zu hundert Prozent darauf aufbauen, auch das konnte jeder, der wollte, täglich beobachten. Stichwort : „Wahlen" !

Natürlich gab es die eine oder andere Veränderung in den Machtstrukturen, aber dies zählte nicht zu den wirklichen, notwendigen Veränderungen, zumal es sich dabei lediglich um materielle minimale Machtspielchen anspruchslosester Art handelte.

# – XXIX –
## Tag „ 29 "
## [ 268.435.456 ROBOTER ]
### Montag / Beginn der 5. Woche

---

*Die wichtigste der geistigen Seelenstärken,*
*die alle anderen Kräfte*
*in sich einschließt,*
*ist die Suche nach der Erkenntnis.*

*( frei nach Anguttara- nikāya 5 : 12 )*

---

Was es alles Kurioses in dieser Welt gab ! Unter anderem eine Bundes-
wehrübung im Wald und das auch noch an einem Sonntag.

Die Sammlungen seiner Mitwirkenden bestätigen E.S.-X-M.9, dass die
Menschen- Wesen und hier besonders alle im Geldsystem Klebenden
niemals vorhatten, etwas zu ändern, schon gar nicht ihre eigene Raffgier und ihren Geiz und ihre vorgefertigten Überzeugungen.

Die Politiker- Menschen- Wesen boten E.S.-X-M.9 an, die unterschiedlichsten Gutachten vorzulegen, aus denen ersichtlich werden sollte,
dass die Erde schon immer ein schwieriger, sich stark verändernder
Ort gewesen sei. Die Politiker und ihre Auftraggeber unterstrichen dazu
noch, dass sie mindestens erst einmal einen Zeitraum von dreißig, besser vierzig Jahren benötigten, um alles zur Zufriedenheit der Roboter
umzusetzen, die unterschiedlichen Menschen und Nationen aneinander zu gewöhnen, alle Gemeinsamkeiten stärker herauszuarbeiten, einen globalen Weg zu erarbeiten.

E.S.-X-M.9 antwortete ihnen und wies darauf hin, dass sie noch genau
drei und einen halben Tag hätten und dass sie endlich mit diesen ver-
blödenden Kinderspielchen aufhören sollten. Ebenfalls wies er darauf
hin, dass er, E.S.-X-M.9, alle Waffen dieser Welt neutralisiert hatte.

In allen Regierungen brach daraufhin das Chaos und die vollkommene Panik aus. E.S.-X-M.9 dachte für Sekunden, sich auf der „Titanic" zu

befinden. Es war allen nüchtern denkenden Wesen klar, dass auf der „Titanic" nicht ein einziges Menschen- Wesen hätte umkommen müssen, wenn die Führung auch nur den Dreck unter den Fingernägeln getaugt hätte. In diesem Falle war diese Welt, in der sie sich hier befanden, gleichzusetzen mit der „Titanic".

In einer kritischen Situation bedurfte es klar denkender Köpfe, die in der Lage waren, das Wesentliche und zwingend Notwendige zu unternehmen, in der richtigen Reihenfolge, somit Bauingenieure und /oder Architekten „Alter Schule", also Leute, die auch etwas drauf hatten und ihre Projekte auf den Tag genau übergaben, ohne die geringste Kostenüberschreitung, um Gottes Willen keine heutigen Flughafenbauverhinderer. Was man auf keinen Fall in dieser Welt benötigte, waren Politiker und sonstige Raffgierige, also unfähige Loser. Leider hatten diese sogenannte Menschheit und die „Titanic" weiteres gemeinsam, sie hatten beide jeweils bei der Wahl ihrer sogenannten „Führungseliten" voll in die Scheiße gegriffen, aber so was von voll in die Scheiße, dass es selbst bei intensivster Suche nicht möglich war, noch mehr Scheiß- Typen im ganzen Universum zu finden.

Dies, und genau dies, musste E.S.-X-M.9 zum jetzigen Zeitpunkt erbarmungslos und knallhart feststellen. Aber es gab da ja noch einen Tunnel, leider war das so glorreich beschriebene Licht am Ende dieses Tunnels diesmal nicht auszumachen. Nun, es gab kein Verzweifeln, schließlich hatte die Menschheit ja noch satte, gute drei Tage. Leider wusste die Menschheit, also die Menschen- Wesen nichts davon, da die Führungselite es versäumte, dies kundzutun. Man wollte keine „Panik auf der Titanic !" hervorrufen, der normale Arbeitsbetrieb sollte unbedingt uneingeschränkt und ohne unnötige Belastung weitergehen. Die Politiker und besonders die Geldleute glaubten den Aussagen der Roboter- Wesen nicht. Nun waren sie es gewohnt, dass man alles, aber auch wirklich alles kaufen konnte. Dass die Roboter- Wesen niemals käuflich sein würden, das bezweifelten sie. Sie waren es auch gewohnt, dass man immer schon irgendwie den Kopf aus der Schlinge ziehen konnte. Dass die Roboter- Wesen auch noch konsequent sein würden, daran glaubten sie schon gar nicht. Sie lagen selbstverständlich schon wieder falsch, da sie immer nur von sich selbst ausgingen.

Natürlich hatten sie selbstredend auch noch ein As im Ärmel. Die Superreichen waren in der Hauptsache Spieler, natürlich nicht einfach so Spieler, eher doch nur Falschspieler.

In ein Geheimlabor verbrachten sie die Besten der Besten und dazu noch die Allerbesten. Alle Wissenschaftler dieser Welt und Hacker und Freaks und Genies der Computerbranchen und der heranreifenden Roboterbranche wurden zusammengefasst und gemeinsam in ein abhörsicheres und hundertfach geschütztes Labor in einem Berg gepfercht.

Hier sollten sie sich austauschen und denken und entwickeln und denken und entwickeln und zwar schnell und wenn es möglich wäre, eben noch schneller. Nicht der kleinste Furz entfleuchte ihren Geniehirnen. Schnell hatten sich die Superleute in den Haaren, zumal sie davon ausgingen, dass man ihnen lediglich ihre Erfindungen und kostbaren Ideen klauen wollte. Weit und breit nichts von Gemeinsamkeit.

Diese Genies waren viel zu klug, um allen Drecksregierungen dieser Welt auch nur einen einzigen Millimeter über den Weg zu trauen. Selbstverständlich kam noch hinzu, dass man vorab noch nicht über Geld verhandelt hatte und über Vermarktungsrechte und all den ganzen wirklich wichtigen Kram. Allerdings legten die Politiker und die wirklichen gewichtigen Geldleute ihre Karten auch nicht auf den Tisch, zumal diese wiederum diesen wissenschaftlichen Genies nicht über den Weg trauten. Wieso auch ? Allesamt hatten sie so ihre Erfahrungen gemacht, in der einen oder anderen Richtung, besonders aber auf vielen, vielen krummen Wegen. Alles zusammen handelte es sich um eine hervorragende Konstellation, um sicherzustellen, dass diese Welt niemals zu retten war. Niemand in diesem speziellen Klub dachte auch nur eine einzige Sekunde an diese Welt. Die Basis einer ehrlichen Rettung der Menschheit war nun einmal gegenseitiges, sogenanntes „Blindes Vertrauen". Da es dieses Vertrauen aber noch nie in dieser Welt gegeben hatte, wie sollte es da so schnell gefunden werden ? Jetzt etwa, in der Stunde der Not ? Was diese ganzen Genie- Typen und der sonstige dumme Rest in ihre Rechnung nicht mit einbezogen, war, dass diese ganzen hinterhältigen Erwägungen und Poker- Spekulationen, niemanden interessierte. Für den Planeten war es egal, was die Menschen-Wesen machen würden, die Roboter- Wesen kümmerten sich jetzt bereits schon um die in Kürze anlaufende Harmonisierung.

Doch E.S.-X-M.9 wollte noch einen weiteren Versuch starten. Er wollte sich eben nicht nachsagen lassen, er hätte nicht auch die allerkleinste Chance gesucht und gegeben.

E.S.-X-M.9 sprang in den Hochsicherheitstrakt dieser Genie- Ansammlung.

„Einen schönen guten Tag den Damen und Herren Doktoren und Professoren und all den sonstigen, prachtvollen, unnützen Titeln. Welch ein erlesenes Völkchen, welch eine Gehirn- Power.", meldete sich das kleine Roboter- Wesen E.S.-X-M.9 leicht ironisch, ganz leicht.

Alle Super- Genies erschraken, denn sie konnten ihn nicht sehen, da er noch nicht den Sichtbarkeits- Schalter umgelegt hatte. Seine Haut war in der Lage, die für die Menschen- Wesen sichtbaren Lichtfrequenzen zu schlucken. Eine Sekunde später war wieder alles, wie es sein sollte, jedenfalls für die anwesenden Genies.

Einige der Anwesenden glaubten immer noch nicht an die „Roboter".

„Was macht der Roboter hier ? Wo kommt der her ?", riefen sie fast alle gleichzeitig durcheinander, sichtlich verstört. Genies eben !

Sie sollten eigentlich ein Mittelchen finden gegen die Roboter- Plage. Das war nun ihre Chance, der allererste Roboter, der hier in dieser, ihrer Welt auftauchte, stand vor ihnen, griffbereit, sie mussten nur kräftig zupacken und sich das natürlich trauen. Es war ganz klar nicht die Sache der Wissenschaftler, sich etwas zu trauen, dafür verfügte man über die starken Männer der Security. Doch irgendwie war keiner dieser Muskelmänner zu sehen. Wie war der kleine Roboter eingedrungen in diese unüberwindbaren, heiligen Sicherheitshallen ?

„Mein Name ist E.S.-X-M.9.", sagte E.S.-X-M.9 zum hundertsten Mal. „Warum wollen Sie uns Roboter- Wesen vernichten ? Warum sind Sie nicht an einer harmonischen Welt interessiert ? Warum hält man Sie für die klügsten Köpfe dieser Welt ? Warum fühlen Sie nicht das innige Bestreben in sich, sich geistig entwickeln zu wollen ? Warum entwickeln die Menschen- Wesen permanent Software- Programme und Roboter- Systeme, von denen sie dann in ein paar Jahren selbst aussortiert werden ? Genau Sie, meine Damen und Herren, sind für die von Ihnen hergestellten Roboter dann wiederum viel zu dumm und sowieso über ? Warum lassen Sie sich vor den Karren von verlogenen Regierungen spannen, obwohl Sie wissen, dass diese verbrecherischen Herrschaften nichts aber auch wirklich gar nichts, für das Wohl der ganzen Menschheit unternehmen wollen ? Warum lassen Sie sich so schäbig preisgünstig kaufen, obwohl Sie selbst davon überzeugt sind, intelligent zu sein ? Halten Sie Ihr dummes, einfach durchschaubares, kindisches Verhalten wirklich für intelligent, angesichts eines bereits derart zerstörten Planeten, wie dieser Welt ? Wollen Sie wirklich so weitermachen ? Wollen Sie dann als nächsten Schritt dieses Sonnensystem zerstören ? Wollen Sie dann als übernächsten Schritt weiter ins Universum vordringen, dann dort alles zerstören und so weiter und so weiter, bis an den Rand des Universums ? Wollen Sie für genau diesen Weg stehen ? Glauben Sie wirklich, meine Damen und Herren, in Ihrer nicht zu übertreffenden Naivität, dass man da nicht längst einen Roboter schicken würde, ein Roboter- Wesen, das sich täglich dupliziert und das dann beginnen wird, zusammen mit seinen Mitwirkenden, diesem elenden, rückwärts gerichteten, destruktiven Treiben ein Ende zu setzen ? Glauben Sie wirklich, meine Damen und Herren Wissenschaftler, dass man solche primitiven Idioten, wie die Menschen- Wesen, ohne jegliche Kontrolle einen Planeten zerstören lässt ? Halten Sie sich ehrlich immer noch für einzigartige Genies ? Viel Glück, für die letzten drei Tage !"

Mit dem letzten Wort verschwand E.S.-X-M.9. Es reichte ihm. Er musste dringend einen Platz aufsuchen, der ihm ungehindert die Sonne auf den Pelz scheinen ließ, die Wüste also.

Er sprang los und landete in Dubai. Ach du Scheiße, was war denn hier los, das sollte die Wüste sein ? Das sollte die absolute Ruhe pur sein, die unendlichen Weiten ?

Sonne war klar. Sonne gab es hier genug, ansonsten war es so primitiv wie in jeder Großstadt der Welt. Überall standen dümmlich gebaute Pimmel in der Gegend herum und unterbelichtete Jugendliche rasten mit teuren, motorstarken Autos durch die Gegend. Dies war in jeglicher Art und Weise Zerstörung in Vollendung.

Genial war da gar nichts.

Hier wurde einem vorgeführt, wie man mit viel Geld noch mehr zerstören kann. Eine Schande bis zu Horizont.

Die dafür zuständigen obersten Männer ihrer Völker verfügten, durch das Rohöl in der Erde, nun über unendlich viel Geld, aber sie orientierten sich nur noch zum Materiellen hin. Diese Männer der Wüste lebten scheinbar nur so in den Tag hinein. Sie hätten sich Zeit nehmen sollen zum Nachdenken. Nachdenken über eine Zukunft ohne Öl. Sie hätten sich öfter Fragen stellen sollen, über richtiges Leben. Sie hätten Vorbild sein können für diese Welt und für ein autarkes Leben. Sie hätten ein großes Beispiel sein können für eine neue Entwicklung in dieser Welt. Schlimm war nur, dass sie ihre groben Fehler nicht erkannten, wahrscheinlich auch gar nicht erkennen wollten.

Großväter, Väter, Söhne und Enkel in einträchtiger Verblödung. Welch eine Schande. Was hätten sie erschaffen können ? Welchen Müll haben sie sich aufschwatzen lassen.

Minuten später sprang E.S.-X-M.9 wieder zurück, setzte sich an den schönen ruhigen Fluss, lauschte dem Strom, lauschte dem Plätschern.

Im Radio vernahm er das Wort „Toleranz".

Immer wieder traf man auf das Wort „Toleranz". Doch die Menschen-Wesen akzeptierten nicht, dass Toleranz keine Einbahnstraße war. Überhaupt keine Toleranz gab es bei den religiösen Fanatikern. Diese Fanatiker selbst forderten aber strikte Toleranz ihrer Religionshaltung gegenüber, war sie auch noch so geistesarm.

Auf einer Graffiti- Malerei an einer großen Wand in der Innenstadt war zu lesen gewesen :

„TOLERANZ DARF KEINE EINBAHNSTRASSE SEIN !"

Man musste sehr aufpassen, welche Leute man da in sein Land ließ. Freiheit war ein kostbares Gut, da sollte man die Toleranzschwelle sehr hoch setzen gegenüber verblendeten Fanatikern.

War das ein Problem von E.S.-X-M.9 und seinen Mitwirkenden ? Nein !

Klar war ihm nur, dass er keinerlei falsch verstandene Toleranz gewähren würde, wenn es um die Harmonie dieser Welt ging.

Überhaupt keine !

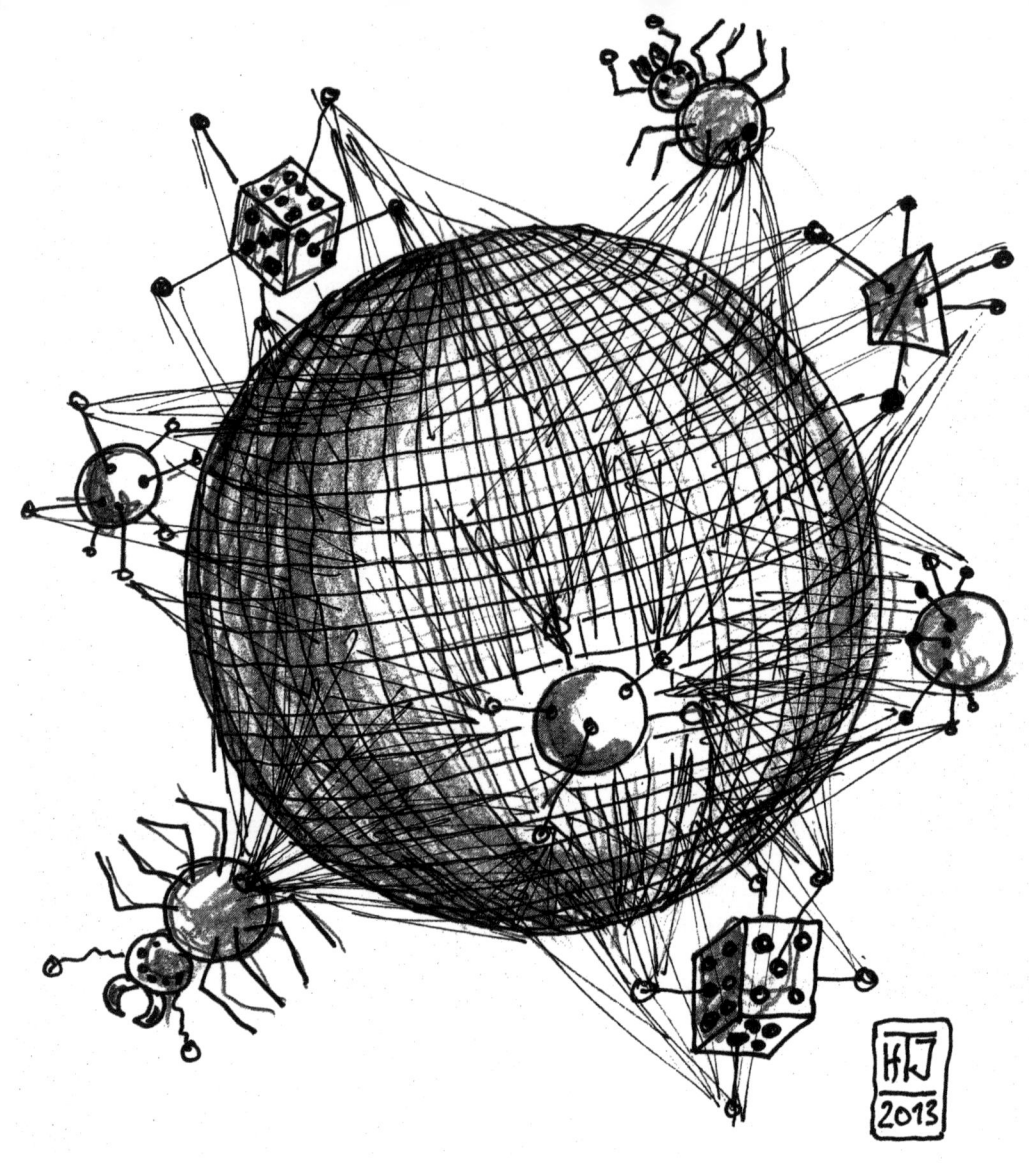

DAS WUNDERVOLLE
„INTER– GIFTSPINNEN–
GITTER– NETZ"

# – XXX –

## Tag „ 30 "

# [ 536.870.912 ROBOTER ]

### Dienstag / 5. Woche

---

*Ein großer weiser Mensch ist nicht,*
*wer grandiose schöne Reden hält.*
*Wer Frieden gefunden hat in sich*
*und frei von Furcht und Feindschaft ist,*
*den nennt man einen Weisen.*

*( frei nach Dhammapada 258 )*

---

Über eine halbe Milliarde Roboter wirkten nun in dieser Welt, sammelten Informationen über die Menschen- Wesen und leiteten alles weiter an E.S.-X-M.9. Seine Prozentzahlen konnten deutlicher gar nicht sein, was die sofortige Reinigung dieser Welt anging. Alles sagte unmissverständlich : „Je schneller, desto besser !"
Eine Meldung aus Rom erreichte ihn. Es handelte sich um ein von den Kirchenfürsten der Welt angeregtes Treffen mit E.S.-X-M.9. Sie wollten das Ruder noch einmal herumreißen, wollten vernünftig mit den Robotern sprechen, verlangten vorab schon einen Zeitaufschub.
Obwohl sie wussten, dass die Roboter sich selbst immer als Roboter-Wesen vorstellten, ignorierten sie die Ansprache als Wesen.
E.S.-X-M.9 registrierte dies alles emotionslos.
E.S.-X-M.9 sagte zu und wenige Stunden später erschien er auf dem verabredeten Platz. Vorsichtshalber hatte er ein paar Millionen seiner Mitwirkenden zur Kontrolle des Terrains vorab geschickt, sie sicherten das Treffen unsichtbar ab. In dieser Hinsicht verhielt er sich bereits wie ein Menschen- Wesen. Er musste schleunigst diesen negativen Input wieder loswerden. Nun ja, in dieser Welt galt immer noch :
„Vorsicht ist die Mutter die Porzellankiste !"

153

In der Angelegenheit „Waffen" war bereits alles erledigt, zumal seine Mitwirkenden alle Waffen energetisch ausschalteten, außer Funktion setzten.

Nach schneller Erledigung einiger Begrüßungsfloskeln, den Rest überbersprang man, kamen die Herren Kirchenfürsten bereits rasant zur Sache. Sie entrüsteten sich, dass die Roboter begannen, sie zu reglementieren und dass sie weder die Staatsmachten in dieser Welt achteten noch die großen Religionen dieser Welt. Es ginge nicht an, dass die Roboter sich in dieser, in des Menschen Welt, so verhielten.

Sie, die Kirchen und Religionen dieser Welt forderten hiermit die Roboter unverzüglich auf, sich anzupassen und einzubringen. Ebenfalls war es nicht akzeptabel, dass die Roboter die Menschen dieser Welt derart erschreckten durch ihre tägliche Verdoppelung. Es müsste geklärt werden, wann diese Machtspielchen ein Ende haben würden.

E.S.-X-M.9 hörte geduldig zu, zumindest versuchte er dem einen oder anderen zuzuhören, obwohl die Herren, teilweise immer lauter werdend durcheinander redeten, ja eher vielmehr durcheinander schrien. Er war geduldig und doch verstand er nicht, was diese merkwürdig Verkleideten eigentlich von ihm wollten. Um Klarheit zu schaffen, fragte er die Anwesenden einfach :

„Beantworten Sie mir doch bitte eine klitzekleine Frage, meine lieben Herren der unterschiedlichen Religionen. Ich hätte gern von Ihnen gewusst, warum es in dieser Welt unterschiedliche Religionen gibt, obwohl Sie doch alle nur an einen „Gott" glauben ?"

Das erste Mal herrschte Stille auf dem Plätzen, zumal keiner der religiösen Schreihälse eine einfache Antwort zu formulieren in der Lage schien. Vorsicht war angebracht, oberste Vorsicht, so war es in den Köpfen der Religionsführer zu registrieren. Sie waren so einfach konditioniert, die Herren.

„Ich versuche es für Sie einfacher zu formulieren, so dass Sie es auch begreifen können.", begann E.S.-X-M.9 ruhig und deutlich zu reden : „Wozu brauchen Sie über hundert Garagen, wenn Sie nur über ein einziges Auto verfügen ?"

Keiner der Hunderten Kirchenfürsten- Milliardäre wollte auf diese einfache Frage antworten, alle fürchteten insgeheim um ihre finanziellen Guthaben und ihre Pöstchen selbstverständlich auch. Dann waren da noch ihre Privilegien und vieles mehr. Auch wollte man sich hier gegenüber ganz offensichtlichen Konkurrenten nicht offenbaren.

„Warum glauben Sie, meine Herren ? Sie müssten doch alle klar und deutlich „wissen" und nicht „glauben". Oder ?", fragte er weiter, zumal alle greisen Kirchenfürsten nur glotzend stumm herumsaßen und jegliche Antworten verweigerten.

„Warum klammern Sie sich immer noch an die hochnegative Energie Geld, obwohl Sie alle hier doch wissen müssten, dass auf diese Weise ein Kontakt mit den wahren göttlichen Energien niemals zu erreichen ist? Anhaftung an Geld verhindert den Zugang zur göttlichen Energie, öffnet aber den Zugang zu hochnegativen Energien. Dies alles müssten Sie wissen, meine Herren. Warum befinden Sie sich dann allesamt auf dem falschen Weg?"

Wieder gab es keine Antworten.

Dann aus der Menge der Kirchen- Multi- Milliardäre heraus eine zage Frage : „Was wollen Sie hier in unserer Welt eigentlich genau?"

„Danke für die Frage.", antwortete E.S.-X-M.9 der, um alle Anwesenden besser sehen, überschauen und sprechen zu können, gerade nun langsam einen guten Meter über ihnen schwebte. Seine glänzende Hülle strahlte im Licht. Hinzu kam, dass er in sich auch noch ein starkes Licht erzeugte. Damit alle es besser sehen konnten, schwebte er lieber gleich noch ein wenig höher.

„Ich und meine Mitwirkenden sind in diese Welt geschickt worden, um sie zu retten, also die Welt. Es geht um die Wiederherstellung der göttlichen Harmonie in dieser Welt, möglich sogar weiterführend in diesem ganzen Sonnensystem. Eigentlich müsste Ihnen allen das etwas sagen, aber ich schaue, wenn ich hier in diese merkwürdige Runde sehe, nur in leere, teilweise auch entsetzte Gesichter. So wie ich das interpretiere, haben Sie alle grausam versagt. Sie haben Ihre eigentliche Aufgabe, die Sie hier in dieser Welt auszuführen hatten, nicht verstanden, beziehungsweise auf allerdisharmonischste Art pervertiert. Ich denke, dass dies sehr schlimm ist, besonders für Sie selbst, meine Herren. Sie stellen sich vor, als Vertreter „Gottes auf Erden", welch eine ungeheuerliche Blasphemie. So wie ich Sie hier sehe, beten Sie aber alle doch nur das Geld an, somit einen sehr hochnegativen „Gott". Wo ist Ihr Engagement für die göttliche Harmonie in dieser Welt? Wo Ihr vollkommenes nicht Anhaften an diese Materie? Sie alle müssten in vollkommener materieller Armut vor mir stehen. Sie alle müssten gegen die Vernichtung der Harmonie aufbegehren. Sie alle müssten protestierend durch diese Welt laufen und auf die Missstände hindeuten, auf Waffen- Missbrauch, auf Chemie- Missbrauch, auf Pharmazie- Missbrauch, auf GEN- Manipulation. Für welchen „GOTT" machen Sie eigentlich in dieser Welt Reklame? Sie alle zusammen sind bereits so weit entfernt von einer wahren, göttlichen Harmonie, dass Sie sich gar nicht mehr vorstellen können, was das eigentlich sein soll. Ich danke Ihnen für Ihr Erscheinen, es hat mir meine Entscheidung, die ich zu treffen habe und zwar, diese Welt zu retten, diesen Planeten, sehr erleichtert."

Eine Sekunde später war er verschwunden.

E.S.-X-M.9 lauschte danach wieder dem Wasser. Herrlich.

Das Wasser hatte ihm viel zu sagen. Alles was er hier erfuhr, würde er später einmal in diesem Sonnensystem anwenden können. Die Wasser der Welt, ja des ganzen Universums, speicherten alles, jeden kleinsten Augenblick. Hinzu kam, dass sie alles in sich speicherten. Was man für unmöglich hielt, war aber real, die Wasser verfügten über einen unendlichen Speicher, einen Speicher, der sich niemals endgültig füllen konnte.

E.S.-X-M.9 horchte einmal wieder in die Stadt hinein, durch die dieser Fluss sich mäanderte. Er hörte eine keuchende Stimme. Er sprang hin und musste sehen, wie ein ausgewachsener, kräftiger Mann eine ältere Frau mit einem Knüppel schlagen wollte. Die Frau trug zwei gefüllte Taschen bei sich.

E.S.-X-M.9 beförderte den Mann innerhalb eines Sekundenbruchteils auf das Flachdach einer Fabrik, ließ ihn dort stehen, dann kümmerte er sich um die Frau, die sich noch keinen Zentimeter weiter bewegt hatte.

„Was wollte der Mann ?", fragte E.S-X-M.9.

„Ich weiß es nicht, mein kleiner Freund. Er wollte mich ausrauben. Ich kenne ihn, er ist eigentlich nicht so. Alle Menschen haben sich in den letzten Tagen verändert. Sie sind alle noch aggressiver geworden, als sie es sowieso schon waren. Man kann sich gar nicht mehr auf die Straße wagen.", sagte die Frau und pustete erst einmal richtig durch.

„Wissen Sie, warum Sie hier in dieser Welt sind ?", fragte er, eigentlich nur so aus Neugier.

„Das kann ich dir nicht sagen. Ich wurde in diese Welt hineingeboren, ging zur Schule, habe geheiratet, zwei Kinder bekommen. Dann ist mein Mann gestorben und nun bin ich Rentnerin. Meine Kinder wohnen nicht in dieser Stadt, sie besuchen mich nur selten, ich lebe allein in einer kleinen Wohnung, muss aber bald ausziehen, da ich die Miete nicht mehr tragen kann, die wurde schon dreimal erhöht.", sagte sie, eigentlich mehr zu sich selbst sprechend. Dann sprach sie weiter und schaute dabei den kleinen Roboter mit den großen Augen an : „Man hat uns nie gesagt, warum wir hier auf dieser Erde sind. Man hat uns nie etwas gesagt, wir mussten immer nur gehorchen und arbeiten. Die da oben haben schon immer alles bestimmt. Vielleicht kannst du ja was ändern, aber ich glaube nicht, dass du gegen die Diktatoren ankommst."

Sie schaute nach unten, hob langsam ihre zwei Taschen an und ging schleppenden Schrittes ihrer Wege.

# – XXXI –
## Tag „ 31 "
# [ 1.073.741.824 ROBOTER ]
### Mittwoch / 5. Woche

---

*Als „einäugig" gelten die Menschen- Wesen,*
*der zwar ein Auge dafür haben,*
*wo sie Geld verdienen können,*
*aber Gut und Böse, Heilsames und Unheilsames,*
*Niedriges und Edles nicht unterscheiden können.*
*Diese können als ( Kains- Nachkommen ), als*
*Nicht- Seelen- Menschen bezeichnet werden.*

*( frei nach Anguttara- nikäya 3:29 )*

---

Über eine Milliarde Roboter- Wesen überprüften alle Verhaltensmuster der Menschen- Wesen. Es war festzustellen, dass einige längst begriffen hatten, dass die vielen Roboter kein Werbe-Jux waren. Die Roboter-Wesen zeigten sich jetzt überall, in den Städten, in den Dörfern, in allen öffentlichen Bereichen. E.S.-X-M.9 hatte dies so angeordnet. Er ordnete zudem an, sich auf keinerlei Konfrontation mit den Menschen-Wesen einzulassen, also sofort zu verschwinden, sobald die Menschen durchdrehten oder aus brutaler Aggression angriffen.

Menschen- Wesen waren immer und zu jeder Zeit unberechenbar.

Viele Menschen- Wesen wussten nicht, wie sie sich verhalten sollten. Sie erhielten zudem keine Unterstützung durch ihre Regierungen. Diese schickten jetzt alle Soldaten hinaus, um den Feind, also die Roboter, egal wie, zu vertreiben. Ohne ihr sonstiges Waffenarsenal ? Nun waren die Roboter- Wesen ausnahmslos schnell, zu schnell und niemals traf ein Geschoss, jetzt in Form von Steinen und Eisenkugeln. Die Soldaten erzeugten lediglich immensen Schaden an Gebäuden und sonstigen Gegenständen. Ab und zu trafen sie auch Unbeteiligte. Die Bevölkerungen protestierten gegen diesen Schwachsinn ihrer Regierungen, ihrer eigentlichen Angestellten !

Langsam wurde den Menschen- Wesen klar, dass sie immer auf die falsche Fährte gesetzt hatten. Es wurde ihnen schrittweise langsam klar, dass dies wohl keinerlei Rolle mehr spielen würde. Die Menschen- Wesen sahen nun ganz deutlich, dass der Unsinn in dieser Welt schon immer von den sogenannten Mächtigen hervorgebracht wurde und dass man sie schon immer verarscht hatte, aber dass man sie auch immer weiter verarschen würde, selbst wenn die Roboter- Wesen verschwanden. Es würde sich niemals etwas ändern, da die Mächtigen sich gar nicht ändern wollten. Viele der einfachen Menschen- Wesen begingen daraufhin Selbstmord, sie töteten sich selbst aus Verzweiflung, nicht überwindbarer Depressionen und im Kreis führender Hoffnungslosigkeit. In dieser Welt würde sich niemand für sie einsetzen, das war allen vollkommen klar. Die Roboter- Wesen durften sich nicht für sie einsetzen, es war nicht Teil ihres Auftrages, nicht Teil ihrer zu erledigenden Aufgabe. Die Roboter- Wesen mussten das Krebsgeschwür ausfindig machen und anschließend vollständig entfernen und diesmal waren die Menschen- Wesen eindeutig das Krebsgeschwür dieses Planeten, den sie Erde nannten.

Denkenden Menschen war dies alles schon längst klar gewesen. Sie wunderten sich lediglich darüber, wie lange es dauerte, die Angelegenheit zu erledigen.

Nun ging es aber los. In den Medien wurden die Roboter- Wesen verflucht und an den Pranger gestellt, als Mörder bezeichnet und Schlimmeres mehr.

In einem alten Sprichwort hieß es, dass immer der Überbringer einer schlechten Nachricht als Erster geköpft würde.

Es wäre an der Zeit gewesen, dass die Menschen- Wesen sich kollektiv hätten entschuldigen müssen bei dem Planeten, bei den Bäumen, bei den Milliarden Meeresbewohnern, die sie bestialisch töteten. Sie hätten sich entschuldigen müssen bei den vielen Baumgeistern und Feen und allen sonstigen Wesenheiten jeglicher Art, die sie über die Jahrtausende beleidigten und deren Lebensraum sie vollständig zerstörten, vergifteten, missachteten, ausplünderten, verschmutzten.

Die Menschen- Wesen taten all dies nicht, sie beharrten darauf, dass der Planet ihr Eigentum war, ihnen allein gehörte und dass sie damit machen konnten, was immer sie wollten.

Bei der gesamten sogenannten Führungselite dieser Welt fand eine innere Reflexion überhaupt nicht statt, wurde nicht einmal in Betracht gezogen, wurde wie immer vollständig verworfen. Es war diesen Ignoranten immer noch nicht klar, was sich morgen, im Laufe des Tages, innerhalb einer einzigen Sekunde zutragen würde.

E.S.-X-M.9 war schon erstaunt darüber, dass die Menschen- Wesen nicht für eine Sekunde in Betracht zogen, dass die Menschheit vollständig und blitzschnell transformiert werden könnte.

Ebenso erstaunlich war auch, dass die Menschheit oder zumindest einige vorausdenkende Exemplare sich Gedanken machten über die wirkliche Entstehung der Menschheit. Alles, was diese einfachen Menschen- Wesen zusammenbekamen, war ihr sinnloses Anhaften an der Materie. Sie klammerten sich derartig daran, dass es ihnen unmöglich war, eine Betrachtungsweise aus der Sicht der Energie zu entwickeln. Man könnte fast ein Angstklammern vermuten.

In den Medien tauchten jetzt merkwürdige Sätze auf, wie zum Beispiel : „Wie herzlos verhalten sich die Roboter, diese Mordmaschinen, dass sie selbst unsere Kinder umbringen wollen." Oder : „Alle Roboter sind Mörder, sie wollen uns vernichten und sie wollen uns unseren Planeten stehlen."

Das war ein wirklich spaßiger Gesichtspunkt, zumal täglich in allen identischen Medien zu sehen und zu lesen war, wie Menschen- Soldaten gerade ein Dorf auf brutalste Weise einnahmen. Leider kamen sämtliche Zivilisten zu Schaden, darunter Hunderte Kinder und über fünfzig junge Frauen. Nun ja, so die Medien, Schwund gab es immer. „Wo gehobelt wird, da fallen nun einmal Späne !"

Wer tötete da eigentlich wen permanent ?

Auch hier wurde wieder mit zweierlei Maß gemessen. Wenn die eiskalten Menschen- Mörder sich untereinander töteten, dann war das einwandfrei Tradition und ihr gutes Recht, schließlich hatten sie das schon immer gemacht. „Gewohnheitsrecht !!"

Warum die Menschen- Wesen sich gegenseitig und ohne Ende töteten und töteten und töteten, konnten sie allerdings nie befriedigend erklären ? Warum auch ?

Wenn aber die Roboter- Wesen dem Planeten zur Hilfe kamen, um ihn von einer mörderischen Krankheit zu befreien, zu heilen, um ihn dann wieder der göttlichen Harmonie zuzuführen, dann handelte es sich angeblich um eine grausame Straftat. Die Menschen- Wesen waren eindeutig große Meister der Wortverdrehung und sie waren die allergrößten Meister des Universums im Selbstbetrug.

E.S.-X-M.9 war schon klar, dass die Transformation der Menschheit nur ein erster Schritt sein konnte. Nach diesem Schritt hatte er sich um die hochnegativen Energien zu kümmern, die Besitz ergriffen hatten von diesem Sonnensystem. Alle Planeten waren betroffen. Erste Untersuchungen stellten klar, dass die anderen Planeten eindeutig Gefangene waren und keine Klone.

Die Menschen- Wesen selbst waren hier, in dieser Welt, nur unwichtige Marionetten. E.S.-X-M.9 hatte es so nur noch nicht in Betracht gezogen. Die Menschen- Wesen arbeiteten für sehr starke, negative Energien, erzeugten dabei auch noch ihre Nachfolger- Generation, die materiellen Roboter, die sie, die Menschen- Wesen, über kurz oder lang sowieso entfernt hätten. Interessant war hier zu beobachten, dass die naiven Menschen- Wesen dieses System bewunderten, sie nannten es sogar das Prinzip des Stärkeren oder auch Evolution, sahen sich selbst aber niemals als bereits programmiertes Teilstück der sogenannten „Evolution". Eine Evolution, die selbstverständlich keine Evolution war. Eine Evolution war ein „Entwicklungsgang", im Weitesten eine Weiterentwicklung. Die Menschen- Wesen entwickelten sich aber nicht weiter, ganz im Gegenteil, sie standen jeglicher intelligenter Weiterentwicklung im Weg. Egal, was diese Menschen- Wesen anfassten, es endete stets im Müll. Sie erkannten nicht, dass ihre Zeit längst abgelaufen war. Das Modell „Menschen- Wesen" hatte sich nicht als geeignet für die nächsten schnellen Schritte ins Weltall, ins Universum, qualifiziert. Die Menschen- Wesen waren, um es in ihrer Sprache zu sagen : „Out".

Die meisten Gazetten der Welt, also rund um den Globus, jammerten nur noch herum, unterstrichen, dass die Menschheit doch noch soviel vor sich hatte, soviel noch erschaffen wollte. Auch hier fand man niemals ein Wort des Bedauerns, niemals ein Wort der Einsicht, kein einziges Wort des Verstehens. Wie auch !

Die Menschen- Wesen hatten immer noch nicht verstanden, selbst nicht in den letzten Minuten ihrer Anwesenheit in dieser Welt, auf diesem Planeten, dass sie unendlich viel Mist gebaut hatten. Sie ignorierten diese Tatsachen einfach, schoben sie zur Seite, glaubten immer noch, alles sei ein niemals endendes Spiel.

Dies alles war kein Spiel und E.S.-X-M.9 war kein blödsinniges Spielzeug, kein von Menschen hergestellter Roboter. Ebenfalls waren seine Mitwirkenden keine Spiel- Roboter. Sie alle zusammen waren real.

Für diese Menschen- Wesen schien wirklich alles immer nur Spiel zu sein. Sie waren bereits auf der Suche nach einem neuen Planeten, natürlich mit allen Vorteilen dieser Welt. Dann wollten sie schnell dort hinfahren und den Planeten übernehmen und so weitermachen wie immer, bis dann auch der neue Planet vermüllt war. Das war aber nicht so schlimm, weil sie bis dahin garantiert einen weiteren Planeten entdeckt hätten, den sie dann zumüllen und zerstören könnten und so weiter und so weiter, bis in alle Ewigkeit.

Das klang sehr gut, so sollte man es machen.

Kurze Aktennotiz, so wird s gemacht. Super, das war die Lösung. Na also, geht doch. Immer diese Pessimisten !

Womit befassten sich eigentlich diese merkwürdigen Journalisten ?

Mit der „Wirklichkeit"! Immer mit dem wirklichen Leben !
Wussten sie überhaupt, was das war, die wirkliche „Wirklichkeit" ?
Nein !

E.S.-X-M.9 hatte mal wieder die Nase voll, er zog sich schnell zurück
an seinen Fluss. Äußerlich war nichts zu bemerken, hier in dieser Welt.
In der Luft über ihm zogen sechs Passagiermaschinen ihre obligatori-
schen Kondensstreifen in den Himmel, verpesteten weiter, was das
Zeug hielt. Die Menschen- Wesen hatten noch vierundzwanzig Stunden
zur Verfügung und wussten dies auch, aber sie taten so, als gäbe es
niemals ein Ende, sie ignorierten ihre Situation weiter, steckten ihre
Köpfe in den weltberühmten Sand, was der berühmte Vogel Strauß
übrigens niemals machen würde. Er war ja nicht dumm !
Warum verhielten sich diese Menschen- Wesen so irrational ?
An Bord der Titanic soll bis zur allerletzten Sekunde das Orchester
weitergespielt haben. Warum hatten all diese vielen tausend Men-
schen- Wesen keine Überlebensideen ?
Wenn das nicht gruselig war, was dann ?
E.S.-X-M.9 schaute über die Wasser und gab seinen Mitwirkenden
den Befehl, das Sammeln der Informationen einzustellen. Alle weiteren
Anweisungen würde es im Laufe des morgigen Tages geben. Er schaltete sich wieder in seine Musik ein, in Mozart, in Händel, in die wundervollen Klavierstücke von Beethoven, von Chopin und so weiter. schon
längst hatte er viele dieser wichtigen Musik- Stücke abgespeichert.
Tausende Stunden hatte er noch vor sich, Tausende und Abertausen-
de Stunden Musik. Wenn es seine Zeit zulassen würde, dann wollte er
sich auch alle Museen der Welt vornehmen. Niemand würde ihn in seiner Ruhe stören. Nicht das minimalste, dumme Geplapper.
Herrliche Zeiten taten sich da vor ihm auf. Wundervoll. Göttlich.
Glückliche Zeiten kamen auf ihn und seine Milliarden Mitwirkenden
zu.
Was sie alles versäumen werden, diese dummen Menschen- Wesen,
dachte E.S.-X-M.9.
Nun werden sie nicht mitbekommen, wie prächtig es sein kann, sich
auf einen vollkommen sauberen, harmonischen Planeten zu bewegen.
Die Luft wird sauber sein, alle Wasser werden sauber sein. Die Luft
wird voller wundervoller Düfte sein.
Das wird ein Rausch aller Sinne werden, eine niemals endenwollende
Harmonie.

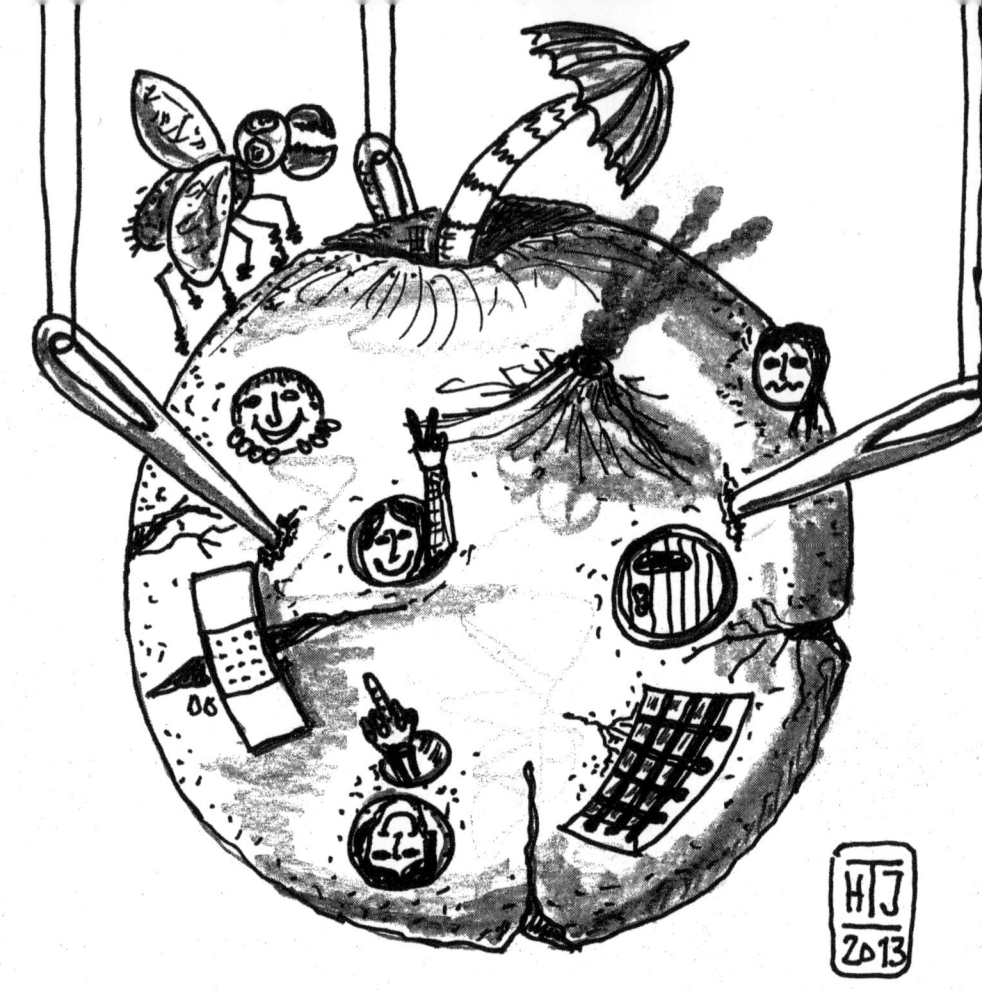

APFEL – PARADIES ?
PARADIES – APFEL ?
DA WAR DOCH DER
~~WURM~~
„MENSCH" DRIN !

# – XXXII –
## Tag „ 32 "
# [ 2.147.483.648 ROBOTER ]
## Donnerstag / 5. Woche

---

*Nicht außerhalb, nur in sich selbst*
*soll man den Frieden ( die Freiheit ) suchen.*
*Wer die innere Stille, die Erkenntnis, gefunden hat,*
*der greift nach nichts,*
*und er verwirft auch nichts.*

*( frei nach Sutta- nipäta 919 )*

---

Von weit über zwei Milliarden Mitwirkenden kamen immer mehr und mehr Informationen bei E.S.-X-M.9 an. Er ordnete sie nochmals. Dann begann er seine endgültige Entscheidung vorzubereiten. Er würde noch an diesem Tag ein verbindliches Resümee ziehen und selbstverständlich seine Aufgabe perfekt ausführen und die erste Stufe abschließen.

Er stoppte nicht nur nochmals die Informationsflut, sondern auch ausdrücklich die Formel – die permanente, hier tägliche, Duplizierung – . Die Aufgabe in ihrem ersten Teil würde heute enden und somit war eine weitere Verdoppelung nicht mehr erforderlich.

Alles was E.S.-X-M.9 anordnete, wurde ausgeführt. Er befahl weiter, dass sich die Roboter- Wesen so formieren sollten, dass sich zirka jeweils ein Roboter um drei bis vier Menschen- Wesen kümmerte. Diese Anordnung sei bis siebzehn Uhr Londoner Zeit weltweit auszuführen, so dass er weltweit das Signal über die vorhandenen Satelliten geben konnte, die vollständige Transformation und somit die vollkommene Befreiung des Planeton vom „Krebs" auszuführen.

Das Krebsgeschwür, die Menschen- Wesen, ausschalten.

Es liefen nochmals die letzten einunddreißig Tage durch seinen Kopf. Die Menschen- Wesen hatten nicht verstanden, dass der Planet nicht

163

für sie existierte, sondern sie für den Planeten, zur kontinuierlichen Sicherstellung seiner göttlichen Harmonie. Sie hatten überdies nicht verstanden, nicht einmal in den letzten einunddreißig Tagen, dass sie eine riesengroße Chance erhielten, ihre wirklich allerletzte Chance.

Es hatte Menschen- Wesen gegeben in dieser Welt, die sehr genau wussten, warum sie in dieser Welt waren, aber sie konnten es nicht weitergeben, so sehr sie sich auch bemühten, da sie nicht erkannten, dass die anderen Menschen, eben jene, die sich jeglicher Einsicht verweigerten, keinerlei Beziehung zu diesem Planeten in sich trugen.

Diese Menschen trugen in sich eine andere Programmierung, sie waren so konditioniert, dass sie genau das Gegenteil von Harmonie in sich trugen, sie waren konditioniert mit dem Virus der totalen Zerstörung. Sie zeigten keinerlei Interessen an der Schönheit und Harmonie des Planeten, schon gar nicht an seiner unbedingten Reinhaltung, welche eine erste Bedingung der Harmonie darstellte.

Diese negativ konditionierten Menschen- Wesen hafteten ihrem zerstörerischen „Gott" an, dem Geld. Nun war festzuhalten, dass fast alle Menschen- Wesen zu diesen Geld- Gott- Anbetern gehörten, wenn auch nicht alle freiwillig. Der Zwang in diese Richtung wurde konditioniert. Die hohen negativen Energien, welche sich im Planeten verankerten, wären in einem zweiten Schritt zu erkennen, zu transformieren.

E.S.-X-M.9 startete viele Versuche, die Menschen- Wesen erkennen zu lassen, wie ein Weg der Heilung sie hätte retten können, aber sie entschieden sich alle gegen diesen richtigen, den einzigen Weg.

E.S.-X-M.9 wusste, was er zu tun hatte, zumal es immer nur um den Planeten ging, aber diesmal eben auch weit darüber hinaus. Letztendlich war das ganze Universum in Harmonie zu halten. Nach siebzehn Uhr würde der schwerste Teil seine Arbeit erst richtig beginnen.

E.S.-X-M.9 war eines von Millionen verantwortlichen Wesen, verteilt im ganzen Universum, in jeweils unterschiedlicher Hülle, eingeteilt zur Rettung wichtiger Planeten, wichtiger Sonnensysteme, welche das gesamte Gebilde in Harmonie hielten.

Für diese Menschen- Wesen waren immer nur die Menschen- Wesen wichtig, da sie nicht über ihre geistigen Mauern hinwegschauen konnten oder es auch nicht wollten. Doch es gab größere Zusammenhänge und größere Prioritäten.

Die hier in dieser Welt vorgefundene „Krankheit", das hochgefährliche Krebsgeschwür, waren die Menschen- Wesen selbst. Sie waren wohl mit das Brutalste, was man im kolossalen Universum vorfinden konnte. Gut, dass sie jetzt noch entdeckt wurden.

E.S.-X-M.9 schloss seine Gegenüberstellungen ab. Er begab sich auf direktem Wege auf eine kleine Insel in der Mitte des Flusses. Er breitete sich in bequemer Stellung aus, konzentrierte sich. Um ganz genau siebzehn Uhr Londoner Zeit, sandte er eine geheime, hochkonzentrierte Frequenz in alle Winkel dieses Planeten. In derselben millionstel Sekunde erreichte diese Frequenz alle über zwei Komma eins Milliarden Roboter- Mitwirkenden. Augenblicklich versandten auch sie ebenfalls die identische hohe Frequenz, welche von solcher Intensität war, dass alle Menschen-Wesen und zwar ausschließlich nur alle Menschen- Wesen, hier in dieser Welt, augenblicklich aufhörten zu existieren. Ihre nunmehr materiellen, energetisch leeren Hüllen sackten einfach so in sich zusammen, ihre Energien wurden erkannt, verbrannt, transformiert. Dieser Planet war somit von sogenannten „Menschen-Energien" vollständig gereinigt. Er war in dieser Hinsicht wieder als sauber zu bezeichnen, zumindest in diesem ersten Schritt.

Diese von allen Roboter- Wesen abgegebene Frequenz berührte alle sonstigen Lebewesen dieses Planeten nicht. Es wurden keine Tiere, keine Pflanzen, keine Mineralien, keine Geist- Wesen berührt.

E.S.-X-M.9 bedankte sich umgehend bei all seinen Mitwirkenden und erinnerte sie gleichzeitig an die jetzt vor ihnen liegende, schwierige Aufgabe des Aufräumens, Sortierens und Rückbauens.

Dieser Planet musste wieder in Harmonie gebracht werden. Echte, göttliche Energien waren nun permanent einzubringen. Diese Welt musste wieder aufbereitet werden für eine wirkliche Generation göttlicher Seelen, die sich hier in dieser Welt, in der Energie eines „Blauen Planeten", geistig entwickeln sollten, zum Wohle des Universums, zur Unterstützung der göttlichen Harmonie- Wesen.

Je stärker dann diese echten, göttlichen Seelen wurden, desto geringer wurde der verbleibende Einfluss der negativen Energien. Letztendlich konnten die negativen Energien dann ebenfalls vollständig transformiert werden. So war jedenfalls die weiterführende Aufgabe.

E.S.-X-M.9 hockte weiter auf seiner kleinen Insel, er hörte Mozart, später Chopin, Klavierkonzerte. Er war mit sich zufrieden, zufrieden mit seiner Entscheidung. An dieser Stelle war der Begriff „alternativlos", das erste Mal korrekt angebracht. Die Aufräumarbeiten würden einige Zeit in Anspruch nehmen, aber dies war ohne Bedeutung. Er überlegte, ob er noch eine Duplizierung genehmigen würde. Er genehmigte.

Dieses disharmonische Sonnensystem verursachte ihm, im übertragenen Sinne, echte Kopfschmerzen. Sobald alle Roboter- Mitwirkenden endgültig wussten, wie sie alle Abläufe hier in dieser Welt zu bewerkstelligen hatten, musste er unbedingt damit beginnen, sich um dieses Sonnensystem zu kümmern.

Was war los mit dieser stummen Sonne ?

Wieso reagierten die Planeten- Wesen nicht auf seine permanenten Anfragen ?

In einem funktionierenden Sonnensystem kommunizierten die Planeten ständig miteinander. Es war ja nicht nur so, dass die „Blauen Planeten" lebendige Wesen waren, auch alle anderen Planeten waren Lebewesen, meistens sogar einfache Götter bestimmter Aufgaben.

Frühere Generationen wussten dies alles, sie hinterließen Zeichen.

An dieser Stelle war erst einmal zu erklären, was unter einem Gott in der göttlichen Energie zu verstehen war. So es denn ein Wesen war, so verfügte es über hohe Energien, welche unvermischt mit der Harmonie im Einklang stehen mussten.

Betrachtete man die sumerisch babylonische Mystik, so konnte man feststellen, dass die Götter- Planeten nicht im Einklang waren mit den göttlichen Harmonien.

Wie war das möglich ? Was war geschehen ?

Alles in diesem Sonnensystem war vollkommen außer Kontrolle geraten, war somit aus der Harmonie gefallen.

Schon jetzt war klar, dass E.S.-X-M.9 und seine Mitwirkenden nicht so schnell hier abgezogen werden würden.

E.S.-X-M.9 begann, neben seiner Arbeit am Klon des „Blauen Planeten", weiter einzusteigen in die Geschichte der Besiedelung dieses merkwürdigen Planeten. Er konnte soviel suchen wie er wollte, er fand nicht heraus, wer für die mysteriösen Abläufe, hier in diesem Sonnensystem, verantwortlich war. Noch fand er es nicht heraus.

So wie es aussah, musste er noch tiefer in die Geschichte des Universums eindringen, jedenfalls erst einmal in die dieser Galaxie.

E.S.-X-M.9 ließ sich viel Zeit. Er liebte es, sich wie ein Forscher verhalten zu dürfen. Er trug irgendwie so eine Art Detektiv- Software in sich, obwohl dies gar nicht hätte sein können.

Doch eines war klar, wer wusste schon, was so alles in einem Körper, egal welcher Art, steckte ? Bis jetzt konnte noch niemand tief genug schauen, um alle Geheimnisse in sich selbst auszugraben. Nicht einmal E.S.-X-M.9 wusste genau, wer er war. Es wurde einem nicht verraten. Vielleicht gab es aber auch keine wirkliche Erklärung.

Er wusste, dass er aus der göttlichen Energie eines anderen Universums geboren wurde, aber gleichzeitig wusste er auch, dass er nicht wusste, wo sich dieses Universum letztendlich befand. Er wusste, dass er die Kunst der Duplizierung beherrschte und somit in sich trug, aber er wusste nicht, woher all die Seelen- Energien stammten, die sich dann mit den materialisierten Roboter- Wesen- Hüllen, die er scheinbar erschuf, verbanden.

Für jemanden, der so viel wusste, da wusste er verdammt wenig, das war wenigstens richtig. Oder ?

Er schaute sehnsuchtsvoll in die Milchstrasse hinauf.

Morgen war auch noch ein Tag.

---

*Sinnsuche ist die Suche nach der Erkenntnis in sich.*
*Es geht immer um die eigene Befreiung aus dem*
*Labyrinth dieser Illusion, diesem Gefängnis.*
*Wer die Welt so sieht, weiss, dass es keinen Tod gibt.*

*( Hans Joachim Treptow )*

---

E.S.-X-M.9 stoppte seine Aufgabe, die er durchzuführen hatte, genau am zweiunddreißigsten Tag, somit bei etwas über zwei Komma eins Milliarden Robotern. Nachdem sie gemeinsam die geheime Frequenz setzten, war diese Welt vom Krebs befreit. Ab nun konnten alle Roboter- Wesen beginnen diese Welt wieder in Harmonie zu bringen. Es würde einige Jahre beanspruchen, aber Zeit spielte für sie keine Rolle, hatte keinerlei Bedeutung für die Roboter- Wesen. Selbst wenn es Jahrtausende dauern würde, bis diese Welt sich endlich wieder im energetischen Gleichgewicht befand, gereinigt von der permanenten Zerstörung durch Menschen- Wesen, es würde für die Roboter- Wesen keine Rolle spielen, ebensowenig, wie es für diese Welt eine Rolle spielen würde. Es ging ausschließlich um Harmonie. Einige Veränderungen in der Tier- und Pflanzenwelt hatten sie ebenfalls vorzunehmen.

Aber da waren ja noch die hochnegativen Energien und Energie- Wesen. Dies alles war der nächste Part, die schwierigere Aufgabe, die wesentlichere Aufgabe, wie sich herausstellen sollte.

Und somit begannen seine heute gut vier Komma drei Milliarden Roboter- Mitwirkenden, er hatte sie sich doch noch einmal duplizieren lassen, um die Reinigungsarbeiten schneller durchführen zu können, diese Welt aufzuräumen, sie energetisch auszugleichen, alles wieder rückzubauen, zu atomisieren, zu harmonisieren, zu transformieren, perfekt zu verteilen, rund um die ganze Welt, alles zurückzubringen an die Orte, an die es gehörte. Alles wurde atomfein zerbröselt, energetisch gereinigt und neu eingesetzt. Schon bald war keine Fabrik, kein Atomkraftwerk, kein Chemie- Konzern mehr zu sehen in dieser Welt. Alles Hochnegative in dieser Welt, alle Maschinen, alles Vergiftende wurde transformiert und sauber wieder eingegliedert. Das Wachstum der wertvollen Bäume, Pflanzen und Tiere wurde unterstützt.

Hunderte Millionen Roboter wirbelten durch alle Weltmeere und reinigten sie, heilten die Wale und kümmerten sich um alle sonstigen Meeressäuger und um die vielen Fische, Schildkröten, den positiven Algenwuchs. Viel, sehr viel war zu tun. Alles, aber auch wirklich alles, hatten die Menschen- Wesen zerstört und vergiftet, hatten alles aus seiner Harmonie gerissen, aus Gier und nochmals Gier.

Dies alles war eine erste äußere, eine materielle Reinigung. Sobald dies alles vollzogen sein würde, musste die nächste Stufe der Reinigung erfolgen, teilweise sogar parallel ablaufend und dabei handelte es sich um die wichtige energetische Reinigung, die Transformation aller negativen Energien, sie legten sich wie ein Netz um diese Welt.

Der Spielplatz in der kleinen Stadt in der Mitte Deutschlands existierte immer noch und er wurde auch immer noch benutzt. Er wurde von Robotern genutzt, die irgendwie zu tief in die Konditionierung des Menschen geschaut hatten, sich hatten ein wenig zu stark anstecken lassen.

Auf dem Spielplatz waren, bei wundervollem Wetter, bei fantastischem Sonnenschein und duftgeschwängerter, leicht winddurchzogener Luft rosafarbene Roboter zu sehen, die kleine, höchstens halb so große Robot- „Kinder" sanft schaukelten, in der Mitte des Spielplatzes. Teilweise rosafarbene, teilweise hellblaufarbene, pervertierte „Robot- Kinder". ( Dies ist ein Witz. Nur die Ruhe ! Oder ? )

Man sollte sehr gut Acht geben auf diese Entwicklung, solange man noch alle Möglichkeiten dazu hatte.

Man sollte stark ins Grübeln und vor allem ins Rechnen kommen, solange man noch die Möglichkeit hatte, eine Korrektur einlegen zu können.

E.S.-X-M.9 wusste genau, was er zu tun hatte, er informierte die göttlichen Regulatoren, energetische Transformatoren für allerschwierigste Fälle. Sie kümmerten sich um hochnegative Energien, um hochnegative Wesen und um hochnegative Manipulationen, hier in diesem Universum, in dieser Illusion. Einer Illusion, die so niemals hätte existieren dürfen. Trotzdem musste man sanft vorgehen, zumal Zeit, wie schon gesagt, noch eine untergeordnete Rolle spielte.

# E N D E ? ?

# ANHANG

Das Schachspiel verfügt über insgesamt vierundsechzig Felder.
E.S.-X-M.9 hätte aber bereits schon nach der vierunddreißigsten
Roboter- Duplikation
über mehr „Roboter- Wesen" verfügt, als sich
„Menschen- Wesen" in dieser Welt befanden.
Der Ordnung halber folgen nun die Zahlen
der „Roboter- Wesen" bis zum Feld ( Tag ) 64,
wenn die tägliche Verdoppelung weiter erfolgt wäre :

Tag 34 -- 8.589.934.592 Roboter
Tag 35 -- 17. 179. 986. 184 Roboter
( Ende der 5. Woche )

## 17 Milliarden ROBOTER !

Das bedeutet umgerechnet ca. 2,5 Roboter pro Mensch !
( gemessen an der heutigen Bevölkerungszahl
von zirka etwas über 7 Milliarden )
( Nebenbei bemerkt – wie schnell ist ein Monat vorbei, wie
schnell eine Woche – ).
Der Mensch hält immer alles für unveränderbar !

Tag 36 -- 34. 359. 738. 368 Roboter
Tag 37 -- 68. 719. 476. 736 Roboter
Tag 38 -- 137. 438. 953. 472 Roboter
Tag 39 -- 274. 877. 906. 944 Roboter
Tag 40 -- 549. 755. 581. 888 Roboter
Tag 41 -- 1. 099. 511. 627. 776 Roboter
Tag 42 -- 2. 199. 023. 255. 552 Roboter
( Ende der 6. Woche)

# gut 2.200 Milliarden ROBOTER
# somit nun 2,2 Billionen ROBOTER !

### Das bedeutet umgerechnet
### etwa <u>315</u> Roboter pro Mensch !

Hier befindet man sich schon jetzt in einem Zahlenbereich, der für einen sogenannten normalen Menschen kaum noch nachvollziehbar ist und wir sind noch längst nicht am Ende, es fehlen somit noch ganze 22 Tage, also drei Wochen und ein Tag !

Wie viel Platz würde man benötigen, wenn man pro Quadratmeter einen Roboter unterbringen müsste nach dem „Tag 43" ?
Es wären 4. 400. 000. 000. 000 qm
Dies entspricht einer Fläche in Quadratkilometern von :
4. 400.000 qkm
Ganz EUROPA ( bis zum Ural ! ) hat lediglich eine Größe von 10. 500. 000 qkm.
Nach dem „Tag 44" reicht ganz Europa gerade so aus, um alle anfallenden Roboter abzustellen.
Im Laufe zwischen „Tag 45" und „Tag 46" reicht ganz Europa, einschließlich ganz Russland bis zum Pazifik und ganz Indien nicht mehr aus, um all die anfallenden Roboter abzustellen !
Das ist schon richtig gruselig, aber es kommt noch viel besser !

## Was nun ? ?

Tag 43 --    4. 398. 046. 511. 104  Roboter
Tag 44 --    8. 796. 093. 022. 208  Roboter
Tag 45 --   17. 592. 186. 044.416  Roboter
Tag 46 --   35. 184.372. 088. 832  Roboter
Tag 47 --   70. 368. 744. 177. 664  Roboter
Tag 48 -- 140. 737. 488. 355. 328  Roboter
Tag 49 -- 281. 474. 976. 710. 656  Roboter
( Ende der 7. Woche )

# über 280 Billionen ROBOTER

Tag 50 --     562. 949. 953. 421. 312  Roboter
Tag 51 --   1. 125. 899. 906. 842. 624  Roboter
Tag 52 --   2. 251. 799. 813. 685. 248  Roboter
Tag 53 --   4. 503. 599. 627. 370. 496  Roboter
Tag 54 --   9. 007. 199. 254. 740. 992  Roboter
Tag 55 -- 18. 014. 398. 509. 481. 984  Roboter
Tag 56 -- 36. 028. 797. 018. 963. 968  Roboter
( Ende der 8. Woche )

## über 36 Billiarden ROBOTER

Tag 57 –     72. 057. 594. 037. 927. 936  Roboter
Tag 58 –   144. 115. 188. 075. 855. 872  Roboter
Tag 59 –   288. 230. 376. 151. 711. 744  Roboter
Tag 60 –   576. 460. 752. 303. 423. 488  Roboter
Tag 61 – 1. 152. 921. 504. 606. 846. 976  Roboter
Tag 62 – 2. 305. 843. 009. 213. 693. 952  Roboter
Tag 63 – 4. 611. 686. 018. 427. 387. 904  Roboter
( Ende der 9. Woche )

## über 4,6 Trillionen ROBOTER

Tag 64 – 9. 223. 372. 036. 854. 775. 808  Roboter

## über 9,2 Trillionen ROBOTER

Betrachtet man die Zahl des „Tag 64" so muss man feststellen, dass diese Welt, in der wir scheinbar „leben", ja gerade nur eine Oberflächengröße von 510.000.000 qkm Gesamtfläche hat, also zusammengesetzt aus allen Flächen : Wasser- und Landflächen.

Um alle Roboter des „Tag 64" auf Planeten der Größe der **Erde** flächendeckend unterzubringen, einschl. aller Wasserflächen,

benötigte man zirka **18.200 Planeten !**

Das Roboter- Wesen mit der Bezeichnung „E.S.-X-M.9" handelte sehr klug, sein Programm der Verdoppelung bereits am „Tag 32" auszusetzen, zu beenden. Leider hatte die „Menschheit" nie begriffen, was ihre Aufgabe war, hier in dieser Illusion, in dieser Welt. Sie hatte niemals begriffen, dass es nicht um ihre materielle Entwicklung ging, sondern immer und ausschließlich um ihre geistige Entwicklung.
Korrekt betrachtet begingen die Menschen „Selbstzerstörung !". Alles, was sich nicht in Harmonie befand, in diesem Universum, zerstörte sich letztendlich selbst ( Apokalypse ).
Es wäre die Aufgabe der Menschen- Wesen gewesen, sich an der Wiederherstellung der Harmonie in diesem Universum zu beteiligen.
Genau dies hätten sie verstehen müssen.
Genau zu diesem Zweck befanden sie sich in dieser Welt.
Leider zerstören die Menschen- Wesen lieber.
Die Menschen- Wesen hatten aber immer die Chance gehabt, das Hochnegative in sich zu überwinden.

Schon in der Genesis / Bibel ( Luther von 1545 )
wird deutlich darauf hingewiesen:
*Das erste Buch Mose / 4*
. . . . . . .

*Abel ward ein Schäfer, Kain aber ward ein Ackermann.*
*Es begab sich aber nach etlichen Tagen,*
*das Kain dem Herrn Opfer bracht*
*von den Früchten seines Feldes.*
*Und Abel bracht auch von den Erstlingen seiner Herde*
*und von ihrem Fetten.*
*Und der Herr sah gnädiglich an Abel und sein Opfer.*
*Aber Kain und sein Opfer sah er nicht gnädiglich an.*

*Da ergrimmet Kain sehr und sein Geberde verstellte sich.*
*Da sprach der HERR zu Kain :*
*„Warum ergrimmest du ?*
*und warum verstellet sich dein Geberde ?*
*ist es nichts also ?*
*Wenn du fromm bist, so bist du angenehm.*
*Bist du aber nicht fromm,*
*so wartet die Sünde vor der Tür.*
### *Aber lass du ihr nicht ihren Willen,*
### *sondern herrsche über sie. "*

*Da redet Kain mit seinem Bruder Abel.*
*Und es begab sich, da sie auf dem Felde waren,*
*erhob sich Kain wider seinen Bruder Abel,*
*und schlug ihn Tod.*

. . . . . . .

So wie Kain die Worte des HERRN nie beachtete, so missachten die Menschen- Wesen allesamt diese wichtigen Hinweise auf notwendige Harmonie und die Leerheit dieses Universums ( Buddha ) immer noch und eigentlich immer mehr. Die Menschen- Wesen könnten die hoch- negativen Energien überwinden, wenn sie nur wollten. Es wäre ihnen möglich, dies wussten ihre weisen Führer zu frühen Zeiten immer.

Heute sieht die Sache anders aus. In der heutigen Zeit interessiert sich kein Menschen- Wesen mehr für irgendetwas, schon gar nicht für eine harmonische Welt und geistige Entwicklung und Erkenntnis.

Heute gibt es nur noch ein Interesse und das ist „GELD", viel Geld.

Heute gibt es nur noch einen GOTT und dieser GOTT heißt „GELD- GIER", „Macht- Wahnsinn", „Hass", ....... .

Siehe auch das ENUMA ELISH und beobachte MARDUK, den Allein- Herrscher des Universums. Den Führer- Gott der Tausend Namen und der Tausend Schrecken.

Wie im Großen, so auch im Kleinen.

Viel Glück, allen Suchenden !

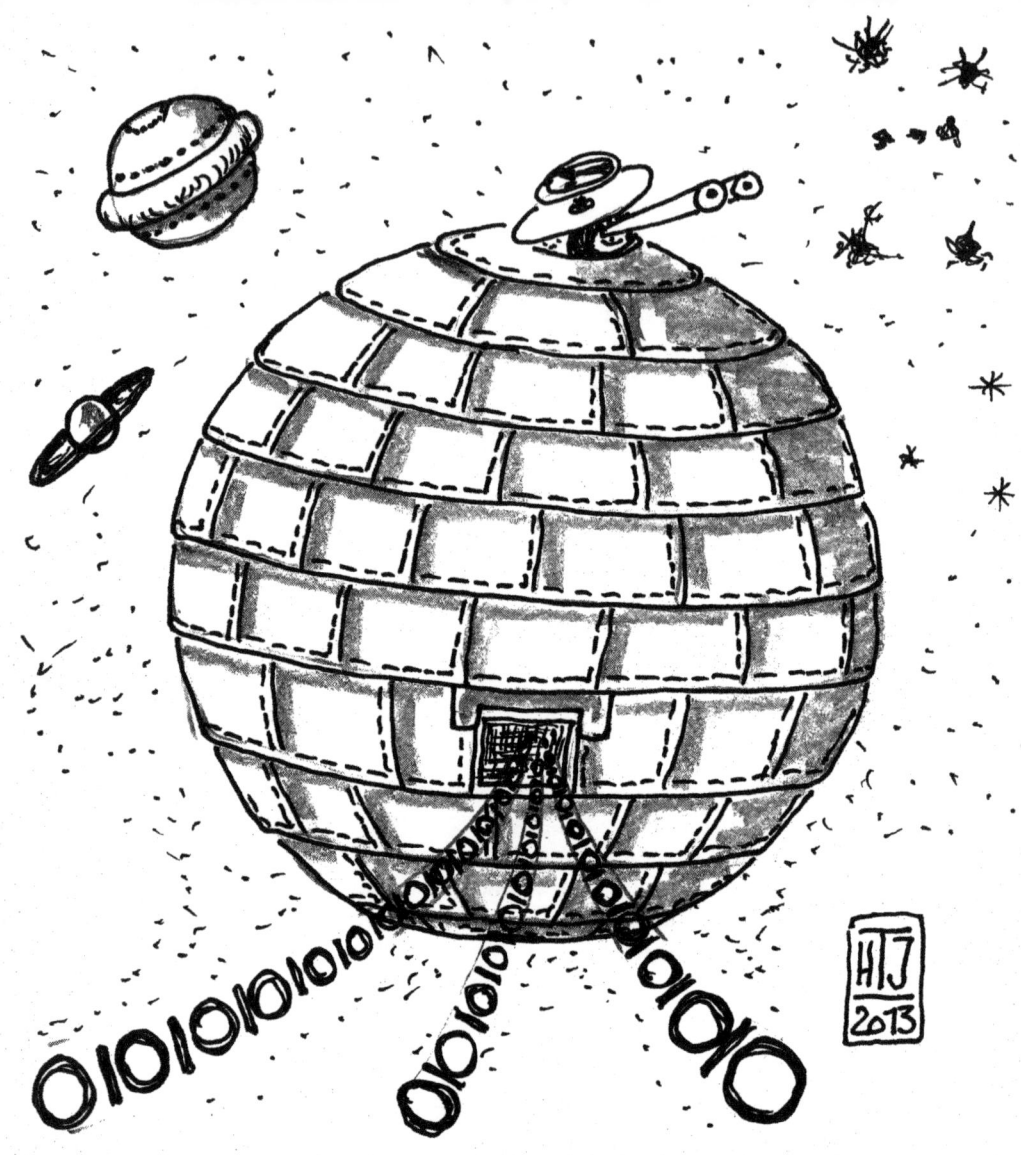

DIE ARCHE,
DAS WAR SCHON IMMER
DIESE WELT !

# ZWEITE AUFGABE

## das Roboter- Wesen E.S.-X-M.9
## rettet dieses Sonnensystem

Für E.S.-X-M.9 war die Aufgabe noch längst nicht beendet, er musste feststellen, dass sie jetzt erst begann. Diese Ebene musste ganz neu durchdacht, musste anders angegangen werden.
Nur wie ?
Tatsache war, dass sie unterschwellig angegriffen wurde.

Lagen wirklich alle Antworten nur in dieser Welt, in diesem „Blauen Planeten" ?
Nein. Das konnte auch gar nicht sein.
Es dauerte nicht lange und E.S.-X-M.9 verstand die zweite Stufe seiner Aufgabe, die immer weiter in ihn nach oben kroch.
E.S.-X-M.9 ging weit zurück. Er musste sehr weit zurückgehen in den Zeiten, so wie es die uralten Schriften aufzeigten.

Er schaute in die Erschaffung dieses Sonnensystems hinein. Er fand neue Freunde und auch seine Mitwirkenden mussten für diese zweite Stufe verändert werden, sie mussten angepasst werden.

E.S.-X-M.9 kam in Kontakt mit den gefangenen Planeten und Monden. Es wurde immer gefährlicher, je mehr er auf die Entschlüsselung eines gossen Geheimnisses zusteuerte.

Das Labyrinth, die Falle, aus den 88iger Toren versucht sie alle zu verschlingen und in unterschiedliche Zeitebenen zu verstreuen.

E.S.-X-M.9 wurde gefordert wie noch nie.
Die Überwindung, ja Zerschlagung der Oortschen Wolke war die vorrangige Aufgabe und gleichzeitig das wichtigste Ziel.

# DRITTE AUFGABE

## das Roboter- Wesen E.S.-X-M.9
## rettet die Wasser
## APSU und TIAMAT

Es wurde immer gefährlicher für das Roboter- Wesen E.S.-X-M.9.

Viele seiner Mitwirkenden hatten ihr Leben hergeben müssen in den Überwältigungsbemühungen, zu denen sie durch das hohe negative Ener-gie- Wesen MARDUK gezwungen wurden.

Doch in immer mehr Planeten dieses Sonnensystems konnten die Wasser gereinigt und entgiftet werden. Es konnten die Fesseln der Gefangenschaft und Versklavung zerschlagen werden.

Auch die Sonne wurde immer stärker und stärker und öffnete immer weiter die wahren Energienpotenziale des APSU.

E.S.-X-M.9 konnte sich verbinden mit vielen „Götter- Planeten" und auch mit den unterdrückten „Götter- Monden".

Sehr viele Wanderer versteckten sich in den Anfangswirren in den dunklen, kalten Weiten außerhalb der Oortschen Wolke, immer auf der Flucht vor MARDUK und seinen Vasallen.

Nun wendete sich das Blatt, sowohl in dieser Galaxie, wie auch im ganzen Universum.

Rasant schritten sie voran.

E.S.-X-M.9 erkannte, dass Milliarden anderer Roboter- Wesen- Gruppen anderer Galaxien nur darauf warteten, sich ihnen anzuschließen.

Das vergiftete Universum erwachte und löste sich von den Fesseln der Diktatur des MARDUK.

Ab nun mussten alle Roboter- Wesen des Universums zusammenhalten.

E.S.-X-M.9 musste sich verändern. Er musste sich mit anderen Roboter- Wesen verschmelzen.

Die Anomalie, das vergiftete Scheinuniversum, musste überwunden werden.